CW00538523

FRANK GRANITZ wurde 1967 in Brandenburg an der Havel geboren. Er ist Absolvent der Filmschule Wien, promovierter Ethnologe
und seit 2016 als freier Autor tätig.

FRANK GRANITZ

Neptun 1986

Thriller

Ullstein

Besuchen Sie uns im Internet:
www.ullstein.de

Wir verpflichten uns zu Nachhaltigkeit
• Klimaneutrales Produkt
• Papiere aus nachhaltiger
  Waldwirtschaft und anderen
  kontrollierten Quellen
• ullstein.de/nachhaltigkeit

MIX
Papier
FSC FSC® C083411

Das Gedicht auf Seite 290 stammt aus Eroici furiori
(Zwiegespräch von Helden und Schwärmer), Jena 1907; *Von den
heroischen Leidenschaften*, übersetzt von Christian Bacmeister,
eingel. von F. Fellmann, Hamburg (Phil. Bibl. 398) 1989.

Originalausgabe im Ullstein Taschenbuch
1. Auflage Mai 2022
© Ullstein Buchverlage GmbH, Berlin 2022
Umschlaggestaltung: bürosüd° GmbH, München
Titelabbildung: akg-images / picture-alliance / ZB / © Reinhard
Kaufhold (Hotel in Warnemünde); www.buerosued.de
Gesetzt aus der Albertina powered by *pepyrus*
Druck und Bindearbeiten: CPI books GmbH, Leck
ISBN 978-3-548-06596-0

Für Sylvia

PROLOG

29. November 1983, auf dem Gebiet der DDR

Dieter Seifert wischte sich mit der flachen Hand die Nässe aus dem Gesicht, bevor er seinen Weg zwischen den Telefonmasten fortsetzte.

Das Wetter war umgeschlagen.

Der dünne Lichtstrahl der flachen Lampe, die an einem Band um seinen Hals hing, flackerte unruhig bei jeder Bewegung.

Davon unbeirrt wickelte der Entstörer Kupferdraht von einer Rolle ab, die er in der Beuge des rechten Armes trug, stets darauf achtend, dass der dünne Draht nirgendwo hängen blieb, sondern frei über dem Boden schwang.

Wieder blieb er stehen und holte Luft.

Sein Atem explodierte in einer weißen Wolke.

Heute kamen ihm die fünfzig Meter zwischen den beiden Masten elend lang vor, was vielleicht auch daran lag, dass er immer noch die schweren Steigeisen trug, die tief in den durchnässten Wiesenboden einsanken. Aber er wollte sie nicht abnehmen. Er wusste, dass es mit den vor Kälte starren

Fingern ewig dauern würde, den Riemen über dem Spann zu schließen.

Und Handschuhe waren bei seiner Arbeit nur hinderlich.

Endlich erreichte er den Sockel des zweiten Strompfeilers.

Eine feuchte, eisige Stille lag über dem Land.

Kurz blickte Seifert hinauf, doch das Ende des Mastes blieb in der Finsternis verborgen.

Ohne Hast schob er die Drahtrolle auf die rechte Schulter, ehe er den Bauchgurt als Sicherung um den Mast schlang. Deutlich vernehmbar rastete der Karabiner ein.

Dann begann er, mühsam hinaufzuklettern, indem er die Eisenzähne an den gebogenen Enden der Steigeisen mit kräftigem Schwung in den feuchten Holzmast trieb.

Er spürte, wie ihm dabei der Schweiß aus jeder Pore trat.

Oben angekommen, rang er nach Atem.

Als sein Herz nicht mehr wie verrückt gegen die Rippen hämmerte, löste er den Rest des gerissenen Drahtes. Anschließend lehnte er sich im Gurt zurück, hielt sich mit der linken Hand an der Stütze fest und zog mit dem rechten Arm den ausgelegten Kupferdraht immer weiter zu sich heran, bis sich dieser straff zwischen den Masten spannte. Dann wickelte er ihn um die Stütze und trennte das Ende von der Rolle.

Er hauchte in seine klammen Hände. Er spürte seine Finger kaum noch.

Die nächsten Handgriffe waren Routine.

Er stülpte die Messinghülse über das Drahtende an der

Stütze und fixierte sie gegenläufig mit zwei Zangen, danach schob er die Porzellankapsel zur Isolation darauf.

Fertig!

Ein Ausdruck von Erleichterung stahl sich in sein Gesicht.

Erschöpft kletterte er den Mast hinab, löste die Steigeisen und erklomm wenig später durch das kniehohe nasse Gras die Böschung, wo der graue Trabant Kombi unbeleuchtet oben auf der schmalen Landstraße auf ihn wartete.

Rasch verstaute er Draht, Werkzeug und Steigeisen im Wagen. Dann griff er nach dem Katalyt-Heizofen und einer vollen Flasche Brennspiritus. Seifert entfernte sich ungefähr drei Meter vom Wagen. Dort stellte er den kleinen runden Ofen auf der Landstraße ab, löste die Metallverkleidung und füllte mithilfe eines Trichters den Heizstoff in den dafür vorgesehenen Tank. Nachdem er die Verschlussschraube zugedreht hatte, gab er auch noch Spiritus in die Rille rund um das Heizpolster, welches er mit einem Streichholz anzündete. Der Mann beobachtete, wie sich die Flamme über die gesamte Oberfläche des Polsters ausbreitete.

Er steckte die Hände in die Taschen und wartete geduldig, bis die Anheizflamme erlosch und er die metallene Abdeckung wieder schließen konnte.

Als er kurz darauf den Ofen im Fußraum auf der Beifahrerseite abstellte, fühlte er bereits die Hitze, die der Behälter abzustrahlen begann. Bald würden alle Fensterscheiben beschlagen sein.

Erleichtert schloss er die Tür und ließ sich auf den Fahrersitz hinters Lenkrad gleiten. Hier zog er sich die Strickmütze vom Kopf und öffnete die Jacke.

Hungrig angelte er nach der Brotdose und nahm die Thermosflasche zur Hand, die in der abgewetzten Arbeitstasche auf dem Beifahrersitz steckte.

Herzhaft biss er in das Brot. Während er kaute und auf die beschlagende Frontscheibe blickte, dachte er an seine Frau in der Wohnung und seine beiden Söhne, die sicher längst schliefen.

Er legte die Brote auf dem Oberschenkel ab und goss Kaffee in den kleinen Metallbecher, der gleichzeitig als Verschluss diente.

Einen Moment lang schloss er seine Finger um das warme Gefäß, bevor er den ersten Schluck trank.

Plötzlich hielt er inne.

Ganz deutlich hatte er eine Vibration gespürt.

Er lauschte angestrengt. Aber er hörte nur sein eigenes Blut in den Ohren rauschen. So spät in der Nacht konnten ihm die überreizten Sinne schon mal einen Streich spielen.

Seifert stellte die Tasse auf dem Armaturenbrett ab und griff nach dem zweiten Brot. Es war dick mit Mettwurst belegt.

Da wieder! Dieselben Erschütterungen! Nur diesmal noch deutlicher.

Er hielt die Luft an.

Sein Blick fiel auf die Oberfläche seines Kaffees, dort bildeten sich deutlich Ringe, die von der Mitte an den Rand liefen.

Er drehte sich im Sitz um, doch er konnte nichts erkennen.

Hektisch wischte er mit dem Ärmel über das Glas zu seiner linken Seite. Mühsam spähte er hinaus, aber da war nur undurchdringliche Dunkelheit.

Plötzlich erzitterte der ganze Trabant.

Vor ihm rutschte der Becher haltlos vom Armaturenbrett, schlug gegen das Lenkrad, verschüttete den heißen Inhalt über seine Hose und kippte in den Fußraum.

Seifert fluchte.

Was war das?

Ein Erdbeben?

Panik ergriff ihn.

Hastig beugte er sich hinunter, um den Benzinhahn zu öffnen, damit er den Trabant starten konnte.

Als er sich wieder aufrichtete, sah er in den Seitenspiegel.

Was er dort erblickte, ließ ihn erstarren.

Ein riesiger, gespenstischer Schatten war unmittelbar hinter ihm aufgetaucht. Das Neumondlicht, welches kurz zwischen den Wolken auftauchte, spiegelte sich in den kalten quadratischen Augen.

Noch bevor er reagieren konnte, wurde der Trabant gerammt, am Heck regelrecht aufgegabelt und wie ein Spielzeug herumgeschleudert.

Seifert schrie.

Er merkte, wie die Räder blockierten, als sich das Auto mit einem schrillen, blechernen Kreischen um die eigene Achse drehte und dabei über den Rand der Böschung geriet.

Kurz hoffte er noch, dass der Wagen nur langsam die

Böschung hinabrutschen würde, doch der Trabant geriet in Schieflage, verlor das Gleichgewicht und kippte seitlich über.

Er versuchte sich noch am Lenkrad festzuhalten, aber er wurde herumgeschleudert, hörte, wie die Karosserie um ihn herum zerbarst, wie Scheiben zersplitterten und das Dach gefährlich eingedellt wurde.

Die Gegenstände, die lose in den Kisten lagen, wurden auf einmal zu gefährlichen Geschossen, eines der Steigeisen flog durch die Luft und traf ihn hart am Hinterkopf. Sein Schädel wurde nach vorne gerissen, ein grausamer Schmerz raste durch seine Schläfen, und alles um ihn herum drohte in bodenloser Finsternis zu versinken.

Wie aus weiter Ferne vernahm er das Zerbersten von Flaschen, und er roch, wie sich Brennspiritus in das Innere des Wracks ergoss.

Dann legte sich Stille unter seine flachen Atemzüge, eine Angst einflößende, bange Stille.

Entsetzt starrte er auf den zerschmetterten Ofen neben sich, aus dem jetzt blassgelbe Flammen emporzüngelten, bevor er endgültig das Bewusstsein verlor.

Die dunklen, riesenhaften Schemen bewegten sich oben auf der Landstraße dröhnend fort, weiter in die Dunkelheit hinein.

Kapitel 1

15. Oktober 1986, Rostock – Hotel Neptun

»Gut, dass Sie da sind!«

Ihre beiden Kollegen an der Rezeption wirkten sichtlich erleichtert.

»Was ist denn los?«, fragte Nina Hartmann, während sie ihre Handtasche auf dem Tresen abstellte und das Kopftuch abstreifte. Mit zwei schnellen Handgriffen richtete sie die zu einem lockeren Knoten aufgesteckten dunkelblonden Haare.

»Wissen wir nicht. Aber es geht heute zu wie im Taubenschlag«, antwortete Margot Eberling, und Nina bemerkte, wie der Blick ihrer Kollegin einer Gruppe Männer in hellen Trenchcoats folgte, die eilig dem Ausgang entgegenstrebten.

»Auffallend viel Stasi«, stellte Heiko Mehldorn neben ihr fest, und es kam ihr so vor, als würde in seiner Stimme Nervosität mitschwingen.

Nina Hartmann stopfte das Kopftuch in die Handtasche und öffnete die Knöpfe ihres weinroten Mantels. Seit zehn Jahren arbeitete sie an der Hotelrezeption. Erst als Empfangsdame, und seit vier Jahren als Leiterin. Sie wusste, wie unberechenbar Hotelgäste waren und auf welch verrückte Ideen sie manchmal kamen.

Sie zog den Mantel aus und legte ihn über den Arm.

»Ich bin mir sicher, dass wir früh genug erfahren werden, was los ist. Und bis dahin machen wir *was*?«

»Wir passen uns an«, antworteten die beiden wie aus einem Mund.

Nina zupfte an ihrer marineblauen Weste und strich sich über die Manschetten der weißen Bluse.

»Richtig. Wir passen uns der jeweiligen Situation an.«

Sie stieß die mit dunkelbraunem Holzfurnier bezogene Verbindungstür zu ihrem Büro auf, das sich unmittelbar hinter der Rezeption befand, schaltete das Licht ein und hängte den Mantel auf einen Bügel in den Schrank.

Dann wandte sie sich um.

»Wie viele Abreisen haben wir heute?«

Margot Eberling deutete auf einen Stapel vorbereiteter Rechnungen. »Zweiunddreißig.«

Nina nickte. »Gab es in der Nacht irgendwelche Vorfälle?«

»Zimmer 409 rief um halb elf wegen starker Magenschmerzen und Übelkeit bei der Nachtbelegung an und bat um einen Arzt«, erklärte Heiko Mehldorn. »Die Schnelle Medizinische Hilfe war kurz vor elf hier.«

»Gut, und weiter?«

»Der Arzt gab der Frau etwas gegen die Beschwerden und verließ das Hotel zwanzig nach elf. Heute Morgen erschien die Dame pünktlich zum Frühstück.«

»Na dann kann es ja nicht so schlimm gewesen sein. Noch was?«

Er reichte ihr eine blaue Segeltuchtasche mit dem Aufdruck *MS Arkona*.

»Kam vorhin per Kurier vom Traumschiff.« Er betonte das letzte Wort und grinste.

Nina ging auf die Anspielung nicht ein. Ungerührt nahm sie die Tasche entgegen, öffnete den Verschluss, und ihr prüfender Blick glitt über die Beschriftungen der einzelnen Kuverts, die darin enthalten waren.

»Scheint alles mitgekommen zu sein«, sagte sie. »Danke, Herr Mehldorn. Wenn was ist, Sie wissen, wo Sie mich finden.«

Sie klemmte sich die Kurierpost unter den Arm und griff nach ihrer Handtasche.

Die Tür ließ sie hinter sich offen, denn aus Erfahrung wusste sie, dass die Luft im Büro zu Beginn der Schicht stickig war. Es gab in dem Raum kein Fenster. Nur eine mit Plastiklamellen gesicherte Lüftung in der Wand, die ansprang, wenn man das Deckenlicht einschaltete, und die leise vor sich hin summte.

Nina zog den Stuhl zurück, platzierte die beiden Taschen neben sich auf dem Boden und setzte sich.

Wie jeden Morgen fand sie auf dem Tisch die Mappe mit dem gestrigen Kassenabschlussbericht und den Hinweis, dass ein bestimmter Geldbetrag im Tresor darauf wartete, von einem Rezeptionsmitarbeiter bei der Bank eingezahlt zu werden.

Das würde Mehldorn später erledigen.

Am Empfang klingelte das Telefon. Sie hörte, wie Frau Eberling sich meldete, dann »Ich verbinde Sie mit dem gewünschten Ansprechpartner« sagte und wieder auflegte. Kaum berührte der Hörer die Gabel, läutete es erneut, und das Prozedere wiederholte sich mehrere Male.

Ninas Blick wanderte hinüber zur Telefonanlage, wo sie anhand der Lämpchen, die nebeneinander aufleuchteten, erkennen konnte, dass beinahe alle Telefonleitungen nach draußen belegt waren.

Ungewöhnlich für einen Vormittag, dachte sie, und sie spürte, wie die Unruhe sich auf sie übertrug. Um sich abzulenken, hob sie die Segeltuchtasche vom Boden auf den Schreibtisch, wo sie den Inhalt, vier große Papierkuverts, nacheinander herausnahm.

Sie wusste, dass die *MS Arkona* gestern von ihrer Kuba-Reise zurückgekehrt war und jetzt ein paar Tage generalüberholt wurde, bevor das Schiff weiter nach Hamburg fuhr. Denn das einzige Kreuzfahrtschiff der DDR, vormals das *Traumschiff* der Westdeutschen und früher als *MS Astor* bekannt, kreuzte ein halbes Jahr für die Fahrgastreederei der DDR und die andere Hälfte für diverse westliche Reiseanbieter über die Meere.

Und ihr, Nina Hartmann, fiel die Aufgabe zu, die Schiffscrew zusammenzustellen.

Drei der Kuverts betrafen Personalwechsel.

Ein Zimmermädchen von der Kabinenbetreuung, das im fünften Monat schwanger war, ein Koch, der dringend als Ersatz hier im Hotel Neptun benötigt wurde, und der Leitende Ingenieur, den die Neptunwerft angefordert hatte.

Nina legte die drei Kaderakten zur Seite. Sie hatte sich schon vor Ankunft des Schiffes um Ersatz bemüht. Der neue

Koch kam aus dem *Interhotel* in Suhl, der Leitende Ingenieur wurde schiffsintern nachbesetzt, und für die Kabinenbetreuung hatte sie einen jungen Ungarn aus dem Grand Hotel Budapest angeheuert.

Den vierten Umschlag ließ sie ungeöffnet. Er enthielt den Abschlussbericht des Sicherheitsoffiziers an Bord. Sie wollte ihn gerade in das Fach des Hoteldirektors legen, als ihr Telefon klingelte.

Sie hob den Hörer ab und meldete sich. »Hartmann.«

Der Lüfter summte.

»Ja, für die nächste Woche, ich verstehe.« Sie kritzelte eine Notiz auf einen Zettel. »Ich bin schon auf dem Weg.«

Rasch legte sie auf, drehte sich um und zog aus dem Regal hinter sich einen großen Ordner heraus. Die Ecken waren vom ständigen Gebrauch abgestoßen, und der Deckel klemmte, als sie ihn öffnete.

Belegungspläne stand auf der Stirnseite.

Den müssen wir auch mal austauschen, dachte sie, während ihre Augen über die Datenleiste huschten.

Jede Übersicht galt für eine Kalenderwoche, immer mit Samstag beginnend.

Schnell hatte sie gefunden, wonach sie suchte.

Nina löste die Bindung, entfernte den Bogen Papier und faltete ihn sorgfältig zusammen. Anschließend suchte sie sich einen gut gespitzten Bleistift, griff nach einem Notizblock und nahm den Umschlag mit dem Bericht von der *MS Arkona*.

Dann verließ sie das Büro.

»Ich bin beim Direktor«, sagte sie zu Margot Eberling, die gerade einen Gast bediente.

Sie wollte schon weitergehen, als ihr noch etwas einfiel. »Bitte erinnern Sie Herrn Mehldorn daran, dass er noch zur Bank geht.«

Dann verließ sie die Rezeption und lief mit langen Schritten durch die Lobby, vorbei an den dunklen Ledersitzgruppen und den Agaven in den Steintöpfen. Die Absätze ihrer Pumps klackten eilig auf den Steinfliesen.

An den Fahrstühlen hatte sie Glück. Eine der Türen stand offen. Sie war allein in der Kabine, als der Lift sich in Bewegung setzte, und sie zwang sich zu mehreren tiefen Atemzügen. Dabei ließ sie aus Gewohnheit prüfend ihren Blick über die Wände gleiten, wo Abbildungen des Hotels in einem Rahmen steckten. Auf einer Luftaufnahme konnte man erkennen, dass sich das Hotel mit seinen fünfzehn Stockwerken und der schneeweißen, waffelähnlichen Fassade direkt am Ostseestrand befand. Andere Fotos zeigten den urigen Seemannskrug, die Mokkamilcheisbar, das Wellenbad und den Bernsteinsaal. Nicht zu vergessen, das Panoramacafé in der obersten Etage, wo die Besucher ein fantastischer Blick über den Sandstrand, die Westmole mit dem Leuchtturm und die Unterwarnow erwartete, über die die Schiffe aus aller Welt den Stadthafen von Rostock erreichten. Später, am Abend, wandelte sich das Panoramacafé dann in die beliebte Sky-Bar mit Cocktails und Tanz.

Der Fahrstuhl wippte leicht nach, als er auf dem gewünschten Stockwerk zum Halten kam.

Nina gestattete sich einen letzten Blick in den Spiegel.

Die Frisur saß perfekt, die schwarzen, geschwungenen Brauen lagen dicht über den grünen, ernst blickenden Augen, darunter die energische kleine Nase und der dunkelrot geschminkte Mund. Die gekreuzten goldenen Schlüssel auf dem Kragen der Hoteluniform schimmerten schwach.

Sie trat in den Flur.

Das Büro von Hoteldirektor Heinz König lag direkt gegenüber.

Sie klopfte und wurde von der Sekretärin wortlos begrüßt und durchgewunken. Eine hektische Unruhe lag in der Luft.

»Ich darf Ihnen Frau Hartmann vorstellen«, sagte Hoteldirektor König zu den anderen beiden Männern am Tisch. Wie immer war er tadellos frisiert und trug einen gut geschnittenen dunkelblauen Anzug. In einem der Männer erkannte Nina den Ersten Vorsitzenden der SED-Bezirksleitung Rostock, und der andere … Ihr stockte der Atem.

»Unsere Empfangsleiterin, eine langjährige, zuverlässige Mitarbeiterin und verdiente Genossin«, hörte sie König wie aus weiter Ferne sagen.

Die beiden Herren erhoben sich leicht, und der Unbekannte blickte sie prüfend an. »Bitte setzen Sie sich.«

»Guten Tag«, sagte Nina leise und nahm auf dem freien Stuhl neben König Platz.

»Also, ich möchte an dieser Stelle noch einmal betonen, dass es den Genossen vom Zentralkomitee der SED ein überaus wichtiges Anliegen ist, dass diese Tagung anstandslos und ohne Probleme über die Bühne geht«, bemerkte der massige Vorsitzende mit Bürstenhaarschnitt und goldgerahmter

Brille, während er nervös die Asche von seiner Zigarette klopfte. »Wir wissen, das Hotel Neptun ist unter der vertrauenswürdigen Leitung seines Direktors ein Aushängeschild für die herausragende Hotellerie in unserem Land und für die Gastfreundschaft, für die wir stehen. Das möchte ich nur noch mal sagen.« Er lächelte anbiedernd.

»Kurt, das wissen wir.« Der Mann, der Nina gegenübersaß, beugte sich leicht nach vorn. Das Leder seiner Jacke knarrte. Er hob den Blick. Seine grauen Augen musterten teilnahmslos die anderen in der Runde. Dann faltete er die Hände und legte die Fingerspitzen an die Lippen. Sein schütteres Haar war über der hohen Stirn kurz geschnitten und zu einem strengen Seitenscheitel gekämmt. Seine Miene blieb unbeweglich. »Haben Sie den Belegungsplan?«, fragte er Nina.

Sie nickte, zog den Bogen Papier hervor und faltete ihn auseinander. Sie drehte ihn so, dass der Mann ihn einsehen konnte.

Wenn er eine Frage hatte, würde sie ihm antworten können.

Sie war geübt, die Einträge kopfüber zu lesen.

Dann wartete Nina und musterte ihn unmerklich. Ja, er war es. Der Mann, der damals in ihre Wohnung kam, um …

Nina schluckte.

Sie vermutete, dass er heute ein leitender Offizier im Ministerium für Staatssicherheit war.

Vor dem Fenster kreisten weiße Möwenschatten.

»Von welchem Zeitraum sprechen wir?«, fragte König in die aufkeimende Stille hinein.

Einen Moment hing die Frage unbeantwortet in der mit Zigarettenqualm angereicherten Luft.

»Nächste Woche. Beginn der Konferenz am Montag, den 20. Oktober, am Nachmittag. Dauer fünf Tage. Die Ankünfte der Delegationen werden bis spätestens Montagmittag erwartet, danach Sicherheitsbegehung des Konferenzraumes mit Einrichten der Tagungstechnik.«

»Tagungstechnik?«, erkundigte sich der Mann von der Parteileitung und unterdrückte ein Hüsteln.

»Offizieller Tonbandmitschnitt. Darüber hinaus werden noch zwei Kabinen für die Simultandolmetscher aufgestellt. Schließlich wollen die Sowjets und die Amerikaner auch wissen, was am Tisch gesprochen wird.«

Nina bemerkte, dass die Stimme des Geheimdienstmannes kurz ungehalten klang, aber er hatte sie sofort wieder im Griff.

»Wo dachten Sie, die Kabinen aufzustellen?«, fragte König.

»Um die Details kümmern wir uns nachher. Jetzt sollten wir erst mal die Belegung der Zimmer klären. Wir wollen die Kollegin ja nicht endlos von ihrem Arbeitsplatz fernhalten.«

Nina hob den Kopf und zwang sich, ihm direkt ins Gesicht zu schauen.

Der Mann verzog den schmalen Mund zu etwas, das er wohl für ein Lächeln hielt.

Er kann sich nicht an mich erinnern, dachte sie. Aber wie sollte er auch? Sie war damals noch ein Kind …

»Die westdeutsche Delegation wird voraussichtlich aus sechs Offiziellen und Begleitpersonal bestehen. Wir wollen, dass die Leute im fünften Stock untergebracht werden und diese Etage aus sicherheitstechnischen Gründen für andere Gäste gesperrt wird.« Er fuhr mit dem Zeigefinger seiner rechten Hand über den Plan. »Ich will, dass die sechs bundesdeutschen Offiziellen in den Zimmern 501, 503, 505, 507, 509 und 511 untergebracht werden. Die anderen in den Zimmern gegenüber. Außerdem wird der Delegation die Suite 513 als Beratungsraum zur Verfügung gestellt.«

Nina notierte auf dem Notizblock die Anweisungen.

»Und wo bringen wir unsere Delegation unter?«, fragte der Direktor.

»Im achten Stockwerk. Gleiche Anzahl von Leuten, gleiche Zimmeraufteilung.«

Er schob den Plan über den Tisch zurück zu Nina.

»Noch etwas! Für den Zeitraum der Konferenz sperren wir einen Lift.« Er wandte sich jetzt direkt an König. »Ich schicke Ihnen morgen einen Techniker. Finden Sie eine Handhabe, dass es ausschließlich Teilnehmern der Tagung möglich ist, den Lift zu benutzen.« Nina bemerkte, wie ihr Chef unruhig auf seinem Stuhl vorrückte. »Wenn Sie mich fragen, verstehe ich die Hintergründe nicht. In meinen Augen ist es aus sicherheitstechnischen Überlegungen eine völlig absurde Idee, bei voller Belegung eine Tagung von solcher Tragweite in einem Ferienhotel an der Ostsee zu veranstalten!«

Der Mann in der Lederjacke fixierte König kalt und sagte dann mit fester Stimme: »Wir haben unsere Befehle, und Sie wissen jetzt, was wir benötigen. Setzen Sie das um.«

Als Nina am Ende ihrer Schicht erschöpft ihr Seidentuch

aus der Handtasche zog, entdeckte sie das Schreiben von der Post, das sich darin verwickelt hatte. Durch die Betriebsamkeit der letzten Stunden und ihre Gedanken, die nach wie vor um die Begegnung mit dem Stasioffizier kreisten, war ihr der Hinweis, dass für sie ein Päckchen bei der Post zur Abholung bereitlag, völlig entfallen.

Während sie die Knöpfe des Mantels schloss, ging ihr die Frage durch den Kopf, wer der geheimnisvolle Absender sein sollte, der ihr oder ihrem Sohn Alexej ein Päckchen geschickt hatte.

Ihre Mutter schied aus. So viel war klar, denn sie kündigte grundsätzlich Postsendungen dieser Art zuvor in einem Brief an, aus Angst, das Päckchen könnte unterwegs verloren gehen.

Also, wer war es dann? Vielleicht ein Bekannter ihres Sohnes? Nina schaute auf die Armbanduhr. Kurz nach halb sechs. Wenn sie sich beeilte, konnte sie es schaffen, rechtzeitig bei der Poststelle zu sein.

Als sie eine halbe Stunde später atemlos durch den Eingangsbereich stürmte, hielt die Angestellte schon den Schlüssel in der Hand. Doch man kannte sich, es war eine Nachbarin aus dem Nebenhaus, und das unerwartet winzige Päckchen war auch schnell gefunden. Nina hatte den Empfang quittiert, sich herzlich bedankt und stand jetzt in ihrer Küche, wo sie ratlos nach dem Absender auf der Postsendung suchte.

Aber es gab keinen.

Nur die Anschrift bedeckte in sauberen Blockbuchstaben das braune Packpapier.

Sie öffnete eine Schublade, nahm die Schere heraus und begann, das Papier vorsichtig aufzuschneiden. Als sie der Meinung war, der Schnitt sei groß genug, drückte sie die beiden Hälften auseinander und entfernte die Verpackung.

Was sie dann da vor sich auf dem Küchentisch erblickte, ließ ihr den Atem stocken.

Dabei war der Gegenstand an sich völlig harmlos. Es handelte sich um eine grün-rot-goldene Teedose aus Metall, rechteckig, mit einem Deckel obenauf. Die Seiten mit orientalisch anmutenden Mustern und roten Blüten verziert. In einem geschwungenen Rahmen verlautbarte ein kyrillischer Schriftzug, dass diese Dose Grusinischen Tee zum Inhalt hatte.

Sie spürte, wie ihr der Mund trocken wurde.

Sie legte die Schere zur Seite und fing an, die Dose mit den Fingerspitzen um ihre eigene Achse zu drehen. Die erste Seite. Sie drehte weiter. Die zweite, danach die dritte.

Nina glaubte schon, ihre Erinnerung hätte ihr einen bösen Streich gespielt, als sie auf die vierte Seite starrte.

Sofort erkannte sie das fehlende M bei der Mengenangabe. 50 грам stand dort.

Nina stöhnte auf, schloss die Augen und massierte die tiefe Furche, die über ihrer Nasenwurzel entstanden war.

Achtzehn Jahre war es jetzt her, da hatte er ihr erklärt, dass es ein seltener Fehldruck war und die Büchsen für den Handel aus dem Verkehr gezogen wurden.

Sie öffnete die Augen wieder und kaute an den Fingernägeln, während sie den Blick unverwandt auf die Teedose gerichtet hielt.

Von der Straße drang Kinderlachen zu ihr herauf, und in der Wohnung über ihr betätigte jemand die Spülung, das Fallrohr rauschte.

Nina ließ die Hand sinken. Sie hatte eine Entscheidung gefällt. Sie holte die Zeitung vom Büfett, faltete sie auseinander und stellte anschließend die Teedose darauf. Dann setzte sie sich an den Tisch und löste mit zitternden Fingern den Klebestreifen, der den Deckel fixierte. Als sie das geschafft hatte, glitt sie mit der Spitze der Schere unter den Rand des Deckels und hob ihn an.

Sofort stieg ihr das blumig herbe Aroma in die Nase.

Aber sie ließ sich davon nicht ablenken.

Den aufgeklappten Deckel noch in der Hand, stülpte sie mit einer energischen Bewegung das Gefäß um. Ein dunkler Strom von Teekrümeln ergoss sich prasselnd auf die Zeitung. Der Duft war betörend.

Um sicherzugehen, dass der gesamte Tee heraus war, klopfte sie mit der flachen Hand auf den Blechboden, bevor sie die Büchse wieder umdrehte.

Dann erhob sie sich und trat unter die Küchenlampe. Sie richtete die Dose in ihren Händen genau so aus, dass der Lichtschein direkt in ihr Inneres fiel und matt von dem Metall reflektiert wurde.

Nina spürte, wie plötzlich die Muskeln in ihrem Nacken verkrampften, wie es ihr eiskalt den Rücken hinunterlief und ihre Knie nachzugeben drohten.

Wenn etwas in ihr noch bis hierher gehofft hatte, das alles wäre ein Irrtum und würde sich rasch in Wohlgefallen auflösen, so wurde dieser Teil jetzt eines Besseren belehrt.

Im trüben Licht der Küchenlampe erkannte sie deutlich den zu einem winzigen Quadrat zusammengefalteten Zettel, der auf dem Boden der Teedose befestigt war.

Sofort hatte sie das zusammengefaltete Blatt wiedererkannt.

Sie wusste nach all den Jahren noch, woher es stammte, was darauf geschrieben stand und für wen es bestimmt war.

Als es geräuschlos aus der Büchse auf die Tischplatte gefallen war, setzte sie sich auf einen der Küchenstühle und betrachtete das Zettelquadrat. Die Oberfläche des Papiers war dunkel geworden, beinahe sepiafarben.

Das mochte am Tee liegen, an den Farbstoffen.

Oder an der Zeit, die es in der Dose verbracht hatte.

Oder an beidem.

Nina ging zum Wasserhahn, ließ sich ein Glas Leitungswasser ein und trug es mit zurück an den Tisch.

Dort stellte sie das Glas ab, nahm den Bogen Zeitungspapier und schüttete den Tee vorsichtig zurück in die Dose.

Dann verschloss sie den Behälter.

Das Papierstück ließ sie unberührt.

Sie trank das Wasser, schaltete das Licht aus und trat zum Fenster, wo sie die Vorhänge einen Spaltbreit aufschob. Hinter den Gardinen, zwischen Glas und Stoff, war eine Schicht kalte Luft, und als sie diese im Gesicht spürte, dachte sie einen Moment lang, etwas fliege aus ihr heraus.

Still lag der Nachbarblock hinter dem Rasen. Einige der Fenster waren beleuchtet, und unweigerlich fragte sie sich, ob die Leute in den Wohnungen mit ihrem Dasein zufrieden waren. Führten sie das Leben, das sie sich einst als junge Menschen für sich erträumt hatten? Waren sie glücklich?

Nina drückte den Rand des Wasserglases an ihr Kinn.

Für Wassili, Viktor, Lena, Natalie und die anderen Studenten waren diese Fragen damals existenziell. Über nichts wurde so intensiv und heißblütig diskutiert und gestritten wie über die Optionen, ein Leben in Unabhängigkeit und Freiheit zu führen.

Das war in Leningrad, im Frühling 1968.

Kapitel 2

Mai 1968, Leningrad

In diesem Stadtviertel war sie noch nie zuvor gewesen.

Wieder verglich sie Straßennamen und Hausnummer mit der Anschrift auf dem Zettel, den ihr Lena in die Hand gedrückt hatte. Mit Lena, einer Moskauer Studentin, teilte sie sich das Zimmer, und ursprünglich war es ihre Idee, gemeinsam hierherzugehen. Doch wie so oft, kam bei Lena etwas »außerordentlich Wichtiges« dazwischen, das sich meistens um einen Mann drehte, und sie hatte ihr »Wir treffen uns dann da« immer noch im Ohr.

Die Adresse gehörte zu einem alten Palais, das in den Glanzzeiten St. Petersburgs ein Prunkstück gewesen sein musste. Heute wirkte das ehemals herrschaftliche Stadthaus abgewirtschaftet und heruntergekommen. Der Vorgarten war verwildert, der Putz der Fassade brüchig und von rötlichen Algen durchsetzt.

Nina fächelte sich kühle Luft zu.

Für Anfang Mai ist es viel zu heiß, dachte sie und hielt einen Moment inne, um ihr Kleid glatt zu streichen, bevor sie über den breiten Kiesweg auf das Eingangsportal zuging.

Die riesige Holztür trug bereits eine Patina aus grauem Staub und schwarzem Ruß, darunter konnte sie mit viel Wohlwollen einen Rest von grünem Anstrich erkennen.

Sie drückte die schwere eiserne Klinke nach unten und zwängte sich durch den Spalt. Hinter ihr fiel die Tür ins Schloss. Ihre Augen benötigten einen Moment, um sich an das Halbdunkel zu gewöhnen.

Sie betrat einen großen Raum, der früher einmal die Empfangshalle des Palais gewesen sein musste. Etwas Stuck unter der Decke und die kümmerlichen Reste einer weinroten Stofftapete zeugten von der früheren Pracht.

Jetzt war alles dem Verfall preisgegeben.

Es roch muffig nach altem Wasser, vermutlich war in der Wand ein Rohr gebrochen. Über ihrem Kopf nisteten Tauben in den Wandöffnungen, in bröckelnden Kaminen sammelte sich Schutt, und das von Feuchtigkeit durchsetzte Parkett wölbte sich.

Nina ging ein Stück vorwärts, ihre Schritte hallten in der Stille nach, während sie sich noch einmal der Adresse auf dem Zettel vergewisserte.

Als sie zweifelnd aufsah, fiel ihr Blick auf einen großen, mit barocken Goldleisten gerahmten Spiegel, der seitlich von ihr hinter einem Mauervorsprung hing. Er war definitiv gerade erst restauriert worden, und das frisch polierte Erscheinungsbild ließ ihn wie einen Fremdkörper zwischen all dem Unrat erscheinen.

Nun bemerkte sie auch die Treppe, die hinter dem Spiegel nach unten in den Keller führte.

Nina betrachtete neugierig ihre Gestalt im Spiegel. Sie fragte sich, ob sie sich während der letzten zwei Monate, die sie nun in Leningrad studierte, verändert hatte? Sie kniff die Augen zusammen.

Sie war etwas schmaler geworden, schien es ihr. Das schlichte weiße Kleid, das in Berlin noch fast zu eng anlag, umspielte nun locker ihre Hüften, betonte die leicht gebräunten Arme und die schlanken Beine, die in roten Stiefeln steckten, wie es in diesem Sommer 1968 Mode war. Das lange dunkelblonde Haar trug sie heute zum ersten Mal offen und zu beiden Seiten gescheitelt, so wie sie es auf einem französischen Filmplakat gesehen hatte.

Sie versuchte auch, wie die Frau auf dem Kinoplakat zu lächeln, doch es wirkte nicht echt.

Langsam stieg sie die Stufen hinunter. Die Treppe war unerwartet lang, und am Ende erwartete sie eine schwere Eisentür.

Sie drückte auf eine Klingel. Kurz darauf öffnete sich ein kleines Fenster. »Parole?«, fragte eine tiefe Männerstimme bestimmt.

Nina erinnerte sich, was Lena ihr gesagt hatte.

»The Who!«

»Kharascho!«

Das Fenster schloss sich, und die Tür ging auf.

Ein bulliger Mann, der wie ein Boxer aussah, deutete auf einen Gang, der mit kleinen grünen Kacheln gefliest war.

Mit klopfendem Herzen ging sie weiter. Lena und ihre

verrückten Ideen, ging es ihr durch den Kopf. Da hörte sie schon die ersten Töne der Musik.

Der Gang machte einen Knick und weitete sich dann vor ihr … zu einem unterirdischen Schwimmbad.

Nur dass das Bassin gänzlich ohne Wasser war und jetzt als Tanzfläche genutzt wurde. Oben in den Ecken am Beckenrand hingen Lautsprecher, und in der Luft über den Köpfen der Tanzenden schwebten Discokugeln, die von farbigen Lichtern angestrahlt wurden.

Hinter einem Tisch stand ein junger Mann in einer braunen Stoffhose und weißem Hemd mit einem Kopfhörer am Ohr und spulte ein Tonband ab, auf der Suche nach dem nächsten Song, während eine ausgelassene Menge auf dem gekachelten Grund des Schwimmbeckens mit zuckenden Armen und Beinen in den Rhythmen westlicher Beatmusik versank.

Nina ließ ihren Blick durch den Raum gleiten. Überall standen oder saßen Leute an den Rändern in kleinen Gruppen zusammen. Sie bemerkte, wie die Augen der anderen sich neugierig auf sie richteten, auf ihre entblößten Arme und ihre schmale Gestalt. Einige von ihnen meinte sie aus der Fakultät zu kennen, aber sooft sie sich auch umsah, ihre Freundin mit den auffallenden langen roten Locken und im blauen Minikleid war nicht darunter.

Nina beschloss, sich an der Bar, die sie auf der Längsseite des Schwimmbades entdeckt hatte, eine Erfrischung zu holen und Lena so lange Zeit zu geben zu erscheinen, bis sie ausgetrunken hatte.

Ein pickeliges Mädchen mit dicker Brille, das hinter dem

Tresen stand und sie neidisch musterte, stellte ihr einen Wodka hin.

Nina bedankte sich und nahm am Ende der Bar Platz.

Im Halbdunkel konnte sie die Köpfe und emporgereckten Arme der Tanzenden nur schemenhaft sehen.

Sie nippte am Glas.

Nicht weit von ihr entfernt erkannte sie Dimitri Iwanow, einen jungen, hoch aufgeschossenen Studenten in kariertem Hemd mit Seitenscheitel und Brille, der lässig an einer Holzbox lehnte. Sie wusste, dass er der Sohn eines führenden Parteifunktionärs und Gastgeber dieser illegalen Partys war.

Obwohl ihm die Aufmerksamkeit aller Anwesenden galt, stand er unbefangen da, als wäre er allein im Raum. Weder schien er die aufreizenden Gesten der Mädchen zu beachten, die sich um ihn drängten, noch ging er auf die Unterhaltung der männlichen Kommilitonen ein, die einen Halbkreis um ihn bildeten.

Nina beschlich das Gefühl, dass er ebenso wie sie auf jemanden wartete. Wieder blickte sie hinüber zum Eingang. Von Lena noch immer keine Spur.

Auf einmal verstummte die Musik.

Dafür geisterte jetzt das gelbe Oval eines Scheinwerfers über die Köpfe der Partygäste hinweg, bis es auf ein Mädchen mit Wuschelhaaren in einem kurzen grün karierten Rock und weißer Bluse traf, das am Beckenrand Aufstellung genommen hatte. Sie hielt ein Mikrofon vor der Brust und schaute nach unten.

Alle Anwesenden wandten sich ihr gespannt zu.

Auch Nina.

Das Mädchen begann, etwas auf Französisch zu singen, es klang wie ein frivoles Chanson, und sie wiegte sich dazu aufreizend in den Hüften. Anscheinend waren die Sängerin und das Lied bekannt. Das Publikum klatschte begeistert im Takt dazu.

Nina konnte der Darbietung nichts abgewinnen. Sie fand das, was die Frau da vorbrachte, gekünstelt und übertrieben, mal schämte sie sich für sie, mal amüsierte sie sich über sie.

Sie blickte sich um und suchte in den Gesichtern der Umstehenden vergebens nach dem gleichen Gefühl des Spottes, das sie empfand, aber alle anderen schienen von dem singenden Mädchen hingerissen zu sein.

Das Lied neigte sich dem Ende, und Beifall brandete auf.

Nina hatte genug.

Sie trank den letzten Schluck Wodka aus und machte sich auf den Weg. Sie stellte gerade das Glas auf dem Tresen ab, als das Mädchen mit der Brille hinter der Bar sich aufgeregt zwei Studenten zuwandte, die lässig daran lehnten.

»Das ist der, von dem ich euch erzählt habe!«, flüsterte sie. »Das ist Wassili Alexejewitsch Michailow!«

Nina folgte der Blickrichtung ihrer Augen und sah einen ungewöhnlich schönen Offizier durch den Saal auf sie zukommen. Obwohl er eine Uniform trug und seine Haltung eines gewissen Stolzes nicht entbehrte, wirkte er selbst an einem zwielichtigen Ort wie diesem nicht deplatziert.

Als er auf Höhe der Bar war, trafen sich kurz ihre Blicke, und sie erkannte, dass auf seinem anziehenden Gesicht ein Ausdruck von Zufriedenheit und Heiterkeit lag.

Michailow blieb abrupt stehen. Dann wandte er sich einem weißblonden Studenten mit Stupsnase und Sommersprossen in einem gestreiften Hemd zu, der nachlässig ein Glas Bier in der Hand hielt. Er richtete eine Frage an ihn und schob dabei den rechten Daumen hinter einen geschlossenen Knopf seiner Uniform. Da im selben Augenblick die Beatmusik wieder einsetzte, verstand Nina nicht, was er sagte, entnahm aber seiner Haltung, dass er sich nach ihr erkundigte.

»Krasivaja dewotschka« las sie von seinen vollen Lippen. Offenbar meinte er sie damit.

Der Student sah abschätzend zu ihr herüber, erkundigte sich danach bei seinem Freund, der neben ihm stand, bevor er mit den Achseln zuckte.

Wortlos wandte sich Michailow ab und ging weiter zu Dimitri Iwanow, der ihm freundschaftlich die Faust in die Seite stieß.

»Die beiden sind seit der Schulzeit ganz dicke Freunde«, hörte Nina das Barmädchen sagen.

»Aber der dürfte doch gar nicht hier sein«, maulte der semmelblonde Student neben ihr. »Soweit ich weiß, ist es Militärangehörigen verboten …«

»Für uns ist es auch verboten … schert sich offenbar niemand darum …«, meinte der Freund und stürzte sein Bier hinunter. Nina hörte nicht länger zu, sondern schaute unauffällig zu Wassili, der sich jetzt mit dem Gastgeber unterhielt.

»Krasivaja dewotschka.«

Sie fragte sich, ob er das Kompliment ernst gemeint hatte, ob er wirklich sie als »schönes Mädchen« bezeichnete. Oder hatte er die Redewendung nur aus einer Laune heraus verwendet?

»Oh, was für ein Zufall. Schön, dass ich dich hier treffe.«

Nina zuckte zusammen.

Als sie die Augen hob, erblickte sie ein zierliches Mädchen in einem schwarzen Kleid mit weißem Kragen.

»Vielleicht erinnerst du dich noch«, sprudelte es aus ihr heraus. »Wir besuchen gemeinsam die Vorlesung für Politische Ökonomie.«

»Aha.«

Das Mädchen nickte heftig. »Ich bin Svetlana. Letzte Woche war ich krank und habe dadurch zwei Vorlesungen versäumt. Könntest du mir deine Mitschriften leihen, damit ich sie mir abschreiben kann?«

»Na klar.«

Plötzlich beschlich Nina das Gefühl, beobachtet zu werden. Sie blickte über die Schulter und sah, dass Dimitri Iwanow und Wassili Michailow zu ihr herübersahen.

»Ich habe einen Stift und ein Heft«, hörte sie das Mädchen sagen. »Könntest du mir deinen Namen und die Adresse des Wohnheimes aufschreiben?«

Nina wandte ihre Aufmerksamkeit wieder dem Mädchen zu und notierte das Gewünschte.

Nachdem sie sich noch eine Weile über Studieninhalte ausgetauscht hatten, verabschiedete Svetlana sich und ging.

»Du bist das deutsche Mädchen mit dem russischen Namen«, stellte eine Männerstimme ganz in ihrer Nähe unerwartet fest.

Noch bevor sie sich umdrehte, wusste sie, dass es Wassili Michailow war.

Wieder begegneten sich ihre Blicke. Auch aus der Nähe

betrachtet büßte seine Erscheinung nichts von ihrer Wirkung ein.

»Was ist so ungewöhnlich daran?«, fragte Nina. »Hat nicht jeder Name eine Geschichte, eine Herkunft und eine Bedeutung? Meiner stammt eben aus dem Slawischen.«

Er setzte sich zu ihr, sah ihr mit einem kaum wahrnehmbaren Lächeln und mit einem so freundlichen und strahlenden Blick in die Augen, dass es ihr ungewöhnlich vorkam, ihm so nahe zu sein, ohne dass sie sich kannten.

»Meiner ebenfalls. Ich bin Wassili, was im Russischen für Basil steht, was so viel bedeutet wie königlich.«

Sie legte die Stirn in Falten. Sie konnte seinem Tonfall nicht entnehmen, ob er die Äußerung ernst oder ironisch meinte. Fragend schaute sie ihn an. Dabei blieb sie an seinen Augen hängen, die von einem intensiven Saphirblau waren, einer Farbe, die zwischen Blau und Violett lag und umso ungewöhnlicher war, als sie im Gegensatz zu seinen schwarzen Haaren und dem dunklen Teint stand. Ansonsten entdeckte sie in seinem Gesicht nur aufrichtige Neugier.

»Und du heißt Nina, wie kommt das?«

Sie betrachtete ihn mit einer gewissen Verständnislosigkeit.

»Meine Mutter ist Lehrerin. Sie unterrichtet bei uns Deutsch und Russisch … Und sie liebt Tschechow. Du weißt schon, Nina, *Die Möwe* …«

»Sie sagen, hier lebt die Bohème …«, zitierte er frei aus dem Stück, » … aber mich zieht es hierher zum See, wie eine Möwe. Ich denke an nichts anderes als an Sie …« Er brach ab.

»Kennst du das Stück auswendig?«, fragte sie erstaunt.

Er lachte: »Bei uns ist das normal. Wir Russen lieben unsere Dichter und ihre Lyrik. Jetzt im Sommer finden sogar an bestimmten Abenden im Fußballstadion von Leningrad Gedichtabende statt, wo klassische, aber auch zeitgenössische Lyrik vorgetragen wird.«

»Und da gehen Leute hin?«, fragte Nina verblüfft.

»Ja, das Stadion ist jedes Mal ausverkauft. Die Menschen bringen sich etwas zum Essen und Trinken mit und lauschen den Rezitatoren. Wenn du willst, kann ich versuchen, für uns noch zwei Karten zu bekommen.«

Nina spürte, wie ihr Wassili in den letzten Minuten geradezu beängstigend nahe gekommen war. Sie erinnerte sich an die Weisungen, die ihr vorschrieben, sich in persönlichen Kontakten mit Sowjetbürgern zurückzuhalten, ganz zu schweigen von einem Mann, der beim Militär war.

Aber Papier ist geduldig, dachte sie in einem Anflug von Übermut, und das hier findet genau genommen gar nicht statt. Es gab diese Party offiziell nicht. Außerdem genoss sie die Aufmerksamkeit, die Wassili Michailow ihr entgegenbrachte.

»Ja, warum nicht«, antwortete sie. »Klingt gut.«

Eine kurze Pause entstand. »Und du kommst von hier?«

Wassili nickte zustimmend. »Ein echter Leningrader. Ich bin hier geboren.«

Er erzählte ihr von seiner Familie, der Kadettenschule, die er besucht hatte, und dass er eine Laufbahn innerhalb der Roten Armee anstrebte. Derzeit studierte er an der Leningrader Militärakademie.

Die Musik verstummte, und rundherum flammten plötzlich zahllose Lichter auf, die das Bad in ein silbrig grünes Licht tauchten. »Pause«, rief der Mann an den Tonbändern, und die Leute kletterten an Leitern aus dem Bassin.

Nina schaute sich um. »Was für ein ungewöhnlicher Raum«, stellte sie fest.

»Ja, geheimnisvoll, oder? Wenn man bedenkt, dass die meisten Gebäude wie in Venedig auf Holzpfählen stehen. Niemand erwartet in Leningrad einen Ort wie diesen.«

Wassili beugte sich leicht vor. »Weißt du, wer in diesem Palais gewohnt haben soll?«, fragte er und fuhr fort, ohne ihre Antwort abzuwarten. »Die Karenins.«

»Die Karenins? Anna Karenina? Wirklich?« Überrascht und ungläubig zog sie die Augenbrauen zusammen.

Er lachte auf: »Nein, nein, ich weiß es nicht.«

Sie sah ihm in die Augen, und seine Nähe, sein gelassenes Selbstbewusstsein bezwangen sie. Während sie ihm so ins Gesicht sah, begann auch sie, zu lächeln, und zwar genau so, wie er es tat.

»Wassili, was ist los mit dir? Willst du uns nicht vorstellen?«

»Na, dich muss ich ja nicht vorstellen«, entgegnete Wassili nachlässig. »Dich kennt hier doch sowieso jeder.«

Iwanow grinste und gab Nina die Hand. »Dimitri.«

»Ich weiß«, antwortete Nina.

»Siehst du, was sage ich«, warf Wassili lachend ein und wandte sich einem schlaksigen rothaarigen Studenten zu, der gerade im Begriff war, eine Flasche Krimsekt zu öffnen. »Das ist Viktor, unser angehender Philosoph. Die junge Frau neben ihm ist Natalie, seine Schwester. Sie studiert Medizin.

Und der Vierte im Bund ist Grigorij, er will Architekt werden.«

Nina gab ihnen nacheinander die Hand, nickte in die Runde und sagte: »Ich bin Nina.«

Der Korken verließ mit lautem Knall den Flaschenhals, und Dimitri nahm fünf Gläser von der Bar, die Viktor mit dem schäumenden Getränk füllte.

»Auf was trinken wir?«, fragte Natalie.

»Auf die neue Freiheit«, sagte Grigorij.

»Auf die neue Freiheit«, wiederholten alle und stießen an.

»Ist es nicht außergewöhnlich, was in der Tschechoslowakei angestrebt wird?«, fragte Viktor in die Runde. »Eine Reformierung des Sozialismus, verbunden mit einer Liberalisierung aller Lebensbereiche. Mit dem Ziel einer pluralistischen Gesellschaft, offenen Grenzen und einem Wirtschaftssystem wie dem in Jugoslawien, verbunden mit einer harten und konvertierbaren Währung.«

»Stellt euch vor, die Freiheit, endlich dorthin zu reisen, wohin man will«, ergänzte Dimitri. »Ist das nicht fantastisch? Dann könnten wir im nächsten Jahr das Jolkafest auf den Champs-Élysées feiern.«

»Und das völlig legal«, warf Grigorij augenzwinkernd ein.

»Ost und West könnten näher zusammenrücken«, sagte Wassili ernst. »Der Aufbruch ist überall spürbar. Auch im Westen regt sich Widerstand gegen das traditionelle Wertesystem. Vor allem an den Universitäten. Amerikanische Studenten demonstrieren gegen den Vietnamkrieg, es gibt anti-imperialistische Unruhen in Frankreich und in Deutschland. Revolten und Reformversuche, wohin man schaut.«

Viktor setzte sein Glas ab. »Möglicherweise erleben wir gerade die Geburt einer völlig neuen Gesellschaftsordnung ...«

»Genial, wir sind dabei, mittendrin«, rief Natalie mit leuchtenden Augen. »Dann machen wir es, wie Dimitri gesagt hat. Wir fahren mit dem Zug nach Paris. Am Vormittag kaufe ich mir die schönsten Designerkleider, und am Nachmittag stehe ich mit unseren französischen Gesinnungsgenossinnen auf den Barrikaden und kämpfe für eine bessere Welt.«

Grigorij räusperte sich. »Ich würde lieber Chicago besuchen, die Stadt mit der modernsten Architektur«, stellte er fest.

Übermütig legte Dimitri den Arm um ihn und prostete den anderen zu. »Ganz egal wohin! Von jetzt an steht uns die Welt offen. Du kannst fliegen, wohin du willst, und vögeln, wen du willst!«

Schweigend liefen sie nebeneinander am Newa-Ufer entlang.

Wassili hatte ihr die Uniformjacke um die Schultern gelegt, als er merkte, dass sie fror.

Dabei war ihr nicht kalt. Vielmehr hatten die Diskussion und die illusorischen Vorstellungen der anderen sie innerlich aufgewühlt.

»Du bist so ruhig«, sagte Wassili.

Nina blieb stehen.

Eine blasse Dunkelheit hatte sich über die Stadt gesenkt, die Weißen Nächte kündigten sich an. Wasser blitzte hinter der Kaimauer, träge spiegelten sich die Straßenlaternen darin.

»Es tut mir leid«, brach es aus ihr heraus. »Aber ich kann eure Begeisterung und Erwartungen nicht teilen.«

Überrascht blickte er sie an.

Sie machte sich an die Begründung. »Weißt du, ich habe erlebt, wie sie wirklich sind.«

»Was hast du erlebt?«, fragte er.

»Darüber möchte ich nicht sprechen, aber aus meiner Erfahrung heraus sage ich dir, dass sich dieses System nie ändern wird. Die grauen Männer werden an ihrer Macht festhalten und sie mit Zähnen und Klauen verteidigen.«

Nina verschränkte die Arme vor der Brust.

»Nie werden sie offene Kritik, Reformen oder eine Lockerung in Bezug auf ihr Werteverständnis akzeptieren. Schau dir die letzten Jahre an. Der Aufstand am 17. Juni 1953 in der DDR, danach der Umsturzversuch in Ungarn 1956. Zuletzt der Mauerbau 1961 in Berlin. Wenn du mich fragst, es wird keine Öffnung geben, und ich bete für die Tschechoslowaken …«

Sie verstummte.

Ein Lastenkahn schob sich gegen die Strömung den Fluss hinauf.

Ohne dass sie es wollten, lag ein Schweigen zwischen ihnen.

Jeder muss zurück in seine Welt, dachte Nina traurig.

Als hätte er ihre Gedanken geahnt, ergriff er zärtlich ihre Hand.

Sein Gesicht näherte sich dem ihren, und seine schönen

Augen waren ihr so nahe, dass sie außer diesen Augen nichts mehr wahrnahm.

»Nina?«, hörte sie ihn fragend flüstern. »Ich möchte dich wiedersehen.« Und sie spürte seine glühenden Lippen, die sich auf ihre pressten.

Sie hatte sich davor gefürchtet, aber jetzt durchströmte sie neben ihrer Unsicherheit eine zärtliche Erregung.

Als er sich von ihr löste, strahlten ihre Augen. Trotzdem hörte sie sich sagen: »Du weißt, dass sie uns das verboten haben.«

Sie wollte eigentlich weiterreden, doch er küsste sie noch einmal.

»Wir sehen uns wieder«, flüsterte er.

Kapitel 3

16. Oktober 1986, Hamburg – Hochschule der Bundeswehr

»Wenn wir über Raketen sprechen, konzentrieren wir uns hier auf ihren Einsatz als militärische Waffe.«

Im Hörsaal wurde es für den Bruchteil einer Sekunde dunkel, ein mechanisches Klicken zerschnitt die aufmerksame Stille, und ein weiteres Lichtbild wurde auf die weiße Fläche projiziert.

»Wann, denken Sie, fand der erste Raketenstart auf europäischem Boden statt? Ganz spontan, ich höre.«

»1942«, rief jemand aus der Dunkelheit. »Die V1, Wernher von Braun.«

»Ja, eine interessante Antwort, aber im siebenbürgischen Hermannstadt, dem heutigen Sibiu, würde man Ihnen da widersprechen. Dort nämlich dokumentierte Raketenpionier Conrad Haas 1555 nachweislich den ersten Start einer Rakete. Ihm ist es auch zu verdanken, dass *rochetta* als *Rackette* Eingang in die deutsche Sprache fand.«

Eine kurze Pause entstand, in der ein neues Dia vor die Lichtquelle geschoben wurde.

»Eine weitere Frage. Wann, vermuten Sie, wurden die ersten Raketen während einer kriegerischen Auseinandersetzung eingesetzt?«

»1813 in der Völkerschlacht bei Leipzig.«

»1780, die Schlacht von Pollilur, die Inder gegen die Briten.«

»Ja, in beiden Auseinandersetzungen kamen Raketen zum Einsatz. Interessant an den beiden Jahreszahlen ist die Tatsache, dass die von den Briten während der Völkerschlacht 1813 benutzten Raketenbatterien eine Weiterentwicklung der von den Indern zuvor während der Mysore-Kriege eingesetzten Raketentechnik darstellten.

Doch noch haben Sie meine Frage nicht richtig beantwortet. Niemand?« Lauenburg blickte erwartungsvoll ins Auditorium.

Es blieb still im Hörsaal.

»Es waren die Chinesen, 1232 in der Schlacht von Kaifeng. Sie benutzten einen Flugkörper, der, von Schwarzpulver angetrieben auf die angreifenden Mongolen abgeschossen wurde, um die Pferde zu erschrecken und den Angriff zum Erliegen zu bringen, was ihnen auch gelang.«

Der Projektor erlosch endgültig, und die Deckenbeleuchtung flammte auf.

Major Kai Lauenburg trat hinter dem Pult hervor. Obwohl er Uniform trug, wirkte er entspannt und aufgeräumt. Die kurzen, braun gelockten Haare, die sich kaum bändigen ließen und ihm in die Stirn fielen, unterstrichen dieses Bild noch. Wenn er lächelte, zeigte sich ein Kranz von Fältchen um die braunen Augen, die von einer Brille eingerahmt wurden. Seine Stimme war tief und angenehm, und auf der vollen Kinnpartie lag jetzt am frühen Nachmittag ein deutlicher Bartschatten.

»Heute ermöglichen Raketen militärische Auseinandersetzungen über Entfernungen, die von wenigen Hundert bis hin zu Tausenden Kilometern reichen. Dadurch reduziert sich der militärische Feind in der Distanz zu einem gesichtslosen Gegenüber, er wird zu einem strategisch markierten Punkt auf einer Landkarte.«

Er machte eine kurze Pause und hob seine Hände, um das, was er sagen wollte, zu unterstreichen.

»Aber wie sollen wir die Wahrheit hinter all den Interessen militärischer Blöcke und Bündnisse und auf diese Entfernung erkennen? Wie definieren wir konventionelle Militärkompetenz im Raketenzeitalter? Wie die Rolle der Bundeswehr in der NATO, insbesondere die Frage der Teilhabe am nuklearen Waffenpotenzial?«

Der Applaus war verhallt, Stühle rückten, und rasch bildete sich neben dem Pult eine Traube von Offiziersschülern.

»Gibt es zu Ihrer Vorlesung auch eine Literaturliste?«, fragte einer.

Lauenburg nickte zustimmend. »Finden Sie auf dem Tisch neben dem Ausgang.«

»Danke!«

Aus den Augenwinkeln bemerkte Lauenburg einen Mann in dunkler Hose und Tweedjackett, der sich einen Weg durch die jungen Männer zu ihm hin bahnte.

»Guten Tag«, begrüßte er ihn.

»Guten Tag, Major!«

Der Mann zog einen Ausweis aus der Innentasche seines Jacketts, klappte ihn auf und hielt ihn so, dass nur er einen schnellen Blick darauf werfen konnte.

Lauenburg erkannte das markante, von Falten zerfurchte Gesicht auf dem Passfoto wieder. Das dunkelblonde Haar, das etwas zu lang über die Ohren fiel, und die abgerundete, schildpattmarmorierte Brille verliehen ihm etwas von einem Intellektuellen.

Daneben prangten der Bundesadler und ein Schriftzug, der den Namen verriet: Wilfried Helbing. Darunter ein unlesbarer kreisrunder Behördenstempel.

Der Mann klappte den Ausweis zu und ließ ihn in der Hosentasche verschwinden. »Herr Major, ich habe gehofft, Sie hier anzutreffen. Ich möchte, dass Sie einen Blick auf dieses Foto werfen und mir sagen, ob Ihnen an der Leiche etwas auffällt.«

Das Gemurmel verstummte. Erschrocken wanderten die Blicke zwischen Lauenburg und dem Unbekannten im Anzug hin und her.

Lauenburg zögerte, dann nahm er das Foto an sich und schaute darauf. Nur kurz. Aber es reichte aus, um ihm einen gehörigen Schrecken einzujagen. Er erstarrte. Dann bedeckte er das Bild mit seinen zitternden Händen und wandte sich an die verbliebenen Offiziersschüler. »Entschuldigen Sie mich bitte.«

Er ließ sich von Helbing hinausbegleiten.

Auf dem Korridor blieben sie stehen. »Ich war heute Morgen mit ihm verabredet.«

»Das ist mir bekannt. Ich fand Ihren Namen in seinem Terminkalender.«

Lauenburg fühlte sich plötzlich unbehaglich. »Ja. Wir wollten zusammen in der Mensa frühstücken. Er ist, ich meine … er war mein Doktorvater. Professor Georg Tiefenbach. Ich habe über eine Stunde auf ihn gewartet.«

Noch einmal betrachtete er das Foto. Zu seiner Bestürzung gesellte sich kalte Furcht.

Der Professor lag mit dem Oberkörper auf der Arbeitsplatte seines Schreibtisches. Den Kopf hielt er zur Seite gedreht, sodass Lauenburg ein Einschussloch an der Schläfe erkennen konnte und ein dünnes getrocknetes Rinnsal Blut. In der rechten Hand hielt er eine Pistole. Ein kleines Modellflugzeug am Rand des Tisches war umgefallen und lag jetzt mit einem Flügel auf dem Einband eines dicken Buches. *Kursbuch* und die Jahreszahlen *86/87* standen mit auffallend dicker Schrift darauf. Etwas an dem Bild irritierte ihn, aber er konnte nicht sagen, was es war.

Langsam ließ er die Hand mit dem Foto sinken.

»Die Mordkommission untersucht den Fall noch, geht aber von Suizid aus«, hörte er den Mann sagen.

»Er soll sich selbst erschossen haben?«, fragte Lauenburg ungläubig.

»Was denken Sie?«

»Ich verstehe es nicht«, brach es aus Lauenburg heraus. »Als er sich letzte Woche bei mir meldete, schien er aufgekratzt, regelrecht energiegeladen zu sein, und als ich ihm das Treffen in der Mensa vorschlug, stimmte er sofort zu. Er machte auf mich nicht den Eindruck eines Mannes, der unter Depressionen litt.«

Helbing musterte ihn. »Hat er sonst noch irgendetwas zu Ihnen gesagt? Warum er Sie treffen wollte?«

Lauenburg fiel es schwer, dem Gespräch zu folgen. Noch immer kreisten seine Gedanken um das Foto. »Nein, ich weiß nicht. Was meinen Sie?«, versuchte er, Zeit zu gewinnen.

Helbing wich seinem Blick nicht aus. »Keine Ahnung. Eine Andeutung, ein versteckter Hinweis? So was in der Richtung.«

Lauenburg machte einen Schritt zurück, als würde es ihm plötzlich seltsam vorkommen, hier mit diesem Mann über Tiefenbach zu reden. »Wer sind Sie überhaupt? Ein Polizist? MAD?«

»Wilfried Helbing, BND.«

»Sie arbeiten für den Bundesnachrichtendienst?« Der Argwohn, der in Lauenburgs Stimme mitschwang, war nur schwer zu überhören.

»Einer muss es ja tun«, entgegnete Helbing trocken.

Lauenburg schenkte der Bemerkung keine Beachtung.

»Und was wollen Sie von mir?«

»Sie sind der Verfasser von *Entwicklung und Strategien in der sowjetischen Raketentechnik*?«

»Ja, meine Dissertation.« Wieder verspürte er einen Stich in der Brust, als er an den toten Professor dachte.

Kurz verfingen sich Kai Lauenburgs Gedanken in der Vergangenheit. Damals hatte er nicht geglaubt, dass er noch einmal studieren würde. Er war Pilot. Aber nach der Entlassung aus dem Bundeswehrkrankenhaus und dem Gutachten in seiner Krankenakte stand fest, dass er nie wieder Kampfflugzeuge fliegen würde, und das änderte alles. Es war die Psychologin, die ihm zu einem erneuten Studium riet, aber er sollte sich bei der Auswahl der Studienrichtung Zeit lassen.

Er wollte den Plan schon aufgeben, da betrat er wie durch Zufall einen Hörsaal, in dem ein Videofilm lief. Von dem Geschehen auf der Leinwand gefesselt, setzte er sich in die letzte Reihe. Es war ein Dokumentarfilm über Konstantin Ziolkowski und die Bedeutung seiner Raketengrundgleichung, auf der noch heute das Prinzip moderner Mehrstufenraketen basierte.

Er hatte sich nie für Raketen oder Raumfahrt interessiert. Aber als eine Stunde später im Saal die Lichter eingeschaltet wurden, hatte er den Entschluss gefasst, dass er sich mit dem Thema beschäftigen wollte. Außerdem blieb die Fliegerei so weiterhin Teil seines Lebens, wenn auch anders als von ihm ursprünglich geplant.

Helbings Stimme holte ihn in die Gegenwart zurück.

»Derselbe Lauenburg, der für das Verteidigungsministerium die Analysen zum Abrüstungsabkommen START I verfasst hat?«

»Ja.«

»Beeindruckende Arbeiten.«

Lauenburg schwieg.

»Ich brauche Sie als Analysten in unserem Team.«

»Ach ja?«, fragte Lauenburg.

»Sie würden den Platz von Professor Tiefenbach einnehmen.«

Lauenburg sah ihn überrascht an. »Ich denke nicht. Es

wird Ihnen bestimmt nicht entgangen sein, dass ich unterrichte. Das Semester hat begonnen. Außerdem werde ich heute im Anschluss an dieses Gespräch in Bonn erwartet.«

»Der Auftrag ist von nationaler Bedeutung. Der Verteidigungsminister hat persönlich Ihre Freigabe unterschrieben«, schnitt Helbing ihm das Wort ab.

Das entschiedene Auftreten verunsicherte Lauenburg.

»Sie werden uns zu einer Konferenz begleiten«, fuhr Helbing fort. »Die Zusammenkunft unterliegt höchster Geheimhaltung.«

»Worum geht es bei diesem Treffen?«

Helbing musterte ihn. »Wie Sie der Presse sicher entnommen haben, sind die Amerikaner und die Sowjets nach ihren Treffen in Genf und Reykjavík im Begriff, mit dem INF-Vertrag ein Abrüstungsabkommen bezüglich ihrer Mittelstreckenraketen auf den Weg zu bringen.«

»Das ist mir bekannt.«

»Dann wissen Sie auch, dass der Vertrag Kurzstreckenraketen mit nuklearen Sprengköpfen mit einer Reichweite bis fünfhundert Kilometer nicht erfasst. Aus diesem Grund interessiert uns die militärische Bedrohung, die von sowjetischen Kurzstreckensystemen in der DDR ausgeht, sowie die Koordinaten der Lagerstätten der Nuklearsprengköpfe. Ein Abrüstungsvertrag, der diese Waffensysteme beinhaltet, wäre in unseren Augen für beide deutschen Staaten erstrebenswert.«

Lauenburg spürte, wie ihn das Thema zu fesseln begann. »Vergessen Sie nicht die nuklearfähigen Raketensysteme der Nationalen Volksarmee und der Bundeswehr.«

Helbing nickte zustimmend. »Richtig. Basierend auf einer Initiative, die von Altkanzler Helmut Schmidt und dem Staatsratsvorsitzenden Erich Honecker ausging und mit der sie ein gemeinsames Zeichen für Frieden und Abrüstung setzen wollten, fand genau zu diesem Thema bereits eine erste Gesprächsrunde statt, wo es um die Definition der Inhalte ging und an der auch Professor Tiefenbach teilnahm.«

»Und jetzt ist er tot.«

Helbing legte die Stirn in Falten. »Ja.«

Eine unangenehme Pause entstand.

Lauenburg räusperte sich. »Ich vermute, Sie benötigen jetzt einen Mann, der für Sie in puncto Raketentechnik absolut vertrauenswürdig ist und der das Material, das man Ihnen während der Konferenz vorlegen wird, dechiffrieren, auswerten und einordnen kann.«

Er nahm Lauenburg das Foto aus der Hand. »Genau dafür brauche ich Sie, ich benötige Sie als Analysten, weil es nach wie vor zahlreiche ungeklärte Fragen gibt …« Helbing brach ab, als hätte er bereits zu viel verraten, fuhr dann aber nach einer kurzen Pause fort. »Wenn Sie mich fragen, mangelt es beiden Seiten an Vertrauen.« Er räusperte sich. »Es war Professor Tiefenbach, der Sie mir empfahl. Er war von Anfang an der Ansicht, dass Sie für diese Mission besser geeignet wären als er selbst.«

Lauenburg hörte kaum hin. Sein Blick war jetzt wie gebannt auf das Bild in Helbings Hand gerichtet. »Können Sie mir das Foto noch mal zeigen?«

Wortlos reichte Helbing es ihm.

»Das ist sonderbar.«

Der BND-Mann stellte sich neben ihn. »Was ist sonderbar?«

Lauenburg hob den Blick und deutete auf den toten Professor. Er fröstelte.

»Was?«

»Ich bin mir absolut sicher, dass Tiefenbach Linkshänder war. Also warum hält er auf dem Foto die Waffe in der rechten Hand?«

Kapitel 4

16. Oktober 1986, Rostock

Nina hatte heute eine Stunde früher ihre Schicht beendet, denn sie wollte zu der Verabredung im Küstenwald unbedingt pünktlich erscheinen. Sie hatte sich zu Hause noch schnell umgezogen, Alexej einen Zettel geschrieben und war dann in ihren weißen Trabant gestiegen.

Jetzt stand sie in Elmenhorst an einer Baustelle und wartete darauf, dass sie auf die Gegenfahrbahn wechseln durfte.

Vor ihr hob ein Bagger ein Rohr in die Luft und versenkte es in der Baugrube. Die Ummantelung schimmerte grau.

Wie die Blechdächer damals in Leningrad, dachte sie, und ihr Blick verlor sich in der Ferne.

Wassili war damals in Leningrad mit ihr durch eine Luke geklettert und führte sie über einen schmalen Steg, der mit einem Handlauf gesichert wurde, zu einer kleinen Terrasse am Ende des Daches, die über eine Leiter zu erreichen war.

Nina atmete tief durch. Vor ihr öffnete sich eine weite, leicht abfallende Fläche mit gemauerten Schornsteinen.

Fernsehantennen warfen komplizierte Schatten auf das stumpfe Metall. Vom Fluss wehte ein heißer Wind herüber, der auch den Lärm der Stadt mit sich brachte.

Sie legte die Hände aufs Geländer und beugte sich vor.

Von hier konnte sie die gegenüberliegenden Häuser sehen. Ein roter Vorhang schwang aus einem offenen Fenster, aus dem leise klassische Musik auf die andere Seite der Gasse drang.

Ein Stockwerk tiefer goss eine Frau Blumen, die in tönernen Töpfen auf dem Fenstersims standen. Eine Schar Tauben stieg flatternd auf, flog einen weiten Bogen in der flimmernden Luft und ließ sich schließlich auf dem Nachbardach nieder.

Nina beschlich das Gefühl, als schienen sich die Dächer Leningrads vor ihr zu verneigen.

Sie schaute über die Schulter zu Wassili.

»Es ist schön hier«, sagte sie und beugte sich noch weiter vor. »Es fühlt sich fast so an, als würde ich fliegen.«

Wassili kam auf sie zu, stellte sich hinter sie und umschloss sie mit seinen Armen. Zärtlich flüsterte er ihr ins Ohr: »Das Gefühl hast du, weil du von hier über ganz Leningrad sehen kannst.« Er küsste sie im Nacken, bevor er fortfuhr. »Der Stadtlegende nach stieg Zar Nikolaus der Erste mit seinen Höflingen in den frühen 1840er-Jahren zum Säulengang der Isaakskathedrale hinauf, um die Stadt zu betrachten. Damals waren die Häuser alle unterschiedlich hoch, und das missfiel dem Zaren. Deshalb erließ er den Befehl, dass kein Wohnhaus oder öffentliches Gebäude höher als das

Dach des Winterpalastes sein durfte. Wie du siehst, haben sich die Leningrader bis heute daran gehalten.«

Noch einmal ließ sie den Blick schweifen, dann drehte sie sich zu ihm um. »Danke, dass du mir das gezeigt hast. Es ist wunderschön.«

Wassili lachte und hob dabei abwehrend die Hände. »Bedanke dich nicht bei mir. Die Wohnung gehört Boris, meinem älteren Bruder.«

»Kommt er noch?«

»Nein, er ist Bauingenieur, arbeitet zurzeit im Ausland. Ab und zu schaue ich nach dem Rechten. Weißt ja, Blumen gießen, lüften …«

»Junge Mädchen verführen …«

Er machte ein unschuldiges Gesicht. »Dass du so etwas von mir denkst?«

Nina zuckte mit den Achseln. »Wieso nicht? Du bist gut aussehend, Junggeselle und besitzt eine eigene Bude.

Zumindest kannst du die Wohnung nutzen. Damit bist du für die Frauen reinster Goldstaub.« Sie zog ihn am Schlips der Uniform zu sich heran. »Eigentlich dürfte ich dich nie wieder auf die Straße lassen. Du bist einfach zu wertvoll.«

Er nahm ihr Gesicht in seine Hände. »Wer sagt, dass ich zurück auf die Straße will? Ich habe doch dich.« Er küsste sie zärtlich. »Komm, ich zeig dir was.«

Wassili führte sie zu einer Vorrichtung am Rand der Terrasse.

»Was ist das?«

»Eine Dusche, mein Bruder hat sie gebaut«, erklärte er.

»Siehst du, der schwarz gestrichene Behälter da oben

fängt das Regenwasser auf, das später von der Sonne erwärmt wird.«

Sie stellten sich unter einen Duschkopf, der am Ende von einem Stück Gartenschlauch befestigt war, das eine Handbreit aus dem Tank ragte.

Es fiel Nina schwer, sich auf Wassilis Worte zu konzentrieren, so nah standen sie beieinander.

»Hier ist ein Seil, und wenn du daran ziehst, öffnet sich …«

Doch bevor er den Mechanismus erklären konnte, sprang sie geschwind zur Seite und streckte ihre Hand aus, ihre Finger umschlossen das Ende des Seils. »Wie sagtest du, einfach nur daran ziehen?«

Wassili prustete unter dem Schwall Wasser, der sich sogleich über ihn ergoss.

Energisch strich er die nassen Haare aus dem Gesicht.

Als er die Augen öffnete, stand Nina lachend vor ihm. Sie kam einen Schritt auf ihn zu und sah ihn an. Sie bemerkte die Wassertropfen zwischen seinen gebogenen Wimpern und auf seinem kurz geschnittenen Haar.

Er zog sie an sich und öffnete ihre Lippen zu einem Kuss. Sie wollte etwas sagen, aber er lächelte, und ihre Lippen vereinten sich, lösten sich voneinander und fanden sich wieder.

Wassili zog den Schlips vom Hals und begann, die Knöpfe vom Hemd zu öffnen. Nina bemerkte seine glatte Brust, atmete seinen Duft. Die feuchte Haut schimmerte wie Bronze, und unwillkürlich streckte sie ihre Hand aus. Er ergriff sie, führte sie zu seinem Mund und küsste ihre Finger. Zum ersten Mal fuhr ihre Hand über seine nackten Arme.

Kräftige Arme, die einen gut festhalten, dachte Nina. Sie fühlte sich in diesen Armen geborgen, gleichzeitig erwachte die Lust in ihr. Sie merkte, wie sich die Betriebsamkeit des Tages unter seinen Händen auflöste. Er küsste ihren Hals, tastete sich langsam unter ihrer Bluse über die Schultern, über den Nacken hinab zu ihrer Taille und zog sie fest an sich. Sie gelangte in den schmalen Hohlraum, den das Koppel seiner Hose zwischen den Lendenmuskeln frei gab, dann öffnete sie den Gurt. Beide waren sie auf einmal ganz durchdrungen von der ernsthaften Freude, einander zu begehren, hier, mitten auf einem Dach in Leningrad. Sie wussten, dass sie sich wiedersehen mussten und in dem Sommer, der so verheißungsvoll vor ihnen lag, eine Entscheidung nach der anderen aufschieben würden, bis höhere Gewalt oder die Umstände ihnen den endgültigen Schritt diktierten, doch in diesem Moment fand ihr ganzes Leben in einem Augenblick Platz.

Der Sommer war damals dahingerast.

Jeden Tag hatte sie an der vereinbarten Stelle in dem Lebensmittelgeschäft, das sich hier »Magazin« nannte, nachgesehen, ob er die Teedose mit der Adresse und dem Schlüssel dort für sie deponiert hatte. Jetzt stand der kleine Metallbehälter auf dem weißen gestärkten Tischtuch neben dem blank polierten Samowar, wo sich in der bauchigen Oberfläche neben dem schmalen Bett auch das feine blau-weiß-goldene Rautenmuster des Teegeschirrs spiegelte.

Einen winzigen Moment gab sie sich der Illusion hin, es könnte immer so sein. Befänden sie sich im normalen Leben, dachte sie, würde sie sich jetzt an diesen Tisch setzen und ihre Seminararbeit beenden, während Wassili für seine Prüfung lernte.

Doch diese wenigen Tage und Nächte, die sie miteinander hatten, waren viel zu kostbar, um sie mit alltäglichen Dingen zu verschwenden. Sie lebten hier oben in ihrer eigenen Welt.

Ihr Blick wanderte zu Wassili.

Seine Nähe, sein feiner Geruch, die Verwunderung, ihn unentwegt zu begehren, all das nahm ihre Sinne in Anspruch.

Wenn es in dem Zimmer zu heiß wurde, stiegen sie hinauf aufs Dach. Dort saßen sie eng umschlungen, und Wassili flüsterte ihr merkwürdige Geschichten über die Menschen ins Ohr, die in den Häusern um sie herum lebten. Sie brachte ihm deutsche Wörter bei, indem sie ihm die Buchstaben auf den nackten Rücken schrieb.

Wenn die Sonne sich senkte und ein kühles Lüftchen vom Meer herüberkam, gingen sie wieder nach unten.

Bei den Erinnerungen daran verspürte sie eine Art heiteren Schmerz.

Sie waren schrecklich und genussreich, jene Tage und Nächte. Genussreich, weil sie die Fähigkeit besaß, die Zukunft auszublenden und in der unmittelbaren Gegenwart zu leben. Schrecklich, weil sie spürte, dass ein Liebesverhältnis zwischen einem russischen Offiziersschüler und einer deutschen Studentin nur tragisch enden konnte.

Sie erinnerte sich an diesen einen Morgen, als wäre er erst gestern gewesen.

Wassili regte sich neben ihr, erwachte, sah zu ihr auf und strich mit der Hand über ihr Gesicht. Er murmelte etwas auf Russisch, das sie nicht verstand, sie konnte nur mit den Schultern zucken, und er lachte.

Nina beugte sich zu ihm und berührte sein Haar. Dann rutschte sie mit dem Rücken an die Wand und machte mit den Händen ein Kissen, damit er seinen Kopf in ihren Schoß legen konnte.

Jetzt, als Nina auf Wassili herunterschaute, ihre Hände sein schönes Gesicht hielten, fiel ihr zum ersten Mal eine kleine Narbe an seiner Schulter auf. Sie strich sanft darüber.

»Wo hast du die denn her?«

»Ach, eine blöde Geschichte.«

»Erzähle sie mir.«

Er rückte noch etwas näher an sie heran. »Nach dem Krieg sind wir, also mein Bruder und ich, immer wieder rund um Leningrad durch die Wälder gestrichen. Wie Jungen nun mal sind. Dabei haben wir einmal eine deutsche Pistole gefunden, eine Walther PPK. Wir dachten nicht, dass sie noch funktionsfähig und geladen ist. Natürlich stritten und balgten wir uns um die Waffe. Jeder wollte sie behalten. Da löste sich plötzlich ein Schuss und traf mich. Mein Bruder schleppte mich den ganzen Weg nach Hause. Ich glaube, für ihn war diese Verletzung schlimmer als für mich. Er macht sich heute noch Vorwürfe deswegen.«

»Das kann ich verstehen.«

»Hast du Geschwister, Ninotschka?«

Sie schwieg einen Moment. Dann hob sie räuspernd die Decke, als wollte sie das Bett verlassen, sich damit dieser Frage entziehen. Aber mit einem Mal spürte sie seine Hand auf ihrer Schulter, und diese Berührung löste etwas in ihr aus.

Als wäre sie plötzlich lebendig geworden, drängte es sie, endlich das nach außen dringen zu lassen, was sie seit ihrer Kindheit tief in ihrem Innersten verwahrt hatte.

»Du hast mich am ersten Abend gefragt, ob da noch mehr ist, warum ich nicht eurer Meinung bin, dass alles besser wird, eine neue Freiheit uns erwartet und die finstere Zeit bereits hinter uns liegt. Ich habe dir damals gesagt, ich kann nicht darüber sprechen … aber jetzt möchte ich es tun.«

Er wartete ab.

»Ich hatte eine Schwester«, begann sie leise. »Sie litt am Downsyndrom. Weißt du, was das ist?«

»Ja, ein Gendefekt. Was ist mit ihr passiert?«

»Sie haben sie abgeholt. Ich war damals acht Jahre alt und verstand nicht, was da passierte. Es war ein dämmriger Herbstmorgen. Mir war so kalt. Männer in weißen Kitteln stiegen aus einem Krankenwagen vor unserem Haus. Meine Schwester schaute sich schweigend um, wie ein verängstigtes kleines Tier nach dem näher kommenden Jäger. Sie bewegte die Lippen, als wollte sie ein Lächeln andeuten. Sie schaute die Anwesenden an und bat sie, vergeblich und schweigend, nur mit den Augen, um Schutz, offenbar ohne Verständnis für das, was mit ihr geschah.«

Ninas Hände krallten sich in den Bettbezug, und eine Träne lief über ihre Wange. Sie erinnerte sich, sie wollte fragen: Was geschieht hier eigentlich? Und diese Frage lag auch in den hilflosen Blicken ihrer Eltern, die ihr begegneten.

»Als die Männer Anja packen wollten, fuhr sie entsetzt zurück und klammerte sich an mich. Doch einer der Männer, er hatte einen hohen Schädel mit schütterem Haar, schlug ihr auf den Arm und machte sie los. Anja war nicht imstande, zu gehen, die Männer in den Kitteln fassten sie unter die Arme und zogen sie mit sich fort. Sie schrie. Als sie an der Autotür war, verstummte sie plötzlich, als hätte sie etwas begriffen, vielleicht, dass das Schreien ihr nichts half, oder, dass es doch ganz unmöglich war, dass man sie fortbringen wollte. Und ich stand daneben und habe nichts getan ...«

Nina konnte nicht weitersprechen. Sie biss sich auf die Unterlippe. Damals hatte sie das Gefühl, ihr würde mit dem Türenschlagen des Wagens ein Stück ihrer selbst weggerissen. Sie sah Anja nie wieder.

Sie schluckte schwer.

»Du warst noch ein Kind, Nina. Du kannst nichts dafür ...«, flüsterte er beschwichtigend und streichelte ihren Arm. Dann zog er sie an sich und hielt sie fest. »Was ist mit Anja passiert?«

Nina schloss die Augen, weinte stumm, nur der Stoff der Decke knisterte leise: »Sie wurde in ein Heim für behinderte Kinder gebracht. Meine Eltern sagten mir, dass es ihr dort besser gehen würde als bei uns, dass man sich dort besser um sie kümmern könnte. Ich habe es nicht geglaubt. Nach ein paar Monaten kam plötzlich die Nachricht, dass Anja an einer Lungenentzündung gestorben sei. Ich konnte mich nicht mal von ihr verabschieden.« Nina schüttelte den Kopf und schluchzte.

Sie spürte, wie Wassili sie noch fester umarmte, und sie flüsterte: »Ich nehme an, seit dieser Zeit habe ich einen Knacks.«

»Was für einen Knacks?«, fragte er.

»Ich vertraue ihnen nicht mehr. Nach außen bin ich die vorbildliche Tochter, die fleißige Schülerin, die ausgezeichnete Studentin, aber es vergeht kein Tag, an dem ich nicht in Angst davor lebe, dass sie kommen und mich abholen, wie meine Schwester.«

»Niemand holt dich ab. Das werde ich nicht zulassen«, entgegnete Wassili bestimmt.

Lange saßen sie eng umschlungen da, und irgendwann beruhigte Nina sich in seiner Umarmung. Als könnte der Druck seiner Arme ihr etwas sagen. Und das taten sie auch. Sie sagten etwas Sanftes und Endgültiges. Es war eine Geborgenheit, die sie nicht nur umfing, sondern vollends durchdrang.

Dann, als es auf Mittag zuging, erhob er sich behutsam.

Sie drehte den Kopf.

»Komm, lass uns aufstehen. Ich weiß, was du jetzt brauchst. Ich mache uns eine große Portion Pelmeni.«

Entschlossen schob er die Decke weg. »Es ist Samstag. Wir werden uns aufs Dach setzen, die Sonne genießen und heute Nacht Sternschnuppen zählen. Wir trinken Wodka und feiern, dass wir jung und am Leben sind.« Wassili reichte ihr die Hand. »Bist du dabei, Ninotschka?«

Nina stand auf und umarmte ihn. »Ich liebe dich. Du bist das Beste, was mir je passiert ist.«

Er küsste sie und lächelte. »Du hast die Pelmeni nach dem Rezept meiner Babuschka noch nicht probiert.«

Die Küche war winzig.

Wenn sich einer von ihnen bewegte, berührten sich ihre

Körper. Nina beugte sich über die schmale Arbeitsfläche und stach kleine runde Formen aus dem dünn ausgerollten Teig, während Wassili am Gasherd stand und die Hackfleischmischung in einer gusseisernen Pfanne briet.

»Das riecht verdammt gut«, sagte Nina und streute noch etwas Mehl über den Teig.

»Hackfleisch, Zwiebeln, Knoblauch, Pfeffer und Salz«, erklärte Wassili und rührte mit einem Holzlöffel den Inhalt um. »So, jetzt heben wir noch Dill und Petersilie unter die Masse«, er leerte zwei Schalen über der Pfanne aus, »und dann können wir auch gleich mit dem Füllen der Teigtaschen beginnen. Wie weit bist du?«

Im Transistorradio lief eine bekannte russische Tanzmusik, und übermütig stieß er sie mit dem Gesäß an, was Nina mit einem weißen Mehlfleck auf seiner Nase quittierte.

Zwanzig Minuten später kochten die Pelmeni in einer würzigen Brühe.

»Und was gibt's dazu?«, fragte Nina.

Wassili hob den Zeigefinger und öffnete den Kühlschrank.

»Was du willst. Entweder Smetana, also Schmand, oder zerlassene Butter.«

»Smetana klingt gut.«

Plötzlich hämmerten schwere Fäuste gegen die Wohnungstür.

»Militärpolizei«, dröhnte eine Stimme. »Offiziersschüler Michailow! Öffnen Sie sofort die Tür! Wir wissen, dass Sie sich in der Wohnung aufhalten!«

Wie vom Blitz getroffen fuhr Wassili herum, stellte den Krug mit der sauren Sahne ab und schloss den Kühlschrank.

Er schaute zu Nina, die wie versteinert in der Küche stand, ihr Gesicht war weiß, und ihre Lippen nahmen eine bläuliche Farbe an.

Wassili löschte die Flamme unter dem Topf. »In den Schrank! Schnell!«

Sie bewegte sich nicht, stand einfach nur da. Er drängte sie hinüber ins Wohnzimmer, wo er eine der Schranktüren aufriss und ihr beim Hineinklettern half. »Keinen Ton«, ermahnte er sie, bevor er den Schrank wieder verschloss.

Erneut schlugen Fäuste hart gegen die Tür. »Militärpolizei. Genosse Michailow, wir fordern Sie zum letzten Mal auf. Öffnen Sie!«

Wassili knöpfte den letzten Knopf seines Hemdes zu und atmete tief durch, bevor er die Tür öffnete.

Was ihn im Hausflur empfing, war keine Streife der Militärpolizei, sondern brüllendes Gelächter. Dimitri Iwanow, Viktor und Grigorij bekamen sich gar nicht mehr ein, als sie sein verdutztes Gesicht sahen.

Wassili wurde wütend. »Was soll das, Iwanow? Findet ihr das lustig?«

Beleidigt zog Dimitri die Augenbrauen hoch. »Komm schon, Wasja. Es ist Wochenende. Sei kein Spielverderber. Lass uns rein.« Er reichte ihm eine geöffnete Flasche Wodka, die bereits zur Hälfte geleert war, und wollte sich an Wassili vorbeidrängen. Doch der verstellte die Tür.

»Was ist?«, fragte Dimitri irritiert. »Wir wollen nur ein bisschen um die Häuser ziehen und den verlockenden Duft der neuen Freiheit genießen. Zusammen mit dir, mein Freund.«

Wassili schob die Hand mit der Wodkaflasche zur Seite. »Das ist mir egal«, erwiderte er immer noch aufgebracht. »Militärpolizei, da hört bei mir der Spaß auf. Und jetzt verschwindet, ich habe zu tun.«

Iwanow stülpte die Lippen vor. »Das werde ich mir merken. Diese kleine Deutsche ist dir also wichtiger als deine alten Freunde?« Er hatte das gesagt, um Wassili zu provozieren.

Doch der winkte nur ab. »Denkt von mir aus, was ihr wollt. Feiert, amüsiert euch, aber ohne mich. Ich gehe wieder rein.«

Als die Tür hinter ihm ins Schloss fiel, durchlief ihn eine heiße Welle aus Wut und Scham.

Nina, die inzwischen aus dem Schrank geklettert war, musterte ihn. Wassili blieb am Tisch stehen und umklammerte mit seinen Händen die Lehne des Stuhls. Die Knöchel traten weiß hervor.

Nina schloss die Schranktür. Sie ahnte, was Wassili fühlte, und trat ans Fenster. »Was ist, wenn es nicht deine Freunde, sondern eine echte Streife gewesen wäre?«

Er antwortete nicht.

Ihre Gedanken überschlugen sich. Bevor er sie getroffen hatte, folgte Wassili einem durch das System vorgezeichneten Weg, war Jahrgangsbester an der Akademie und hatte eine großartige Zukunft vor sich. Was, wenn er diesen Weg wegen ihr verließ, wenn sie ihn kompromittierte?

Sie starrte in den milchig blauen Himmel.

Sie würde in einem halben Jahr wieder zu Hause sein,

aber für Wassili ergaben sich möglicherweise weitreichendere Konsequenzen. Wahrscheinlich musste er sich vor seinen Vorgesetzten und der Partei rechtfertigen, wenn Dimitri Iwanow aus einer Kränkung heraus seinem Vater einen Wink gab. Im schlimmsten Fall hatte sie Wassilis Zukunft ruiniert, und im allerschlimmsten Fall drohte ihnen beiden ein Aufenthalt in einem der Lager.

Kälte kroch in ihr hoch.

Musste sie nicht, wenn sie ihn liebte, auf ihn verzichten?

Sie drehte sich langsam um und sah, dass er immer noch an derselben Stelle stand.

»Ich habe nachgedacht. Wasja … wir sollten uns nicht mehr treffen. Dein Leben ist …«

In zwei Schritten war er bei ihr und drückte sie heftig an sich.

»Sag nichts«, beschwor er sie. »Mein Leben ist nicht so wichtig. Ich zähle die Tage in der Kaserne, ich lebe für die Stunden mit dir. Wir sind zusammen, alles andere ist unwichtig in diesem Moment.«

»In diesem Moment …«, wollte sie intervenieren und hob die Stimme, aber er legte seine Stirn an ihre Schläfe.

»Ich denke nicht mehr, ich fühle nur noch …«, flüsterte er, und sie spürte den Atem an ihrer Wange und seine Hände, die durch ihr Haar fuhren.

»Ich hätte nicht gedacht, dass ich je so empfinden könnte«, flüsterte Nina und grub ihre Finger in seinen Rücken.

»Ich auch nicht, aber ich habe mein Leben lang danach gesucht.«

Wassili hielt einen Moment inne. »Aber es macht mich so wütend, ich will nicht, dass ich mich mit dir verstecken muss, wir haben ein Recht, so zusammen zu sein wie andere Paare auch. Ich möchte mit dir durch Leningrads Straßen bummeln, Eis essen, ins Kino gehen oder vielleicht zu einem Lyrikabend ins Stadion, alles das tun, was für andere selbstverständlich ist, und dazu …« Er schaute sich suchend im Zimmer um.

»Warte einen Moment! Nicht weggehen!«

Wassili lief zur Kommode, zog ein Kästchen auf, und Nina sah, wie er etwas in seinen Händen formte und dann die Linke verschloss. Er drehte sich wieder um und kam zu ihr zurück.

Sein Gesicht war ernst.

In dem Augenblick ging er vor ihr auf die Knie und ergriff ihre Hand. »Nina, willst du meine Frau werden?«

Der Klang seiner eigenen Stimme überraschte ihn.

Irgendwo gurrten in der Dachrinne ein paar Tauben, und für einen Moment hatte Nina das Gefühl, dass der Boden unter ihr schwankte.

Sie sah sich um. Zum ersten Mal betrachtete sie diese kleine Wohnung unterm Dach mit den Blicken einer Frau, die hier in der Sowjetunion leben würde, denn sie wusste, dass er als Mann das Land nicht verlassen durfte, und er hatte sich für fünfundzwanzig Jahre verpflichtet.

Unweigerlich fragte sie sich, ob sie das wirklich wollte, für immer hier leben? Eltern und Heimat verlassen, um hierherzuziehen und ihrem Mann später von einer Garnisonsstadt in die nächste zu folgen? Ein Leben lang war sie für ihre ruhige Vernunft bekannt gewesen, doch nun ergriff sie eine tiefe Bewegung, als sie die Augen senkte und die Verletzlichkeit auf seinem Gesicht sah. Er hatte ihr Zögern bemerkt und hielt noch immer den schmalen Ring, den er rasch aus Golddraht geflochten hatte, zwischen seinen Fingern. Im selben Augenblick traf sie ihre Entscheidung.

»Ja, das will ich«, sagte sie mit fester Stimme und spürte, wie er ihr den Ring auf den Finger schob.

Die Zukunft lag leuchtend vor ihnen, und sie dachten, sie würden auf ewig zusammenbleiben.

Kapitel 5

16. Oktober 1986, Rostock – Hotel Neptun

Zornig stieg Heinz König die geschwungene Treppe zur Direktion hinauf. Soeben hatte ihn seine Sekretärin über das Haustelefon informiert, dass Oberst Grothe von der Staatssicherheit in seinem Direktorenbüro hockte und verlangte, ihn unverzüglich zu sprechen.

Wie komme ich dazu, dachte er aufgebracht, dass der mich wie einen grünen Schuljungen zu sich zitiert. Überhaupt, der Kerl steckte überall seine Nase hinein und verplemperte darüber hinaus auch noch seine kostbare Zeit und die des Hotelpersonals.

König hatte die Tür zum Vorzimmer fast erreicht, als sie mit Schwung geöffnet wurde und Heiko Mehldorn vom Empfang heraustrat. Er machte einen schnellen Schritt zur Seite und grüßte höflich, während er ihm die Tür aufhielt.

»Ihnen auch einen schönen Tag«, murmelte König.

Seine Sekretärin saß mit leicht angesäuerter Miene hinter ihrem Tisch und deutete stumm mit dem Daumen nach nebenan.

König nickte und betrat das Zimmer.

Grothe hockte am Konferenztisch, drei große Stapel Ordner vor sich.

»Was machen Sie da?«, fragte König angespannt.

Grothe verzog den Mund. »Wonach sieht es denn für Sie aus? Ich überprüfe die Kaderakten Ihrer Mitarbeiter auf politische Standfestigkeit.«

»Indem Sie unangemeldet in mein Büro eindringen? Sie hätten nur zu fragen brauchen, dann hätte ich Ihnen die Personalakten bringen lassen.«

»Hier gibt es genug Platz für uns beide. Ohnehin tue ich nur meine Pflicht, es obliegt meiner Verantwortung … Außerdem kann ich Sie auf diese Weise gleich zu dem einen oder anderen befragen.«

Er griff nach einem Schnellhefter, der auf einem Stapel ganz oben lag.

»Zum Beispiel der hier: Lutz Görlitz.«

»Was ist mit ihm?«

»Er ist einer Ihrer Köche.«

»Ja, und ein ausgezeichneter noch dazu. Er hat hervorragende Referenzen.«

»Und einen Haufen Verwandtschaft im Westen. Onkel, Tante, Cousine.«

»Ja, und was spielt das für eine Rolle?«

»Er ist ein Sicherheitsrisiko! Er muss während der Konferenz ersetzt werden.«

König schüttelte ungläubig den Kopf. Er wollte dem Stasimann entgegenschleudern, dass für ihn bei der Auswahl seiner Leute andere Kriterien als politische Standfestigkeit und

Westverwandtschaft galten, doch dann biss er sich auf die Zunge. Stattdessen erwiderte er: »Die Leute sind regelmäßig darüber belehrt worden, dass sie zu Gästen und Reisenden aus dem nichtsozialistischen Ausland keinen Kontakt aufnehmen und unterhalten dürfen. Das habe ich sogar schriftlich.«

Grothe blickte ihn mit kalten Augen an. »Das ist mir egal. Papier ist geduldig, ich bin es nicht. Sie ersetzen Görlitz und die hier …« Er nahm eine Handvoll Ordner und schob sie über den Tisch. » … gleich mit!«

König verschränkte die Hände demonstrativ auf dem Rücken. »Diese Maßnahmen untergraben maßgeblich die Aufrechterhaltung der Servicequalität unseres Hauses. In meinem Hotel arbeiten nicht umsonst die besten Kader der Republik.«

»Ihr Hotel, Herr Direktor?«

»Ja.«

Grothe stützte seine Arme schwer auf den Tisch. »Sie verkennen Ihre Position. Falls Sie es vergessen haben, dieses Haus ist Volkseigentum. Und wir, die Genossen, sind dazu da, das Eigentum des Volkes vor Feinden zu schützen. Schild und Schwert der Partei. Schon vergessen, König?«

Wortlos nahm der Direktor die Akten auf und setzte sich an seinen Schreibtisch.

Kapitel 6

16. Oktober 1986, bei Nienhagen

Nina setzte den Blinker und bog von der Landstraße in eine Schneise, die rechts in den Küstenwald führte. Sie folgte einem Forstweg, der hauptsächlich aus zwei ausgefahrenen Sandstreifen bestand und sich schnell zwischen den Bäumen verlor. Ab und zu war sie gezwungen, einem Schlagloch auszuweichen, bevor sich der Weg unerwartet zu einer kleinen Fläche verbreiterte, auf der sie den Wagen abstellen konnte.

Der Motor verstummte.

Sie drehte sich etwas zur Seite, ihr Blick fand den Rückspiegel, und sie bemerkte die Müdigkeit in ihrem Gesicht. Sie fuhr sich mit der rechten Hand unsicher über Stirn und Wangen, ehe sie die Handtasche vom Beifahrersitz zu sich heranzog und den Lippenstift herausnahm, um sorgfältig die Konturen nachzuziehen.

Als sie dafür den Kopf leicht in den Nacken legte, begegneten ihr von kleinen Fältchen umrandete Augen, die sie fragend anschauten.

Was würde der Mann, den sie nun nach all den Jahren wiedertreffen würde, heute in ihr sehen?

Nina schlug die Lider nieder. Sie wusste es nicht. Diese Ungewissheit nagte an ihr. Das Gefühl verschwand auch nicht, als sie über den Kragen des blauen Wollmantels strich und den Bund der weißen Bluse zurechtzupfte.

Entschlossen wandte sie sich vom Spiegel ab, steckte den Lippenstift in die braune Ledertasche und öffnete die Autotür.

Als sie den Wagen abschloss, bemerkte sie über ihrem Kopf das Rauschen der Kiefern, in das sich das entfernte Brausen heranrollender Wellen mischte. Ein Windzug fuhr über ihr erhitztes Gesicht, als sie sich aufmerksam zwischen den Bäumen umschaute. Sie roch das würzige Aroma von Pilzen, Baumharz und trockenem Waldboden.

Sie machte einige Schritte vorwärts, dann blieb sie stehen und lauschte. Von irgendwoher drang ein Motorgeräusch zu ihr.

War ihr jemand gefolgt? Sie blickte den Weg zurück, den sie gekommen war.

Nichts.

Als sie sich umwandte, stand auf einmal ein Mann in Uniform zwischen den Bäumen. Sie erschrak, ließ es sich aber nicht anmerken. Der Mann kam langsam näher, und jetzt erkannte sie ihn. Es war Wassili.

Er hatte sich kaum verändert, nur die Statur war etwas kräftiger, und seine Miene wirkte angestrengt. Doch als er sie erblickte, entspannte er sich, und ein erleichtertes Lächeln breitete sich auf seinem Gesicht aus.

Auch ihr Atem ging jetzt schneller, und unbewusst beschleunigten sich ihre Schritte. Ihr Herz klopfte ungestüm in der Brust, und eine Welle wilder Zärtlichkeit stieg in ihr auf. Es kam ihr vor, als wäre er plötzlich aus einem ihrer Träume herausgetreten, so, wie er jetzt vor ihr stand.

Er umarmte sie, und sein vertrauter Duft hüllte sie ein, nahm sie völlig gefangen. Er bemerkte die Kette um ihren Hals, an der sie seinen goldenen Ring trug, und berührte ihn leicht mit den Fingern. »Ninotschka, was für ein Glück, dass ich dich sehen darf«, flüsterte er mit leiser Stimme in ihr Ohr. Er küsste ihr Gesicht, ihre Augen und ihren Mund.

»Ja, was für ein Glück«, wiederholte sie und suchte ebenfalls seine Lippen.

Du musst es ihm sagen, tönte fordernd eine Stimme in ihr.

Ihm *alles* sagen.

Vorsichtig schob sie ihn von sich weg. Ihre Lippen zitterten, ohne dass sie etwas dagegen tun konnte. Sie zog die Augenbrauen zusammen und blickte auf den Waldboden.

»Was ist mit dir?« Abwartend beobachtete er sie.

»Es ist so«, sagte sie gedämpft. »Ich habe einen Sohn.«

»Einen Sohn?«

»Ja, und du bist der Vater.«

Sie musste tief Luft holen, bevor sie fortfahren konnte.

»Und er ... er ... heißt ... Alexej ...« Ihr versagte die Stimme.

Wassili war wie vom Donner gerührt. »Alexej, Aljoscha?« Er schluckte.

Nina errötete, presste ihre Hände zusammen, und mit einer Selbstüberwindung, die ihr nicht leichtfiel, hob sie den Kopf. Sie sprach schnell: »Als ich von Leningrad abfuhr, wusste ich es noch nicht, und dann, als ich wieder hier war, gab es keine Möglichkeit für mich, mit dir in Verbindung zu treten. Ich verbarg meinen Zustand, solange das möglich war, damit niemand etwas bemerkte, niemand Schlüsse ziehen konnte. Ich fühlte nur, dass ich dieses Kind, dein Kind, unbedingt wollte und ich bereit war, alles dafür zu tun.« Ihre Stimme brach, und sie atmete schwer.

»Ninotschka!«

»Warte, lass mich dir alles erzählen!«

Und ohne sich noch einmal unterbrechen zu lassen, sprach sie über das, was sie nach ihrer Abreise im Sommer 1968 erlebt hatte, wobei sie versuchte, über alle Ereignisse der Reihe nach zu berichten.

Wassili lief stumm neben ihr her und sah sie unverwandt an.

Nach dem Studium war sie eine ledige Mutter, der Vater des Kindes unbekannt. Ihre Eltern und die Professoren rieten ihr dazu, ihr Kind wegzugeben, doch sie weigerte sich, mietete bei einer alten Dame ein Zimmer, nahm Übersetzungsarbeiten an und half, sooft es ging, in einem Restaurant aus. Von dort trat sie die Stelle im Neptun-Hotel in Rostock an.

In ihrer Erzählung mischten sich belanglose Einzelheiten mit den tiefsten Einschnitten in ihrem Leben, und es war, als könnte sie gar kein Ende finden. Manchmal wiederholte sie ihre Schilderungen auf Russisch, als hätte sie Angst, Wassili könnte ihren Ausführungen nicht folgen.

Sie hatten den Rand des Küstenwaldes erreicht.

Wassili starrte gedankenversunken vom Kliff auf die weißen Schaumkämme der Ostsee und konnte offensichtlich nicht begreifen, dass er einen erwachsenen Sohn hatte. Dass sich alles geändert hatte und er nicht mehr allein auf dieser Welt war.

Nina lenkte seine Aufmerksamkeit auf ein Foto, das sie aus ihrer Geldbörse genommen hatte und ihm nun hinhielt. Die Ähnlichkeit war auffallend, und sie hinterließ augenscheinlich bei Wassili eine solche innere Rührung und Erschütterung, dass er sich abwandte, die Hände aufs Gesicht presste und einige Schritte zur Seite ging.

Nina folgte ihm, legte ihm die Hand auf den Arm, und gemeinsam setzten sie ihren Weg an der Waldkante fort.

Ab und zu blieben sie stehen und sahen schweigend auf die untergehende Sonne, die letzten Lichtflecken, die einsam auf den Wellen tanzten.

Nina empfand nach diesem ernsten Gespräch ein Gefühl von Befangenheit. Es fiel ihr schwer, den Faden wiederaufzunehmen oder von belangloseren Dingen zu sprechen.

Wassili knickte einen trockenen Ast ab. Verzweifelt schien auch er nach einem Thema zu suchen, um das Schweigen zwischen ihnen zu brechen. Dann hatte er offensichtlich endlich eine Eingebung.

»Spricht er Russisch? Alexej?«, fragte Wassili.

Ninas Augen glänzten. »Wie gedruckt! Er ist der Beste in seiner Klasse«, antwortete sie nicht ohne Stolz.

Wassili lächelte erfreut, wurde aber gleich wieder ernst.

»Weiß er, wer ...« Er brach ab.

Nina erriet, was er sie fragen wollte. Ob Alexej wusste, wer sein Vater war.

»Du musst verstehen, als Aljoscha klein war, hat er oft nach dir gefragt. Aber es war zu gefährlich, ihm alles zu erzählen. Ich dachte, wenn sie von uns, also von dir und mir, erfahren, dann nehmen sie mir Alexej weg, bringen ihn in ein Heim, so wie sie es mit meiner Schwester ...« Sie verstummte. »Als er dann älter war, habe ich ihm gegenüber das eine oder andere angedeutet, aber jetzt soll er endlich die Wahrheit erfahren.«

Wassili legte seine Hände auf ihre Oberarme. »Nina, gibt es eine Möglichkeit, ihn zu sehen? Vielleicht einen Ort, wo ...«

Sie überlegte kurz.

»Ja, wir können uns auf der Datsche meiner Familie treffen, es ist nicht weit von hier, trotzdem abgelegen, und um diese Jahreszeit hält sich niemand mehr da draußen auf.«

Sie nahm einen Block aus ihrer Tasche und notierte mit dem Bleistift eine Adresse.

Wassili überflog die Zeilen.

Nachdem er den Zettel eingesteckt hatte, bestürmte er sie lebhaft mit Fragen. »Wie war Alexej, als er klein war? Was isst er gern? Liest er viel? Ist er gut in der Schule? Treibt er Sport, und hat er eine Freundin ...?«

Nina lachte, hakte sich bei ihm ein und beantwortete geduldig und mit Freude alle seine Fragen.

Es war schon dunkel, als sie den Weg zurück antraten.

Als sie Ninas Trabant erreichten, wechselte Wassili plötzlich das Thema.

»Hast du von der Konferenz in eurem Hotel erfahren?«

Sie nickte. »Ach, deshalb bist du hier!«

Er zögerte. »Sind die Teilnehmer schon eingetroffen?«

»Die westliche Delegation noch nicht, aber so einige Mitglieder der DDR-Abordnung haben heute ihre Zimmer bezogen. Warum fragst du?«

Wassili winkte lächelnd ab. »Nur so. Ich weiß eben gern, wer mir bei den Verhandlungen gegenübersitzt.«

Ninas Blick suchte Wassilis Augen. »Da ist ein Mitarbeiter von der Staatssicherheit dabei, Oberst Wolf Grothe.« Ninas Hände krallten sich in Wassilis Ärmel. »Ich habe ihn sofort wiedererkannt. Er war es, der meine Schwester damals wegbrachte. Als Anja sich verzweifelt an mich klammerte, schlug er brutal auf ihren Arm. Sein Gesicht habe ich nie vergessen.«

»Hat er dich erkannt?«

»Ich glaube nicht.«

»Gut, sei vorsichtig. Wie du weißt, ist dieser Mann gefährlich. Zu viel hängt diesmal von dem Treffen ab. Ich kann dir nicht mehr dazu sagen, aber manche, vor allem einige Armeegeneräle und hochrangige KGB-Offiziere, sind mit Gorbatschows derzeitigem politischen Kurs nicht einverstanden.

Ich bin mir sicher, dass sie versuchen werden, die Gespräche zu torpedieren. Sie legen der amtierenden sowjetischen Regierung alle Abrüstungsbestrebungen als Versagen aus, als Verrat an der Oktoberrevolution. Ein vorzeitiger Abbruch der Gespräche würde Gorbatschows Position in Moskau schwächen, ihn möglicherweise zu Fall bringen. Ich muss dafür sorgen, dass das nicht geschieht.«

Er schaute sie an. »Du weißt, was ich meine. Budapest, Prag, Afghanistan, Tschernobyl, die Welt, in der wir leben, hat sich nicht unbedingt zum Besseren verändert.«

»Ja, es ist eine Welt, in der wir uns nicht einmal kennen dürften«, antwortete sie traurig.

Er strich zärtlich über ihre Wange. »Ja, wenn wir uns im Hotel treffen, werden wir wie Fremde sein, aber du weißt, ich trage dich tief in meinem Herzen, Ninotschka.«

Dann küsste er sie zum Abschied.

Kapitel 7

August 1968, Leningrad

Wohin sie blickte – überall Militär.

Die Lage in Prag war eskaliert, und das System schlug jetzt erbarmungslos zurück.

Bereits auf der Fahrt zum Bahnhof waren ihr die Posten der Armee aufgefallen, die alle Kreuzungen besetzt hielten und Kolonnen von Armeefahrzeugen durch die Stadt dirigierten.

Und hier, unmittelbar vor dem Bahnhofsgebäude, war es auch nicht anders. Lastwagen um Lastwagen rollte heran. Klappen wurden geöffnet, Soldaten kletterten von den Ladeflächen und marschierten kurz darauf durch das dreigeteilte Eingangsportal des Moskauer Bahnhofs.

Zeitgleich stieg auch Nina aus dem Bus.

Alle ausländischen Studenten waren aufgefordert worden, das Wohnheim zu verlassen und in ihre Heimatländer zurückzukehren.

Die Sonne stand hoch und tauchte den Platz in milchig weißes Licht. Eine ältere Frau mit Kopftuch und roter Armbinde achtete darauf, dass sie dicht zusammenblieben, während sie sich einen Weg durch die Menge bahnten.

Das Empfangsgebäude mit seinen halbrunden Arkaden, den Fensterfronten und Schmuckpilastern erinnerte eher an einen Palast als an einen Bahnhof. Die Ausmaße waren gewaltig. Von der Schalterhalle aus verbanden breite Treppen die unterschiedlichen Gebäudeebenen, und oben angekommen warteten auf ungefähr einem Dutzend Bahnsteigen Fernzüge auf ihre Abfahrt.

Nina sah der Frau ihre Erleichterung an, als sie den Bahnsteig erreichten und sie ihre Gruppe vollzählig an zwei Männer in Zivil übergeben konnte, die, nachdem sie aufmerksam ihre Papiere kontrolliert hatten, sie auf die einzelnen Reisewagen verteilten.

Es kam Nina immer noch so vor, als würde sie sich in einem furchtbaren Albtraum befinden, und es lag nur an ihr, wann sie daraus erwachen würde.

Mühsam schob sie den Koffer durch den schmalen Gang, bis sie das Abteil erreichte, das man ihr zugewiesen hatte.

Zwei Studentinnen in ihrem Alter hielten sich bereits darin auf.

»Guten Tag«, sagte sie leise und erntete stummes Kopfnicken. Wen wundert's, dachte sie und legte ihre Handtasche auf das letzte freie Bett. Jede war mit ihren Gedanken beschäftigt.

Ohne Eile sah sie sich um.

Als sie sich anschickte, den Koffer auf einen freien Platz im Gepäcknetz wuchten zu wollen, stand unerwartet eines der Mädchen auf und half ihr. Gemeinsam gelang es ihnen, das Gepäck in die richtige Position zu bringen.

»Danke«, sagte Nina erleichtert.

»Gern geschehen.«

»Schaut euch das nur an, eine Schande«, sagte plötzlich die Dritte mit polnischem Akzent, wobei sie energisch mit dem Zeigefinger gegen die Scheibe klopfte.

Nina beugte sich über sie, um besser sehen zu können.

Auf dem Nachbargleis stand ein Militärzug. Im vorderen Teil reihten sich Fahrzeuge und Panzer, während unmittelbar vor ihrem Fenster die Angehörigen der Einheit in bereitstehende Holzwaggons kletterten.

Nina wollte dem Mädchen gerade zustimmen, als ihr Blick an einem Uniformierten haften blieb.

War das möglich?

Sie spürte, wie plötzlich ihr Herz heftig in der Brust zu schlagen anfing. Durch ihren Atem beschlug die Scheibe. Mit einer heftigen Bewegung wischte sie den Nebel weg. Jetzt hatte sich der Offizier über seinen Tornister gebeugt. Deutlich erkannte sie sein Profil.

Wassili!

Hektisch versuchte sie, das Fenster zu öffnen. Doch der Riegel bewegte sich nur einige Millimeter.

Sie sah, wie er den Tornister aufnahm und sich wieder in der Kolonne einreihte, die stetig weiter in Richtung Güterwaggons vorrückte.

Panisch schlug sie mit der flachen Hand gegen das Glas, voller Angst, die Situation würde ungenutzt verstreichen, ein letztes Mal mit ihm in Kontakt treten zu können.

Kurz entschlossen ballte sie die Hände zu Fäusten. Der feine Golddraht schnitt ihr in die Haut, als sie wild entschlossen gegen die Scheibe trommelte und seinen Namen durch den schmalen Spalt hinausschrie.

Dumpf hallten die Schläge durch das Abteil.

Sie ignorierte die fragenden Blicke der beiden Frauen und war kurz davor, zur Abteiltür zu stürzen und sich durch den vollen Gang nach draußen zu kämpfen, als ein Signalpfiff ertönte.

Und dann, ganz unerwartet, drehte er sich um.

Sein überraschter Blick glitt suchend den Zug entlang, vielleicht hatte er seinen Namen gehört, oder es hatte sich ihm auf eine andere Weise ihre Nähe und Verzweiflung mitgeteilt. Ihre Augen trafen sich, und ohne zu zögern, trat er aus der Reihe und stürzte auf sie zu. Ganz dicht vor der Scheibe war sein Gesicht, ihre Hände legten sich auf dem Glas übereinander.

Es raubte ihr den Atem. Sie wollte ihm ihr Mitgefühl ausdrücken, ihre Niedergeschlagenheit, ihre ganze Liebe und Sehnsucht, und sie sah, dass es ihm genauso erging.

Aber es trennte sie mehr als das Fenster, welches sich nicht weiter öffnen ließ, und so blieb ihnen nur dieser stumme Moment gegenseitigen Erkennens und Abschiednehmens.

Ein weiterer Pfiff zerriss ihr Schweigen.

Als sich der Zug in Bewegung setzte, löste Wassili die Hände mit einer stummen Geste von der Scheibe.

Er blickte ihr nach, vom Licht eingehüllt.

Der Zug beschleunigte.

Ihr liefen Tränen übers Gesicht, als sie die Wange fest an das Glas drückte, um ihn so lange wie möglich auf dem Bahnsteig stehen zu sehen.

»Ich liebe dich«, flüsterte sie.

Als der Zug durch die weiten Ebenen ratterte, lag sie auf der Pritsche und starrte hinaus in den endlosen Himmel, der sich an den Rändern blassrosa zu verfärben begann.

Zum ersten Mal seit ihrer Abfahrt dachte sie an die Teedose und dass Lena sie inzwischen versteckt hatte. Sie drehte sich auf den Rücken und verschränkte die Hände unter dem Kopf. Sie hoffte, dass Wassili nach seiner Rückkehr ihre Nachricht finden möge.

Der Inhalt war nicht besonders lang, genau genommen war er nur ein Zitat aus Tschechows *Die Möwe*:

Wenn du je mein Leben brauchst, so komm und nimm es dir.

Kapitel 8

20. Oktober 1986, Rostock – Hotel Neptun

Helbing und Lauenburg liefen mit langen Schritten durch die Lobby, dicht gefolgt von Helge Wieland, einem der Techniker im Team, der die Delegation begleitete.

Sie gelangten zu einer gläsernen Flügeltür, hinter der sich ein breiter Korridor verbarg. Dieser führte zu einer eleganten Wendeltreppe, von der aus man zur Direktion und in den Konferenzbereich gelangte.

Heute jedoch wurde der Zugang von einem hageren jungen Mann mit rotem Gesicht in einem schlecht sitzenden braunen Anzug kontrolliert, der hinter einem Tisch hockte und einen diensteifrigen Eindruck machte. Kaum waren sie in seiner Nähe, sprang er auf und bat um ihre Akkreditierungen.

Gewissenhaft schaute er sich die Ausweise an. Sie sahen ihm an, dass er gern einen Blick in Wielands Tasche geworfen hätte. Aber dazu war er nicht befugt. Deshalb sagte er nur: »Sie können passieren«, und setzte sich wieder.

Nacheinander stiegen sie die Wendeltreppe hinauf und

erreichten einen Raum, in dem mehrere mit Tafeltüchern eingedeckte Stehtische standen.

»Wir sind die Ersten«, stellte Lauenburg fest.

»Wir warten«, sagte Helbing.

Eine kurze Pause entstand, in der Wieland seine Tasche abstellte, die Hände in die Seite stemmte und sich aufmerksam umsah. »Jede Menge Holzverkleidung«, stellte er fest.

»Was ist damit?«, fragte Lauenburg, den der spezielle Hinweis auf die Wandvertäfelung irritierte.

»Ideale Bedingungen, um Abhörgeräte zu installieren«, warf Helbing ein.

»Sie meinen Wanzen?«

»Wäre nicht das erste Haus, das total verwanzt ist«, sagte Wieland und strich sich mit der flachen Hand über seinen Bürstenhaarschnitt. »Wussten Sie, dass die Amerikaner ihr Botschaftsgebäude in Moskau abgerissen und wieder neu aufgebaut haben, weil die Wände vom Keller bis zum Dach von Wanzen durchlöchert waren? Aber so weit muss man da gar nicht schauen, auch hier trauen sie nicht mal ihren eigenen Leuten. Bei der Stasi ist es gang und gäbe, Wohnungen von politischen Oppositionellen abzuhören.«

»Aber ich dachte, das amerikanische und sowjetische Außenministerium hätten als vertrauensbildende Maßnahme verfügt, dass weder im Konferenzraum noch in den Beratungsräumen, die von der jeweiligen Delegation auf ihrer Hoteletage genutzt werden, informationsgenerierende Maßnahmen der Gegenseite durchgeführt werden dürfen.«

»Stimmt, Doktor Lauenburg«, sagte Helbing. »Das ist richtig, aber Vertrauen ist gut, Kontrolle ist besser!«

Helbing verstummte, denn auf der Treppe waren jetzt Schritte zu hören. Kurz darauf erschienen am oberen Treppenabsatz drei Männer.

»Der ältere Stämmige mit den kurzen grauen Haaren heißt Phillipp Noack«, raunte Helbing Lauenburg zu. »Ein alter Genosse und Leiter der ostdeutschen Delegation. Der groß gewachsene Dunkelhaarige neben ihm dürfte der Vertreter der Sowjets sein. Den dritten Mann kenne ich nicht. Doch wie ich annehme, haben auch sie ihren Techniker dabei.«

Helbing ging den drei Herren einen Schritt entgegen und begrüßte zuerst Noack und danach den russischen Offiziellen.

»Oberst Wassili Alexejewitsch Michailow«, stellte dieser sich vor.

»Angenehm. Der Herr zu meiner Linken ist Major Doktor Kai Lauenburg. Fürs Protokoll: Er ist stellvertretend für unseren amerikanischen Kollegen Mason Brown hier, der bisher noch nicht eingetroffen ist.«

»Er wird sich doch nicht verfahren haben«, entgegnete Noack launig und wandte sich an Helbing.

Michailow musterte Lauenburg unterdessen und nickte zustimmend.

Die beiden Techniker standen abseits und warteten mit ihrem Equipment darauf, dass es losging.

Auch Lauenburg fragte sich, warum sie nicht sofort mit der Visite der Räume begannen, als sich leise der Fahrstuhl öffnete und die attraktive Frau, die ihm bereits an der Rezeption aufgefallen war, heraustrat. Jetzt sah er, dass sie einen eng anliegenden dunkelblauen Rock und Pumps trug, in der Hand hielt sie eine Kladde und einen Stift. Sie zeigte eine professionelle Miene, während ihr Blick von einem zum anderen wanderte.

»Guten Tag! Mein Name ist Nina Hartmann. Ich darf Sie noch einmal herzlich im Hotel Neptun begrüßen. In meiner Position als Empfangsleiterin des Hauses stehe ich Ihnen in den nächsten Tagen als Ansprechperson zur Verfügung. Sollten Sie etwas benötigen oder etwas nicht zu Ihrer Zufriedenheit sein, sagen Sie mir das bitte. Auch was die Präsentationstechnik betrifft, wenden Sie sich bitte an mich, ich gebe Ihre Wünsche dann gern an unser Hauskollektiv weiter.« Sie schaute von einem zum anderen. »So, dann folgen Sie mir …«

»Moment, warten Sie!«, rief eine Stimme hinter ihnen, und seitlich aus dem Flur, der zur Direktion führte, trat ein Mann auf sie zu und blieb bei der Gruppe stehen.

Lauenburg merkte, wie Nina Hartmann erbleichte und den Blick senkte.

»Oberst Wolf Grothe«, stellte er sich vor. »Ministerium für Staatssicherheit. Ich werde Sie begleiten.«

Lauenburg blickte zu den anderen, doch niemand schien dem Stasimann widersprechen zu wollen, bis der russische Oberst in die Innentasche seiner Anzugsjacke griff, einen Ausweis hervorholte, vor Grothe hintrat und ihn dem Mann dezent unter die Nase hielt.

»Das wird nicht nötig sein.« Ohne eine weitere Erklärung abzugeben, ordnete er an: »Ich übernehme das hier. Danke,

Sie können gehen.« Er sprach deutsch, hatte dabei aber einen fast unmerklichen russischen Akzent.

Lauenburg sah, wie es in Grothe arbeitete, er zuerst zu einer scharfen Entgegnung ansetzte, nach einem zweiten Blick auf den Ausweis es sich aber anders überlegte und dem Befehl zähneknirschend Folge leistete.

Ohne Gruß verließ er sie.

Die Macht der Besatzer, registrierte Lauenburg für sich, und als er aufsah, bemerkte er, wie die Blässe in Nina Hartmanns Gesicht einem leichten Rot gewichen war.

»Gehen wir!«, schlug Noack vor, und die kleine Gruppe setzte sich in Bewegung.

Oberst Michailow hielt Nina Hartmann die Tür auf, bevor er die Klinke an Lauenburg weitergab. Dieser schaute dabei direkt in sein Gesicht und bemerkte betroffen die Schönheit des Mannes.

Er selbst war gut proportioniert, schlank, und in seiner Freizeit trainierte er eine Jugendmannschaft im Fußball. Trotzdem fand er sich nicht schön. Er war der Meinung, er hatte eines dieser Allerweltsgesichter, die man sah und sofort wieder vergaß. Dazu musste er auch noch, seit er unterrichtete, eine Brille tragen, was wohl dem Studium und dem vielen Lesen geschuldet war.

Verstohlen blickte er zu Michailow. Jedenfalls misstraute er im Allgemeinen gut aussehenden Männern, weil er schon früher beobachtet hatte, wie sie beinahe mühelos in die oberen Ränge kletterten, während seine Karriere immer nur über Leistung definiert wurde.

Der vom Hotel bereitgestellte Raum für die Konferenz

entsprach in beinahe allen Punkten dem, was sie erwartet hatten. Die Ausmaße waren nicht überdimensioniert. Trotzdem gab es in der Längsachse ausreichend Platz für einen Konferenztisch, an dem auf jeder Seite fünf rot bezogene Polsterstühle angeordnet waren. Zwei Kabinen für die Simultandolmetscher standen an der Wand. Diese sorgten für die Übersetzung ins Englische und Russische. Dass dies fehlerlos geschah, darüber würden während der Tagung Mason Brown und Wassili Michailow wachen.

Außergewöhnlich an diesem Raum waren die hohen Fenster, die sich in breiter Front dem Meer zuwandten.

Die Techniker machten sich sofort an die Arbeit, stellten ihre Metallkoffer auf dem Boden ab und entnahmen ihnen beinahe identisch aussehende Gerätschaften. Dann setzten sie ihre Kopfhörer auf und begannen, umsichtig jeden Zentimeter der Wand zu untersuchen.

Helbing und Lauenburg nahmen die Ausstattung des Raumes in Augenschein. Es gab einen modernen Diaprojektor und Verdunklungsrollos an den Fenstern.

»Können wir auch einen Overhead bekommen?«, wandte Lauenburg sich an Nina.

Einen Moment schien sie verwirrt, und er beeilte sich, zu erklären: »Ein Gerät, mit dem man Folien, die bedruckt oder beschrieben sind, an die Wand projizieren kann. Bei uns ist das ein großer grauer Kasten …« Er deutete die Maße des Geräts mit den Armen an.

Ihre Miene hellte sich auf. »Sie meinen einen Polylux, einen Tageslichtprojektor. Ja, den kann ich herbringen lassen.«

»Den müssen wir ebenfalls überprüfen«, gab Wieland zu bedenken.

»Ich werde mich sofort darum kümmern. Sonst noch etwas?«

Noack schaute sich im Raum um. »Was ist mit Getränken?«

»Wasser und Gläser werden Sie auf den Tischen vorfinden, Kaffee und Tee wird in den Pausen zusammen mit einem kleinen Imbiss vor dem Raum serviert.«

»Sehr schön, im Moment habe ich keine weiteren Fragen.«

»Gut. Sie wissen ja, wo Sie mich erreichen können.«

Sie notierte einen letzten Stichpunkt auf der Kladde, drehte sich um und durchschritt den Raum Richtung Ausgang.

Ihre Bewegungen waren dabei so anmutig, dass Lauenburg ihr nachschaute, bis sie fast an der Tür war. Als er sich abwandte, bemerkte er, dass auch der sowjetische Oberst mit einem merkwürdigen Blick ihren Schritten folgte, so als würden sie sich kennen.

Ohne dass Lauenburg das jemals zugegeben hätte, verspürte er im Herzen einen kleinen Stich.

Kapitel 9

Es war noch ein schöner Tag geworden. Grillen zirpten, und die Grasspitzen funkelten in der Sonne. Nina hörte, wie Alexej die Campingstühle aus dem Schuppen räumte.

Sie wischte sich die Hände an der Schürze ab. Soeben hatte sie die saftigen Fleischstücke mariniert, sie in eine Schüssel gegeben und mit einem Teller abgedeckt. Jetzt machte sie sich daran, die Tomaten mit einem kurzen, scharfen Messer in Würfel zu schneiden, bevor sie Salz, Pfeffer und Zwiebeln dazugab.

Ein Motorgeräusch ließ sie aufhorchen.

Sie hob den Kopf und erblickte durch das Fliegengitter des Küchenfensters einen offenen Jeep, der den Feldweg entlangkam und eine Staubfahne hinter sich herzog.

Der Wagen näherte sich rasch dem kleinen Holzhaus, das allein auf einem weitläufigen Grundstück am Seeufer stand.

Auch Alexej hatte den Wagen bemerkt, als er im Begriff

war, die Stühle um einen Tisch herum auf der gepflasterten Terrasse vor dem Haus aufzubauen.

Beide schauten sie zu dem dunkelhaarigen Mann hinter dem Steuer.

Alexej sah kurz hinüber zum Fenster, hinter dem er seine Mutter vermutete. Sie hatte ihn auf der Herfahrt über den Grund ihres Besuches auf der Datsche in Kenntnis gesetzt.

Nina sah, wie nervös Alexej war. Er wandte den Blick vom Fenster ab und richtete ihn wieder auf den Jeep, der jetzt das Ende des Feldwegs erreichte.

Wassili lenkte den olivgrünen Wagen mit den beiden roten Sternen am Frontspoiler um das Grundstück herum und parkte ihn hinter dem Haus.

Dann stieg er aus.

Die beiden Löffel in Ninas Händen, mit denen sie Essig und Öl unter den Salat hob, verharrten in der Luft. Wassilis Anblick überraschte sie. Er war in Zivil gekommen. Ihn in dem schwarzen Pullover, dunklen Hosen und Lederschuhen zu sehen, war für sie so ungewohnt, dass sie zweimal hinschauen musste.

Dann dachte sie an ihren Sohn. Sollte sie hinausgehen und die beiden Männer einander vorstellen? Sie entschied, vorerst im Haus zu bleiben und abzuwarten.

Alexej hörte, wie der schwere Motor verstummte und eine Autotür zuschlug. Kurz überlegte er, ob er dem Fahrer entgegengehen sollte. Doch er zögerte.

Wie sollte er den Mann begrüßen, der gleich um die

Hausecke bog? Sollte er mit dem Kopf nicken? Ihm die Hand geben …? Was sollte er zu ihm sagen? Guten Abend, Vater?

Er hörte die Schritte, die sich näherten.

Dann stand er plötzlich vor ihm.

Er kam so nah heran, dass Alexej die forschenden Augen, die markanten Gesichtszüge, den bronzenen Teint seiner Haut erkennen konnte. Er schluckte. Es gab keinen Zweifel mehr.

Dieser Mann war sein Vater.

Auch Wassili war sich offensichtlich nicht schlüssig darüber, wie er den schlaksigen Jungen mit den langen schwarzen Locken, die ihm über den Kragen seiner Jeansjacke fielen, begrüßen sollte. Dann breitete er seine Arme aus, machte einen letzten Schritt auf ihn zu und zog den Jungen an sich, als wäre es das Selbstverständlichste von der Welt. Alexej wusste nicht, wie ihm geschah, aber ein nie erfahrenes Gefühl tiefen Geborgenseins breitete sich in ihm aus, und plötzlich rannen Tränen der Erleichterung über seine Wangen.

Als sie sich voneinander lösten und beide einen Schritt zurücktraten, bemerkte er, dass auch sein Vater feuchte Augen hatte. Noch einmal zog er Alexej an sich und küsste ihn auf russische Art auf beide Wangen.

»Hey, ist das hier eine Männerrunde?«, rief Nina übertrieben forsch und kam jetzt auf die beiden Männer zu.

Wassili beeilte sich, sie zu begrüßen.

»Was gibt es denn Gutes?«, fragte er, lachend auf ihre Schürze deutend, und versuchte, einen Blick in die Küche zu erhaschen.

»Zur Feier des Tages gibt es Schaschlik, dazu frisches Brot und Tomatensalat.«

Wassili strahlte. »Großartig! Ich habe Wodka dabei!« Rasch schaute er sich um. »Wie kann ich euch helfen?«

Nina zeigte auf die Feuerschale, die am Rand der Terrasse stand. »Ihr könntet beide schon mal Holz holen.«

Alexej führte Wassili in den Schuppen hinter dem Haus, und beide luden sich einen Stapel gehacktes Holz auf die Arme. Als sie zurück zur Terrasse gingen, musterte Alexej verstohlen den Jeep, der nur wenige Meter entfernt stand.

»Schon mal damit gefahren?« Wassili deutete mit dem Kinn auf den Wagen.

»Nein, wie denn? Das ist ein russischer Militärjeep.«

»Wir laden das Holz ab«, lachte Wassili, »und dann drehen wir eine Runde.«

»Echt jetzt«, versetzte Alexej aufgeregt.

Seine Verwunderung wurde noch größer, als Wassili ihm fünf Minuten später den Zündschlüssel reichte und selbst auf der Beifahrerseite einstieg.

»Komm schon«, ermunterte er ihn.

Alexej sprang in den Wagen und setzte sich mit hochrotem Kopf hinter das Steuer. Er sah zu Wassili, betrachtete dann die runden Armaturen und legte eine Hand auf die Gangschaltung. »Stell einen Fuß auf die Kupplung und den anderen auf die Bremse. Hier ist das Gas, hast du?« Er zeigte ihm die Pedale und drehte den Zündschlüssel. Der Wagen heulte laut auf.

»So, jetzt die Kupplung langsam kommen lassen und Gas geben.«

Alexej ließ vorsichtig seinen Fuß los. Der Wagen fuhr ruckend an. Krampfhaft hielt er das Lenkrad umklammert. Er spürte die Kraft des Motors, die grobstolligen Reifen, unter denen der Kies knirschte.

Sie folgten dem Weg ein ganzes Stück bis zu einer Kreuzung, wo dieser in eine Landstraße mündete, und drehten um.

Er schaltete einen Gang höher und beschleunigte. Wassili beobachtete ihn seelenruhig dabei.

Alexej schaute nach vorn, und ein berauschendes Gefühl erfasste ihn. Seitlich huschten Felder und Bäume an ihm vorüber, der Fahrtwind fuhr ihm in die Kleidung, zerzauste sein Haar, und über seinem Kopf zogen Wolken über einen weiten Himmel.

Nina deckte gerade den Tisch, als sie zurückkamen. Während sie die beiden Männer im angeregten Gespräch auf sich zukommen sah, musste sie unwillkürlich lächeln. Vater und Sohn ähnelten sich nicht nur äußerlich, sondern auch in ihren Gesten. Beide unterstrichen das, was sie sagten, bedeutungsvoll mit den Händen und lachten auf die gleiche ansteckende Weise.

Sie griff nach dem leeren Tablett. »Jungs, wenn ihr was zu essen wollt, müsst ihr das Feuer anwerfen.«

»Machen wir gleich«, sagte Alexej.

Wassili benutzte sein silbernes Sturmfeuerzeug, um ein Stück Papier zu entzünden und unter einen Berg dünner Holzscheite zu schieben. Alexej pustete kraftvoll, und sofort züngelten kleine Flammen empor. Vorsichtig legten sie Holz nach, bis ein ganz ansehnliches Feuer zustande gekommen war.

Wassili drehte sich zu Alexej und reichte ihm sein Feuerzeug. »Ich habe es von meinem Vater bekommen, als ich zehn Jahre alt war und in die Kadettenschule eintrat. Ich habe nicht viele persönliche Dinge, aber das hier möchte ich dir schenken.«

»Wirklich?« Alexej betrachtete das schwere Feuerzeug in seiner Hand und bedankte sich auf Russisch. »Spasibo. YA ochen' rad.« Er probierte es gleich aus, und Wassili erklärte ihm, wie er es wieder befüllen konnte.

Dabei bemerkte Alexej die bereits etwas zerkratzten eingravierten Inschriften und schaute verwundert auf. »Wie lange, sagst du, hast du das Feuerzeug schon? Da steht mein Name drauf … und deiner auch. Alexej und Wassili. Hast du von mir gewusst, ich dachte …«

»Nein, es ist der Name deines Großvaters, mein Patronym, also mein Vatersname. Nina wusste das. Früher war es in Russland üblich, dass der erstgeborene Sohn den Namen des Großvaters erhält.« Sein Blick streifte den von Nina, die gerade damit begann, die Fleischspieße nebeneinander auf den Rost über dem Feuer zu legen.

Beide schwiegen.

Später am Abend, der Nachthimmel spannte sich über ihnen auf, saßen sie in grobe Wolldecken eingeschlagen um die Feuerschale und hielten Brot, auf lange Stöcke gesteckt, in die Flammen. Versonnen schauten sie den Funken nach, die hinauf in die Dunkelheit stiegen.

»Was ist eigentlich aus Dimitri geworden?«, fragte Nina unvermittelt.

Wassili reckte sich und zog das Ende des Stockes zu sich heran. Nachdenklich löste er ein Stück Brot.

»Dimitri hat sein Ziel erreicht. War auch nicht anders zu erwarten. Er ist heute Kulturattaché an der Botschaft in Paris. Wir haben schon lange keinen Kontakt mehr …«

»Und die anderen, Natalie, Viktor und Grigorij?«

»Denen erging es nicht so gut. Wie ich gehört habe, wurden sie denunziert und in Umerziehungslager gebracht.«

»Aber wieso? Was hat man ihnen zur Last gelegt?«, fragte Nina bewegt.

»Ihnen wurde antisowjetische Propaganda vorgeworfen und konterrevolutionäres Verhalten. Grigorij soll in einem der Lager gestorben sein, Natalie arbeitet heute als Krankenschwester in einer Kleinstadt im Ural, und Viktor hat sich dem Suff ergeben …«

Ohne dass er es aussprach, teilte sich Nina mit, was er dachte. Auch ihr Leben hatte damals eine andere Wendung genommen, auch sie waren um die strahlende Zukunft betrogen worden, die sie sich ausgemalt hatten.

Alexej, der die Spannung offensichtlich spürte, schaute beide an und stand auf. Er legte seine Decke auf den Stuhl und stocherte kurz in der Glut, dann drehte er sich abrupt um: »Wie war das noch, hattest du nicht Wodka dabei?«

Wassili nickte.

»Ich habe ihn ins Eisfach gelegt«, bemerkte Nina.

»Bleibt hier, ich hole die Flasche.« Er ging mit raschen Schritten ins Haus.

Sie rührten sich nicht, blieben still nebeneinander sitzen.

Wassili griff nach ihrer Hand.

Als Alexej zurückkam, lehnten sie aneinander, und der warme Glanz des Feuers lag auf ihren Gesichtern.

Er stellte drei Gläser auf den Tisch und goss großzügig ein, dann gab er jedem ein Glas, und sie stießen miteinander an. »Na zdorov'ye!«

Es war ihr Abend, und sie hielten ihn fest, solange es ging.

Kapitel 10

Lauenburg lief ein Schauer über den Rücken, als er in Begleitung der anderen Teilnehmer den kleinen Saal betrat.

Die Luft im Innern war kühl und leicht und roch ein wenig nach Meer. Die massive mahagonifarbene Täfelung an den Wänden wirkte trotz des warmen gelben Lichts, das den Raum erhellte, erdrückend, denn sie reichte vom Boden bis hinauf zur Decke.

Die polierte Tischplatte schimmerte verheißungsvoll, und die Kristallgläser und Wasserflaschen, abgestellt auf drei weißen Deckchen in der Mitte des Tisches, bildeten funkelnde Inseln.

Wortlos nahmen die Delegationsmitglieder an den Längsseiten Platz.

Die beiden Delegationsführer, Ludwig Maria von Stubnitz für die Bundesrepublik Deutschland und Phillipp Noack für die Deutsche Demokratische Republik, saßen sich gegenüber.

Lauenburg nahm an, dass die anderen Männer je nach

Position und Dienstgrad, die benachbarten Stühle besetzt hatten. Er zumindest saß ganz außen, was ihm jedoch nicht unrecht war. So hatte er, wenn er sich ein wenig vorbeugte, alle Konferenzteilnehmer gut im Blick. Sogar Mason Brown und Wassili Michailow konnte er mit Kopfhörern auf den Ohren in den Kabinen neben den Simultandolmetschern erkennen.

Von Stubnitz und Noack bekundeten gegenseitig das Wohlwollen ihrer Regierungen, sprachen ein paar einleitende Worte über die Bedeutung der Konferenz für den Frieden und die Sicherheit in Europa und reichten sich dann, mit dem Wunsch auf gutes Gelingen, die Hände. Danach richtete sich die Aufmerksamkeit auf die Delegationen, die von ihren Leitern für das Protokoll vorgestellt wurden. Da sie als Gäste anwesend waren, erhob sich von Stubnitz zuerst. Er trug einen schwarzen Nadelstreifenanzug und schob bedächtig seine silbergerahmte Brille zurück auf die Nasenwurzel. Weil alle Anwesenden im Raum Zivilkleidung trugen, begann er, nacheinander die Mitglieder der westdeutschen Abordnung mit militärischem Rang, Namen und Aufgabenbereich vorzustellen. General Kayna und sein Adjutant Oberst Popp gehörten dem Verteidigungsministerium an. Kayna war das Abbild eines Generals. Alles an ihm schien groß und kantig zu sein. Breite Schultern, breite Stirn, breites Kinn.

Oberst Popp hingegen wirkte schlank, sportlich, und anstatt eines strengen Bürstenhaarschnitts trug er die blonden Haare in einem modernen Fassonschnitt.

Helbing und Schlüter wurden als Sicherheitsbeauftragte

des Auswärtigen Amtes vorgestellt, was Schlüter zu stören schien, denn er hob die Augenbrauen. Helbings Gesicht ließ nicht erkennen, was er dachte.

Zum Abschluss wandte sich der Sonderbeauftragte Lauenburg zu, und während er erklärte, dass er als Analyst für sie tätig war, glaubte Lauenburg, in den Augen der Ostdeutschen Vorsicht und gleichzeitig Interesse zu entdecken.

Aber sie waren nicht die Einzigen, die ihn musterten.

Auch Schlüter blickte ihn aus dunklen Augen über den Tisch hinweg herablassend an, als wollte er seiner Meinung Ausdruck verleihen, dass er ihn als Laien ohne Geheimdiensterfahrung für so eine Mission als nicht geeignet befand.

Lauenburg wendete den Blick ab und richtete sein Interesse auf Noack, der jetzt von Stubnitz dankte und nun seinerseits die Vorstellung der ostdeutschen Delegation übernahm. Er begann zu seiner Linken mit Generalmajor Strobel, bei dem Lauenburg auffiel, dass er und Kayna kaum unterschiedlicher sein konnten. Strobel wirkte schmal, müde und ausgezehrt, die spärlichen Haare waren grau und ohne Glanz.

Mit wässrig blauen Augen blickte er teilnahmslos in die Runde. Neben ihm saß Oberst Bäumlein, ein stämmiger Mann in mittleren Jahren, der ein rundes, gutmütiges Gesicht hatte und als Vertreter des Verteidigungsministeriums für den Bereich Raketentechnik anwesend war.

Noack deutete auf die Personen, die zu seiner rechten Seite saßen, eine ältere Frau in einem braunen Kostüm, mit silberner Anstecknadel und Hochsteckfrisur, sowie ein älterer Mann in einem nachtblauen Anzug mit bleichem Gesicht und dunklem Seitenscheitel. Beide trugen Hornbrillen und wurden ihnen als Mitglieder des Sicherheitsrates des Zentralkomitees der SED vorgestellt.

Lauenburg versuchte es der Frau gegenüber mit einem Lächeln, erntete aber nur einen eisigen, abweisenden Blick.

Am anderen Tischende wurde zischend eine Wasserflasche geöffnet, aus der Schlüter dem Sonderbeauftragten und sich einschenkte.

Ohne Umschweife wurde der Tagungsablauf fürs Protokoll besprochen.

Es sah vor, dass zuerst General Kayna das Wort übernahm.

Oberst Popp reichte ihm eine graue Mappe, deren Ecken mit schwarzen Gummizügen gesichert waren. Kayna löste diese und nahm die losen Blätter heraus.

Indessen verwies Popp in der Runde auf das Arbeitspapier des Generals, das jedem Teilnehmer vorlag und das nun zur Hand genommen werden konnte.

Alle leisteten der Aufforderung Folge.

Auch Lauenburg.

Doch was er darin fand, war für ihn nicht neu, und so überflog er die Seiten nur flüchtig, während er mit einem Ohr den Erklärungen des Generals lauschte.

»Wie Sie dem Strategiepapier entnehmen können, unterhält die Bundeswehr im Rahmen der Nuklearen Teilhabe innerhalb der NATO zwei Flugkörpergeschwader, die mit Pershing-1A-Raketen ausgerüstet sind, die wiederum mit atomaren Sprengköpfen bestückt werden können«, dröhnte Kaynas Stimme, als wäre er nicht in einem abgeschirmten

Saal, sondern von Gefechtslärm umgeben. »Ein Geschwader steht in Landsberg, das andere in Geilenkirchen. Gemeinsam verfügen sie über zweiundsiebzig Flugkörper, die der NATO unterstellt sind. In den beiden deutschen Sofortbereitschaftsstellungen werden regelmäßig jeweils neun Flugkörper auf Abschussrampen feuerbereit gehalten. Das System Pershing 1A ist natürlich auch mobil einsetzbar.«

Generalmajor Strobel verzog das Gesicht. »Das heißt im Klartext, achtzehn Flugkörper sind dauerhaft auf das Territorium der DDR ausgerichtet?«, fragte er mit leicht näselnder Stimme.

Kayna legte den Kopf zurück. »Deren Einsatz nur auf Befehl der NATO bei einem dementsprechenden militärischen Ernstfall erfolgen würde!«

»Mit einer Reichweite von siebenhundertvierzig Kilometern. Das ist einiges mehr als die von uns angestrebte Obergrenze von fünfhundert Kilometern«, sagte Strobel spitz.

»Was meinen Sie?«

Der Generalmajor ignorierte die Frage.

»Und Ihre Nuklearsprengköpfe?«

Kayna atmete schwer. »Sind unter Kontrolle der Amerikaner. Jedem Flugkörpergeschwader ist ein US-Truppenteil zugeordnet, die Bezeichnung der einzelnen Truppenteile und die Lagerorte der nuklearen Gefechtsköpfe finden Sie im Arbeitspapier. Wir haben diesbezüglich alles offengelegt. Der Vollständigkeit halber finden auch die drei US-Verbände mit ihren Pershing II Erwähnung. Aber wie Sie wissen, fallen diese Raketen unter den INF-Vertrag, darüber hinaus besitzen die US-Truppen keine Kurzstreckensysteme in der Bundesrepublik.«

Lauenburg sah, wie Brown in der Kabine bestätigend nickte.

Noack blickte zu Strobel. Der Generalmajor hatte die Arme vor der Brust verschränkt und machte keine Anstalten, weitere Fragen zu stellen.

»Danke, General Kayna, für Ihre umfassende Übersicht«, bemerkte Noack und wandte sich ab.

Kayna nickte wohlwollend und lehnte sich in seinem Stuhl zurück, der bedrohlich knarrte.

»Dann erteile ich jetzt Oberst Bäumlein vom Verteidigungsministerium der DDR das Wort.«

Der Oberst erhob sich, stampfte nach vorne und stellte sich neben den Overheadprojektor. Er hatte einen Satz Folien vorbereitet, den er nun nacheinander an die Wand warf.

Dabei glitt ihm ein Lächeln übers Gesicht.

»Die Strukturen der Raketeneinheiten in der BRD und der DDR ähneln sich«, begann Bäumlein seinen Vortrag. »Auch die Nationale Volksarmee verfügt über zwei Raketenbrigaden, die dem Verteidigungsministerium der DDR direkt unterstellt sind.«

Es folgten weitere Folien.

»Die dritte Raketenbrigade in Tautenhain besitzt insgesamt zwölf mobile Startfahrzeuge mit jeweils zwei Feuerzügen für taktische Kernwaffen. Die fünfte Raketenbrigade in Demen kann auf eine ähnliche Struktur verweisen. Technische Daten zu den vorhandenen Systemen finden Sie im Arbeitsblatt. Vielen Dank!«

Bäumlein schaltete den Projektor aus und setzte sich wieder auf seinen Platz.

Vom plötzlichen Ende des Vortrags überrascht, schaute Lauenburg sich ungläubig um. »Das war's? Da hätte ich auch zu Hause bleiben können«, raunte er Helbing zu. Aber der Scherz erhielt nicht den verdienten Applaus, und als ihn Helbings missbilligender Blick streifte, befürchtete er im ersten Moment, eine Grenze überschritten zu haben.

Seine Bemerkung musste auch Noack gehört haben, denn obwohl er in einem Stapel Unterlagen blätterte, zeigte sich Unmut auf seinem Gesicht.

Endlich hob er den Blick, schob Bäumleins Papier demonstrativ zur Seite und wandte sich an von Stubnitz. »Bitte Ihre Fragen.«

Doch anstelle des Sonderbeauftragten meldete sich Oberst Popp zu Wort. »Soll das ein Witz sein? Da gibt es eine ganze Reihe von Fragen«, stellte er lakonisch fest. »Wo lagern die Nuklearsprengköpfe für Ihre Raketen? Wie viele Kurzstreckensysteme unterhalten die Russen auf ostdeutschem Territorium, und wie muss ich mir die Kooperation zwischen der NVA und den Sowjets genau vorstellen?«

Es kam Lauenburg so vor, als würde Bäumlein unter den Fragen, die auf ihn einprasselten, im Stuhl zusammensacken. Sein hilfloser Blick suchte Generalmajor Strobel, der sich daraufhin vernehmlich räusperte. »Die Nationale Volksarmee verfügt, so wie die Bundeswehr, über keine eigenen atomaren Sprengköpfe. Bei Ihnen sind es die Amerikaner, bei uns die Rote Armee, die für einen möglichen militärischen Ernstfall die Nuklearsprengköpfe vorhält.«

»Das heißt, die Nuklearsprengköpfe der NVA lagern in russischen Sonderdepots. Und wie viele dieser Lagerstätten gibt es, und wo befinden sie sich genau?«

Generalmajor Strobel zuckte mit den Achseln. »Das wissen wir nicht.«

Popp sog überrascht die Luft ein. »Sie wissen es nicht?«

»Nein.«

Perplex schaute Popp zu Kayna, dann weiter zu von Stubnitz.

Schließlich landeten seine Augen wieder auf Strobel. »Entschuldigen Sie, Herr Generalmajor. Aber es fällt mir schwer, Ihrer Erklärung Glauben zu schenken, denn es erschließt sich mir nicht, wie Sie mit einer Raketeneinheit Kampfbereitschaft herstellen können, ohne zu wissen, wo die dafür notwendige Munition lagert?«

Plötzlich umspielte ein schmales Lächeln Strobels Lippen.

»Die Handhabung der Nuklearsprengköpfe, ihre Lagerung sowie der Transport zu den Einsatzorten obliegt ganz allein den sowjetischen Einsatzkräften. Wir, die Raketenbrigaden der DDR, stellen im Endeffekt nur die Rakete.«

Dann beugte er sich vor und bediente sich an einer bereits offenen Wasserflasche. Draußen vor dem Fenster erscholl ein Martinshorn.

Strobel trank mit kleinen Schlucken.

General Kayna schnaubte leise, während von Stubnitz sein Einstecktuch richtete.

Lauenburg ließ Strobel nicht aus den Augen, der jetzt sein Glas abstellte.

»Ich werde es Ihnen erklären«, ließ er sich endlich herab, seinen Vortrag fortzusetzen. »Wenn ein Einsatz bevorsteht, erhält der Kommandeur der Raketenbrigade vom Verteidigungsministerium Einsatzkoordinaten, die direkt aus dem sowjetischen Generalsstab kommen. Dann setzt sich die Maschinerie in Bewegung. Wie Sie wissen, handelt es sich bei unseren Trägerfahrzeugen um mehrere Tonnen schwere, geländegängige Lastwagen, die wegen ihrer Größe und ihres Gewichts vorwiegend nachts verlegt werden. Erreichen die Fahrzeuge den Stellungsraum, bereiten sie sofort die Rakete für den Einsatz vor, denn die Spezialkräfte der Sowjetarmee sind mit dem Sprengkopf meistens bereits vor Ort oder treffen zeitgleich mit uns ein. Der Sprengkopf wird vom Lastwagen gehoben und auf die Rakete montiert. So läuft das ab.«

Von Stubnitz atmete tief ein und zwang sich zu einem beherrschten Lächeln. »Das mag so sein«, sagte er. »Aber Sie sollten wissen, dass wir uns mit so einer Antwort nicht zufriedengeben können. Wir fragen uns, wo sich die sowjetischen Sonderlagerstätten für Atommunition befinden, von denen Sie als Generalmajor der NVA angeblich nichts wissen, und wie viele Depots die Russen in der DDR unterhalten. Gern hätten wir auch Antworten über die Anzahl russischer Kurzstreckensysteme. Sie sind doch, wie sagt man bei Ihnen so schön, Waffenbrüder. Da werden Sie doch zumindest die Standorte der jeweiligen Einheiten kennen.«

Der Sonderbeauftragte schob das Kinn vor und blickte einem nach dem anderen aus der DDR-Delegation in die Augen.

»Nichts für ungut«, sagte er mit erzwungener Ruhe. »Wir

haben unsere Hausaufgaben gemacht und Ihnen die Anzahl der Raketenkörper der Bundeswehr, die Standorte und die Depots, in denen die Nuklearsprengköpfe gelagert werden, auf einem Silbertablett serviert. Und dafür erwarten wir eine adäquate Gegenleistung, die über vage Aussagen und Allgemeinwissen hinausgeht. Das verstehen Sie doch?«

Von Stubnitz drehte den Kopf zu General Kayna und Oberst Popp, die inzwischen mit versteinerten Gesichtern am Tisch saßen. Schlüter blätterte unüberhörbar in seinen Akten, nur Helbing saß da, als würde ihn das alles nichts angehen.

Lauenburg blickte zu Noack. Er sah den dünnen Schweißfilm auf dessen hoher Stirn, die dunklen Augen, die starr einen Punkt auf der polierten Tischplatte musterten, den zu einem Strich zusammengepressten Mund.

Lauenburg wendete sich ab und kam für sich zu dem Schluss, dass der Leiter der ostdeutschen Delegation augenscheinlich keine weiteren Informationen besaß als die, die heute durch die begleitenden Militärs zur Sprache gekommen waren.

Noack hob den Kopf. »Meine Herren …« Er zögerte kurz, und sein Blick wanderte über die Gesichter, die ihm gegenübersaßen. »Ich verspreche Ihnen, ich werde Ihr Ansuchen um mehr Transparenz in der Beantwortung der Fragen zur Lagerung sowjetischer Nuklearsprengköpfe sowie der Anzahl russischer Kurzstreckensysteme auf dem Territorium der DDR an die zuständigen Stellen in Berlin weiterleiten.«

Von Stubnitz schraubte seinen Füllfederhalter zu. »Gut. Dann tun Sie das …und wir sehen uns morgen wieder.«

Der Sonderbeauftragte erhob sich, indem er mit den Kniekehlen den Stuhl wegschob, und reichte Noack zum Abschied die Hand. »Auf Wiedersehen!«

Kapitel 11

Es war ein hervorragendes Schwimmbad. So empfand es zumindest Kai Lauenburg. Das Becken hatte die vorgeschriebene Wettkampflänge, und das Wasser kam direkt aus der Ostsee, was sein leicht salziger Geschmack verriet. Weiße Säulen, deren Sockel halbhoch mit blauen Mosaiksteinen verziert waren, stützten zu beiden Seiten die Decke, die sich über dem türkisfarben gekachelten Becken spannte. Auf der Längsseite waren in einer Wand drei Bullaugen eingelassen, die den Eindruck erweckten, er wäre auf einem Schiff, während gegenüber eine große Panoramafensterfront die Möglichkeit bot, bis hinunter zum Meer zu schauen.

Der Blick auf die Uhr verriet ihm, dass es noch früh am Morgen war. Draußen lag die Dämmerung als nebliger Schleier über dem Wasser.

Lauenburg unterdrückte ein Gähnen. Zufrieden stellte er fest, dass er allein war. Er mochte den Gedanken, die nächste halbe Stunde im Schwimmbecken ganz für sich zu haben. Dafür nahm er auch gern das frühe Aufstehen in Kauf.

Er streckte sich im warmen Wasser und begann, locker eine Länge durch das Becken zu kraulen. Als die schimmernden Kacheln vor ihm aufschienen, tauchte er nach unten weg, machte eine Kehre und drückte sich kräftig mit den Fußsohlen von der Beckenwand ab.

Als er die zweite Bahn in Angriff nahm, bemerkte er plötzlich einen weiteren Schwimmer auf der Bahn neben sich, der genauso wie er Freistil schwamm.

Durch die Blasen im Wasser konnte er nicht genau erkennen, um wen es sich handelte, aber im Grunde war es auch egal.

Lauenburg zog das Tempo etwas an. Doch der andere hielt ohne Probleme mit, wich nicht von seiner Seite.

Gut, dachte er und holte tief Luft, bevor er die Frequenz seiner Armbewegungen noch einmal erhöhte. Der Fremde tat dasselbe. Er ließ sich nicht abschütteln. Ohne dass sie es verabredet hatten, steigerten sich ihr Einsatz und die Präzision ihrer Schwimmbewegungen zu einem stummen Wettkampf, bei dem sie beide dichtauf durch das Wasser pflügten.

Wieder erreichte Lauenburg den Beckenrand, vollzog die Kehre und schoss dann, die Arme weit nach vorn gestreckt, wie ein Torpedo davon. Als hätte jemand von außen ein geheimes Zeichen gegeben, wussten er und der geheimnisvolle fremde Schwimmer neben ihm, dass es die finale, abschließende Bahn war und dass es galt, noch einmal alles zu geben.

Lauenburg kämpfte verbissen. Er spürte die Schwere seiner Schultern, das Brennen in den Muskeln, die Atemlosigkeit in den Lungen. Als er das Gesicht abermals ins Wasser tauchte, wagte er einen raschen Seitenblick und glaubte zu erkennen, dass auch dem Fremden die Bewegungen zunehmend schwererfielen.

Trotzdem schlug der andere eine Handbreit eher an.

Lauenburg rang nach Luft, wartete einen Moment, bis die Kraft in seine Arme zurückkehrte. Dann schaute er nach rechts.

Überrascht stellte er fest, dass es der sowjetische Offizier war, der bei der Begehung des abhörsicheren Raumes mit dabei und während der Konferenz als Synchrondolmetscher anwesend war. Er erinnerte sich an den Namen. Michailow, richtig, Wassili Michailow.

Sein Gegenüber strich sich das nasse Haar aus der Stirn. Auch seine Brust hob und senkte sich schnell.

Als sich ihre Blicke begegneten, lächelte er und reichte ihm die Hand. »Ein fairer Wettkampf. Danke!«

Lauenburg nickte zustimmend.

Wassili stemmte sich am Beckenrand hoch, stand auf und griff nach seinem Handtuch. »Ich möchte mich bei Ihnen revanchieren«, sagte er.

Verblüfft sah Lauenburg ihn an, während er sich ebenfalls anschickte, aus dem Becken zu steigen.

»Was halten Sie von einem Treffen? Nichts Offizielles, nur wir beide. Heute, so gegen fünf? Unten an der Hotelbar, auf ein Bier?«

Kapitel 12

Grothe eilte die weit geschwungene Treppe im Foyer der Bezirksverwaltung Rostock hinauf, durchquerte in der zweiten Etage einen der endlos langen Korridore und blieb schließlich vor einer Bürotür stehen. Er klopfte und trat sofort ein.

Das Zimmer war nicht groß, das Fenster vergittert, und auf der mit braunem Rautenmuster tapezierten Wand hing ein gerahmtes Porträt des Ministers für Staatssicherheit, Erich Mielke.

Das einzige Mobiliar war ein rechteckiger Tisch mit vier Stühlen. Anstelle einer Tischdecke gab es ein Tablett mit einer weinroten Thermoskanne, einem Kännchen Milch und drei Tassen, wobei in einer mehrere Teelöffel steckten.

Den Mann, der ihn bereits erwartete, schien sein plötzliches Eintreten nicht zu überraschen. Ruhig legte er die Zigarette in den Aschenbecher aus böhmischem Kristall und erhob sich.

Die beiden Männer gingen aufeinander zu und gaben sich die Hand.

»Grüß dich, Gerd«, sagte Grothe ungeduldig.

»Wolf.«

Grothe schaute zu Lessing, der sofort zur Sache kam.

»Berlin war der Meinung, du solltest darüber in Kenntnis

gesetzt werden. Unser Kontakt im Bonner Verteidigungsministerium, IM Rödel, hat sich gestern unerwartet und außerhalb des sonst üblichen sechswöchigen Turnus mit Kempendorf in Köln getroffen.«

Grothe legte die Stirn in Falten, öffnete seine Jacke und ließ sich auf einen Stuhl sinken. Er wusste, dass ein spontan anberaumtes Treffen selten ein gutes Zeichen war.

Grothe griff nach der Thermoskanne, schraubte den Verschluss ab und schenkte sich Kaffee ein. Rödel musste triftige Gründe haben, überlegte er, wenn er das Risiko auf sich nahm, Kempendorf zu kontaktieren. Normalerweise war das nicht seine Art.

Möglicherweise hat es etwas mit der geplanten Konferenz zu tun, überlegte er weiter. Rödel arbeitete als leitender Sachbearbeiter auf der Hardthöhe, und sicherlich wurde dort die Zusammenkunft in Warnemünde mit ebenso gespanntem Interesse verfolgt wie in Berlin.

Er goss sich Milch in die Tasse und rührte um.

Waldemar Kempendorf war ein erfahrener Kurier. Mit richtigem Namen hieß er Kunadt und war hauptamtlicher Mitarbeiter des Ministeriums. Ende der Sechzigerjahre hatte die Hauptverwaltung Aufklärung einen anonymen Tipp von einem Bundesbürger bekommen, dass Rödel für eine lukrative »Nebenbeschäftigung« durchaus empfänglich sei. Um ihn anzuwerben, hatte sich Kunadt eine Eintrittskarte für eine Karnevalsveranstaltung besorgt und Rödel »zufällig« am Tresen kennengelernt. Die beiden Männer waren sich sofort sympathisch. Man freundete sich an. Kunadt gab vor, ein Geschäftsmann aus Kassel zu sein, der sein Geld in der Metallbranche verdiente. Er signalisierte Rödel, dass er aus diesem Grund an Informationen und Unterlagen aus dem Bonner Verteidigungsministerium interessiert sei. Er ließ durchblicken, dass er bereit war, für diese Art der Gefälligkeit sehr gut zu bezahlen.

Dieser Vorschlag fiel auf fruchtbaren Boden. Rödel, einziger Ernährer einer vierköpfigen Familie und zudem mitten im Hausbau, sah sich bei einem nicht sehr üppigen Gehalt mit einem Haufen Schulden und stetig steigenden laufenden Ausgaben konfrontiert. Da waren seine moralischen Bedenken schnell über Bord geworfen und Kunadts Zuwendungen bald unentbehrlich.

»Wissen wir schon etwas über den Grund des Treffens?«

»Kempendorf deutete an, dass es um ein Dossier mit brisantem Inhalt geht, das im Auftrag des Verteidigungsministeriums erstellt wurde.«

Grothe setzte die Kaffeetasse mit einem Ruck ab. »Was für ein Dossier?«

Gerd Lessing zuckte mit den Schultern. »Keine Ahnung, Wolf. Warte mal.« Er öffnete ein kleines Notizbuch, das vor ihm lag, und überflog den Eintrag. »Also, wie gesagt, über den Inhalt des Dossiers wurde ich nicht informiert. Hier steht nur der Name des Verfassers: Professor Georg Tiefenbach.«

Grothe überlegte. Diesen Namen hatte er noch nie gehört. Er schüttelte den Kopf. »Sagt mir nichts ... Und wie komme ich an das Material?«

Er wusste die Antwort schon, bevor Lessing sie aussprach.

»Über den rollenden *Toten Briefkasten*.«

Kapitel 13

Lauenburg war enttäuscht. Dieser Konferenztag war ebenso ergebnislos verlaufen wie der vorhergehende, und inzwischen brummte ihm furchtbar der Schädel von all dem Gerede.

Um den Kopf frei zu kriegen, hatte er sich die Turnschuhe angezogen und war auf die Promenade joggen gegangen. Die frische, herbe Meeresluft tat gut, und schon bald merkte er, wie der Druck hinter den Schläfen nachließ.

Er überholte ein Ehepaar, das entspannt den Fußweg entlangschlenderte, und einen Jungen mit einer Eistüte.

Um fünf Uhr würde er Wassili Michailow treffen.

Nach wie vor kam ihm die spontane Einladung des sowjetischen Obersts sonderbar vor.

Er hatte beim Mittagessen mit Helbing darüber gesprochen und ihn gefragt, was der davon hielt. Zu seiner Überraschung erkundigte sich der BND-Mann ausführlich nach dem kleinen Wettkampf im Schwimmbad und fegte seine Bedenken, die ungewöhnliche Einladung aus Sicherheitsgründen auszuschlagen, unerwartet vom Tisch.

»Zwei Männer wollen gemeinsam ein Bier trinken. Was ist dabei?«, hatte er geantwortet. »Oberst Michailow weiß, dass Sie unserer Delegation angehören. Möglicherweise ist

das ein Ausdruck des neuen Politikverständnisses der Sowjets. Ich denke, Sie sollten ihn treffen und sich in Ruhe an-
hören, was er zu sagen hat. Plaudern Sie mit ihm über dies
und das, aber tun Sie mir einen Gefallen. Halten Sie Ihr Pri-
vatleben da raus!«

Helbing hatte gut reden. In der Rubrik »Small Talk« war
er nicht besonders gut, und so quälte ihn seit seinem Entschluss, Michailow zu treffen, die Frage, worüber er sich mit
dem Mann unterhalten sollte.

Lauenburg umrundete mit langen Schritten den Leuchtturm und lief zum Hotel zurück.

Eine halbe Stunde später verließ er frisch geduscht in Jeans
und Polohemd den Fahrstuhl in der Lobby und erblickte sofort die Gestalt von Oberst Michailow, der in der Nähe des
Eingangs stand und auf ihn wartete. Auch er war leger geklei-
det. Für einen fremden Beobachter hätten sie zwei Urlauber
sein können, die sich zufällig hier in der Hotellobby trafen.

Michailow kam ihm lächelnd einen Schritt entgegen und
reichte ihm die Hand. »Sdráwstwujte!« Der Druck war fest,
aber nicht unangenehm.

»Ich grüße Sie auch«, antwortete Lauenburg, der etwas
Russisch verstand.

»Schön, dass Sie es einrichten konnten«, sagte Michailow,
und sein Blick wanderte hinüber zur Bar, die bis auf zwei
Gäste leer war. »Wollen wir?« Einladend deutete er mit dem
Arm in die Richtung, und gemeinsam gingen sie hinüber.

Der runde Tresen befand sich am Rand der Hotelhalle
und war von einer schmalen, hüfthohen Mauer umgeben. Ihr

graugrüner Anstrich bildete einen farbigen Kontrast zu dem rot gemusterten Teppich und den lackroten Barhockern, die aufgereiht vor der mit braunem Leder bezogenen Bar standen. Eine futuristisch anmutende Lampe spendete Licht.

Es entging Lauenburg nicht, dass Michailow die zwei Stühle auswählte, die am weitesten entfernt von den anderen beiden Gästen standen.

Der Barkeeper erschien mit einem weißen Tuch über dem linken Arm. »Die Herren wünschen?«

»Zwei Bier«, sagte Michailow.

»Pilsener Urquell oder Wernesgrüner?«

Fragend sah der Oberst Lauenburg an.

Der zuckte mit den Schultern. »Sie laden ein, entscheiden Sie.«

»Ich denke, die Tschechen brauen gutes Bier. Zwei Urquell.«

Lauenburg musste schmunzeln.

Wenig später stießen sie mit den Bierkrügen an.

»Zum Wohl!«

»Prost!«

Das kalte Bier schmeckte vorzüglich, und beinahe gleichzeitig setzten sie die Krüge ab.

Der Barkeeper unterhielt sich mit den anderen Gästen und polierte Gläser.

Lauenburg konzentrierte sich wieder auf das Gespräch.

»Sie treiben viel Sport?«, fragte Michailow mit einem Blick auf Lauenburgs noch feuchte Haare.

»Ich versuche, mich fit zu halten«, antwortete er ausweichend. »Ein bisschen schwimmen, ein wenig joggen. Wie es in den Tagesablauf passt.« Lauenburg lächelte knapp. »Man verbringt einfach zu viel Zeit am Schreibtisch …«

»Das kenne ich«, entgegnete Michailow. »Und ehe man sichs versieht, läuft man bei der Militärspartakiade den Kadetten hinterher.«

»Ja genau, ich weiß, wovon Sie sprechen, ich …« Lauenburg brach plötzlich ab, weil ihm auf einmal Helbings Anweisung in den Sinn kam, dass er persönliche Informationen vermeiden sollte. Aber worüber sollte er sonst reden? Außerdem vermutete er, dass alles, was von Interesse an seiner Person war, der Gegenseite längst bekannt sein dürfte, und so plauderte er unbefangen weiter. »Ich habe früher Fußball gespielt, und Sie? Ich finde, dass Sie auch gut in Form sind.«

»Eishockey. In Leningrad.«

»Spielen Sie noch?«, fragte Lauenburg nach.

»Viel zu selten. Und sind Sie noch dabei?«

»Ja, ich trainiere die Juniorenmannschaft eines Fußballvereins in Hamburg.«

Michailow sah ihn erstaunt an. »Vom HSV, dem Hamburger Sportverein?«

Lauenburg schüttelte lachend den Kopf. »Nein, nein, vom ASV Bergedorf 85.«

»Und bereitet es Ihnen Spaß?«

»Ja, sehr. Jeder dieser jungen Spieler ist für sich genommen ein eigener Charakter, trotzdem müssen sie auf dem Spielfeld als Mannschaft funktionieren. Natürlich erwarten die Jungs, dass ich ihnen zeige, was ich mir im Spiel von ihnen wünsche. Das bringt mich manchmal schon an meine konditionellen Grenzen.« Lauenburg lachte. »Vor allem, wenn es heißt, Mann gegen Mann gegen den Trainer zu spielen. Da sind sie besonders motiviert.«

»Kann ich mir gut vorstellen.« Michailow prostete ihm zu, und sie tranken das Bier aus. »Was denken Sie, geht noch eins?«

Lauenburg nickte zustimmend. »Aber diesmal auf meine Rechnung.« Er rief den Barkeeper und bestellte.

Bisher verlief das Gespräch ganz anders, als ich erwartet habe, dachte Lauenburg, und insgeheim musste er zugeben, dass er die Unterhaltung mit Michailow als angenehm empfand. Deshalb wagte er auch, dem Oberst eine persönliche Frage zu stellen. »Haben Sie Kinder?«

Der Barkeeper brachte die Bierkrüge und stellte sie vor ihnen ab.

Nachdenklich starrte Michailow auf die Blume aus weißem Schaum.

»Ja, ich habe einen Sohn«, antwortete er schließlich. Er sagte es so, als würde er sich darüber wundern.

Dann schwieg er.

Lauenburg fiel auf, dass in der Haltung Michailows etwas unbestimmt Tragisches lag, eine Haltung, die ihm bisher nicht aufgefallen war. Er wusste nicht, warum, aber es war genau diese Haltung, die ihn dazu bewegte, keine weiteren Fragen zu stellen.

Als der Oberst den Krug an seine Lippen führte, tat er es ihm gleich. Über den Rand des Gefäßes bemerkte er, wie Michailow einen flüchtigen Blick in Richtung Rezeption warf, aber er maß dem keine Bedeutung bei.

Die Minuten verrannen, und Lauenburg nahm bereits an,

dass ihr Gespräch beendet war, als Wassili Michailow noch einmal das Thema wechselte.

»Sie sind das erste Mal dabei?«

Lauenburg nickte.

»Was denken Sie?«

Zuerst fühlte sich Lauenburg von der Frage überrumpelt, wog ab, ob er darauf antworten sollte, aber sein Gegenüber wartete geduldig.

»Es ist wie beim Schach. Jede Seite ist mal am Zug. Ich denke, die westdeutsche Delegation strebt schachmatt in fünf Zügen an, während die Ostdeutschen mit einem Remis vollauf zufrieden wären.«

»Sie denken, das hier ist ein Schachspiel? Ich bin da anderer Meinung«, bemerkte Michailow. »In der Realität gibt es zu viele Möglichkeiten, zu viele Unwägbarkeiten, zu viele Parameter, die Sie nicht kennen.«

Lauenburg schaute ihn abschätzend an.

»Ich stimme Ihnen zu, aber letztendlich zählt im Spiel genauso wie in der Realität das Timing, der richtige Augenblick, in dem sich der einzelne Spieler entscheidet, einen bestimmten Zug zu machen.« Lauenburg schob seinen Krug zur Seite und führte seine Gedanken näher aus. »Schlachten werden nicht von Strategen und Generälen, sondern von einzelnen Kommandeuren und Soldaten gewonnen. Seien wir ehrlich, bei uns wie bei euch kommen vor allem beschränkte oder skrupellose Männer mit durchschnittlichem Verstand im Militär voran, einfach weil sie sich nur auf eine Sache konzentrieren, Befehle befolgen und mögliche Konsequenzen ihres Handelns ausblenden. Es ist egal, was diese Leute befehlen, entscheidend ist, ob einer in der ersten Reihe brüllt: »Vorwärts, zum Sieg!«, oder: »Zurück, lauft um euer Leben!«

»Sie meinen also, ganz oben in der Hierarchie sitzen nur Schwachköpfe?« Michailow lächelte amüsiert.

»Seien wir ehrlich, würde die Welt sonst so aussehen?« Lauenburg hob beide Hände in einer machtlosen Geste.

»Also glauben Sie«, fuhr Michailow fort, »dass jeder von denen nur seine Eigeninteressen verfolgt und akribisch darauf bedacht ist, den Status, den er sich erschlichen oder erkämpft hat, nie wieder zu verlieren. Ist das so?«

»Es gibt Ausnahmen, Professor Tiefenbach … aber er wurde ermor… er ist tot!«

Lauenburg merkte, wie der Oberst zusammenzuckte, sich aber sofort wieder im Griff hatte.

»Es tut mir leid, das zu hören. Der Professor war ein guter Mann …«, sagte er und hob seinen Krug.

Lauenburg prostete ihm zu.

Michailow wischte sich mit dem Handrücken über den Mund. »Glauben Sie mir, wir Russen sind großartige Schachspieler. Ihr Deutschen hingegen denkt immer, ihr habt alles unter Kontrolle, mit euren Theorien und Analysen. Für euch ist die Welt ein Konstrukt. Ihr seht immer nur das, was ihr sehen wollt. Dabei seid ihr blind! Denn in Wirklichkeit seht ihr nur das, was wir euch glauben lassen, zu sehen.«

Lauenburg fixierte den Oberst. Aber der führte seine Gedanken nicht weiter aus. Was wollte Wassili Michailow ihm mit dieser Andeutung sagen?

Lauenburg beschloss, einen Vorstoß zu wagen, und holte tief Luft. »Dann öffnen Sie uns die Augen.«

Kapitel 14

Unter dem Antlitz des beinahe vier Meter hohen Christophorus verklangen in der neugotischen Backsteinkirche in Warnemünde die letzten Takte von »Großer Gott, wir loben dich …«.

Der üppige graubraune Lockenschopf von Kantor Johann Wiese wippte ein letztes Mal, und seine Mundwinkel verzogen sich zu einem zufriedenen Lächeln, als er die Arme senkte.

Noch bevor er dazu kam, etwas zu sagen, stimmte seine Frau Monika, die ebenfalls Mitglied des Ensembles war, ein weiteres Lied an. »Viel Glück und viel Segen auf all deinen Wegen …« erklang als vierstimmiger Kanon für den Chorleiter, der heute seinen fünfzigsten Geburtstag feierte.

Als das Segenslied verhallt war, trat Nina vor und überreichte Johann Wiese einen großen Blumenstrauß. Gerührt nahm der Kantor das Geschenk entgegen.

Der Chor applaudierte begeistert.

Johann Wiese bat mit einer kleinen Geste um Ruhe.

»Nicht, dass ihr jetzt denkt, dass ich euch zukünftig weniger streng rannehme«, entgegnete er schmunzelnd. »Wie ihr wisst, wartet bereits eine neue Konzerttournee auf uns, deshalb heißt es …«

»Üben, üben, üben«, fiel der Chor ein.

Einige lachten.

»Richtig!« Kurz sah er auf die Blumen. »Ich danke euch von Herzen. Das gemeinsame Singen, der Chor, all das bereitet mir außerordentlich viel Freude. Wie heißt es so schön, wo gesungen wird, da lass dich nieder … Drüben im Gemeindehaus haben inzwischen hilfreiche Geister ein kleines Büfett für uns aufgebaut. Jeder von euch hat etwas beigesteuert, auch dafür möchte ich mich mit einem herzlichen ›Vergelts Gott‹ bedanken. Ich hoffe, ihr folgt zahlreich meiner Einladung und lasst euch nicht zweimal bitten.« Freudiges Raunen ging durch die Reihen.

Als Nina ihren Mantel überzog, stand plötzlich Monika Wiese neben ihr. »Was ist denn mit dir passiert?«

»Warum fragst du?«, entgegnete Nina überrascht.

Monika war Ninas beste Freundin, eigentlich auch ihre einzige. Sie hatten sich im Hotel kennengelernt. Dr. Monika Wiese war Tierärztin. Eines Tages war ein Gast mit seinem verletzten Hund am Empfang aufgetaucht. Das Tier war angefahren worden. Monika kam ins Hotel, um den Hund tierärztlich zu versorgen. Hinterher tranken sie und Nina an der Hotelbar einen Kaffee. Die Chemie zwischen ihnen stimmte auf Anhieb, und nach einer Stunde lud Monika sie zur Chorprobe ein. »Es ist die einzige Möglichkeit, auch meinen Mann kennenzulernen«, hatte sie augenzwinkernd hinzugefügt.

Monika schaute sie jetzt aus ihren graublauen Augen herausfordernd an. »Du siehst irgendwie verändert aus.«

»Findest du?«

Sie spitzte die Lippen. »Ja, strahlender, glücklicher.«

Nina senkte rasch den Kopf und schloss die Knöpfe ihres Mantels, dann hob sie den Blick. »Vielleicht liegt es an der Zuteilung. Der Konsum hat mir heute geschrieben, dass ich meine neue Waschmaschine abholen kann.«

Monika legte den Kopf schräg und musterte sie aufmerksam. »Aha, eine Waschmaschine?«

Nina merkte, wie ihr das Blut ins Gesicht schoss und die Ohren glühten. »Ja, was denkst du denn? Oh, ich wollte dich noch fragen, ob du mir dein Auto borgen kannst, mein Trabbi ist in der Werkstatt. In deinen Wartburg bekomme ich doch die WM 66 rein, oder?«

Monika Wiese grinste schelmisch, ließ sich dann aber auf das Thema ein. »Ist ein Kombi, kein Problem. Ich habe mittags noch einen Termin in der Rindermastanlage. Aber wenn du so gegen sechzehn Uhr in die Tierklinik kommst, bin ich sicher zurück und kann dir die Schlüssel geben.«

Wie aus dem Nichts tauchte Johann Wiese neben seiner Frau auf. »Monika, kannst du bitte mitkommen! Joachim Gauck will dich begrüßen …«

»Aber …!«

Nina legte ihr kurz die Hand auf den Arm. »Geh ruhig«, sagte sie. »Wir können nachher noch reden …«

Doch daraus wurde an diesem Abend nichts mehr, denn der Pfarrsaal war bis auf den letzten Platz gefüllt, und noch immer strömten Gratulanten herein. Jedes passende Gefäß war für Blumen reserviert worden, und auf zwei Tischen türmten sich die Geschenke. Vor allem geistliche Bücher und Notenhefte, beides war in der DDR gewöhnlich schwer zu bekommen.

Nina lehnte abseits an einer Fensterbank, aß ein mit Ei belegtes Brot und nippte an ihrem Sektglas. Manchmal nickte sie den Neuankommenden freundlich zu, die sich an ihr vorbei in den Pfarrsaal drängten. Sie lächelte, trat beiseite, aber in Gedanken weilte sie nicht hier in diesem Raum, sondern bei ihrem Sohn. Alexej würde im nächsten Jahr sein Abitur ablegen, anschließend den Wehrdienst leisten und dann studieren. Wenn sie ehrlich war, hatte sie dieser Gedanke immer mit Unbehagen erfüllt, weil sein Fortgang eine bedrückende Leere in ihr hinterlassen würde. Außer …

Sie drehte sich von den anderen Gästen weg und schaute durch die Scheibe hinaus in die Dunkelheit.

Gab ihr das Leben noch einmal ein Geschenk?

Was wäre, wenn Wassili …? Wieder spürte sie seine Lippen auf ihrem Mund, seine Hand in ihrem Haar … War es Schicksal, dass sie sich gerade jetzt wiederbegegnet waren?

Nina blickte auf ihre Armbanduhr und entschloss sich, zu gehen. Sie bahnte sich einen Weg durch die Menge und verabschiedete sich von Monika und Johann.

Draußen vor der Tür schlug sie den Kragen ihres Mantels hoch. Mit schnellen Schritten überquerte sie den Platz vor der Kirche, wobei sie den gebrochenen Steinplatten auswich.

Wenig später erreichte sie ihr Fahrrad und löste routiniert das Schloss.

In der Ferne rauschte der abendliche Schichtverkehr von der Werft hinein nach Rostock.

Sie wollte sich gerade auf den Sattel schwingen, als sich neben ihr ein lautloser Schatten aus der Mauernische löste und vor sie trat.

Nina zuckte zusammen, erkannte aber sofort, dass es Wassili war.

Er trug Zivil.

Ihr Herz machte einen freudigen Sprung.

»Ich habe gerade an dich gedacht«, sagte sie, »und prompt stehst du vor mir. Zauberei!«

Er murmelte etwas, ging aber nicht auf ihren scherzhaften Ton ein, sondern berührte sie an der Schulter. »Komm mit!«, sagte er knapp und lief ohne eine weitere Erklärung los.

Einen Moment fragte sie sich, was das zu bedeuten hatte, und kurz überlegte sie, ob sie der Aufforderung überhaupt Folge leisten sollte. Wassili wirkte verändert, irgendwie angespannt und ziemlich ernst.

Stumm schob sie das Fahrrad neben ihm her.

An einem Baum bedeutete er ihr, das Fahrrad dort abzustellen und hinter ihm durch die Lücke eines maroden Bretterzaunes zu klettern.

Achtsam zwängte sie sich hindurch.

Lichter vorbeifahrender Autos geisterten hastig über das Gelände und rissen die Fassaden zweier baufälliger Häuser aus der Finsternis. Die Fensterhöhlen waren dunkel und leer, überall türmte sich Bauschutt, und die Enden geborstener

Balken ragten anklagend empor. Es roch muffig und nach Katzenpisse.

Das ist absurd, was mache ich hier, dachte sie, als Wassili endlich zwischen den beiden Ruinen vor einem ausgebrannten Wellblechschuppen stehen blieb. Langsam drehte er sich zu ihr um und sah sie sekundenlang an. Fahles Mondlicht lag auf seinem Gesicht, in dem sie vergeblich nach dem Anlass für ihr unerwartetes Treffen suchte. Sie spürte, dass etwas in ihr unsicher schwankte, aber sie ahnte, dass das, was er ihr zu sagen hatte, von großer Tragweite war und ihrer beider Zukunft betraf. Ihre innere Stimme glaubte in dem Moment sogar, zu wissen, dass er ihr erneut einen Antrag machen wollte und diese abscheuliche Schutthalde vielleicht nur ausgewählt hatte, um eine Verbindung zu der einst ebenfalls baufälligen Villa in Leningrad herzustellen, in deren Keller sie sich damals kennengelernt hatten.

Sie spürte, wie ihr Atem schneller ging. Erwartungsvoll richtete sie die Augen auf ihn, und sie erschauerte unter der Berührung, als er seine Hand auf ihre Wange legte.

Sie schloss die Augen. Jetzt würde er es sagen. Sie war bereit und versuchte, gleichmäßiger zu atmen.

Unerwartet zog er die Hand wieder zurück.

Dann hörte sie wie von ferne seine Stimme.

»Nina, ich werde Hochverrat begehen.«

Sie antwortete nicht. Sie sah Wassili an wie betäubt, unfähig, das zu begreifen, was er soeben gesagt hatte. Nur langsam sickerten die Worte in ihren Verstand.

»Wie bitte?«

Sie musste sich verhört haben. Ungläubig starrte sie ihn an, ihr Hals wurde vor Aufregung trocken.

Wassili verzog keine Miene. »Ich habe mich entschlossen, mein Land zu verraten«, wiederholte er eindringlich. Seine Stimme klang rau und bebte etwas.

»Wassili!«, flüsterte Nina. »Warum willst du das tun?«

»Es geht um die Verhandlungen im Hotel, sie drohen zu scheitern. Die Gespräche sind festgefahren, es wird zum Abbruch kommen. Das kann ich nicht zulassen! Versteh doch, es gibt nur dieses Zeitfenster, diesen einen Versuch. Nicht auszudenken, wenn es schiefgeht …«

Er stieß die Worte in großer Erregung aus, und seine Augen wurden dunkel vor Zorn. »Nina, ich weiß, dass Hunderte Atomsprengköpfe in der DDR lagern. Außer mir kennt kaum jemand den wahren Umfang und in welchen Depots sie sich befinden.«

Nina nickte als Zeichen, dass sie seine Worte gehört hatte, aber sie verstand ihre Bedeutung noch immer nicht.

»Deshalb muss ich unbedingt mit einem der westlichen Delegationsmitglieder in Kontakt kommen, ansonsten steuern beide deutsche Staaten möglicherweise auf ein nukleares Inferno zu. Die allgemeine Interessenlage ist gegen uns. Keiner weiß, wie lange Gorbatschow sich halten wird, und beim KGB und dem Militär häufen sich die Zerfallserscheinungen, was die Situation umso gefährlicher macht.«

Als er nach ihrer Hand griff, wich sie zurück.

»Wenn ich den Westdeutschen die geheimen Informationen zuspiele, wird die Pattsituation in der Konferenz aufgehoben. Aber ich muss sicher sein, dass die Informationen den Richtigen erreichen. Ich weiß, dass es auf der Hardthöhe einen Maulwurf gibt, jemand, der für die Ostdeutschen arbeitet. Es gab bereits einen Mord.«

Nina wischte sich mit der flachen Hand die Haarsträhnen aus der Stirn. Ihr schwirrte der Kopf. Wovon redete er? Was ging sie das überhaupt an, und warum kam er damit ausgerechnet zu ihr?

Sie schaute ihn an, und er hielt ihrem Blick stand.

»Es gibt nur eine Chance …«, sein Tonfall wurde drängend, »du musst mir helfen. Wenn ich mit ihnen Kontakt aufnehme, werden sie vermuten, dass es eine Falle ist. Die Information ist immer nur so gut wie ihre Quelle. So denken sie. Deshalb musst du für mich die stille Mittlerin sein. Sie müssen erst die Gelegenheit haben, den Wahrheitsgehalt der Information zu prüfen. Dann werden sie auch der Quelle vertrauen. Deshalb geht es nicht ohne dich.«

Plötzlich erkannte sie, dass sie überhaupt nicht mehr mitkam.

Dass sich ein hässliches Gefühl in ihr breitmachte. Hatte er sie nur deshalb wiedergetroffen und ihr etwas vorgespielt, weil er sie von Anfang an als Kurier benutzen wollte?

Wieder streckte er die Hand nach ihr aus, aber sie wich erneut zurück. Ihre Augen verengten sich zu schmalen Schlitzen. Eine Mischung aus Demütigung, Scham und kochender Wut raste durch ihren Körper.

»Wasja, das ist Wahnsinn! Bist du denn immer noch der alte Idealist von 1968, der die Welt retten will?« Ihre Stimme hörte sich hart und eine Spur zu schrill an. Ein galliger Geschmack lag ihr auf der Zunge, und mit erstickter Stimme fragte sie: »Warum tust du uns das an?«

Wassili, der anfangs nicht von seinen Beweggründen hatte berichten wollen, sah sich nun genötigt, ihr alles zu erzählen. Anfangs sprach er mit einer Abgeklärtheit, die seine Stellung beim Militär mit sich brachte und mit der er gelernt hatte, die Dinge zu benennen. Als er aber auf die Gräueltaten und das Leid zu sprechen kam, deren Zeuge er unfreiwillig gewesen war, wurde er lauter, und ohne es selbst zu merken, sprach er mit der Erregung eines Menschen, der in der Erinnerung starke Eindrücke noch einmal durchlebt. Die militärische Reaktion der Sowjetunion auf die angestrebten Veränderungen in Prag hatten ihn damals zutiefst erschüttert, und diese Erschütterungen setzten sich in seiner späteren Laufbahn fort. Die jungen Männer, die er nach Kasachstan geschickt hatte, alle, die den Atomversuchen beigewohnt hatten, gleißende Detonationen, die unter der Erde gezündet wurden, sie alle lebten nicht mehr. Verstrahlt und vom Krebs zerfressen. Zuletzt kam Tschernobyl.

Wassili erzählte seine Erlebnisse so, wie er sie noch nie jemandem erzählt, ja, wie er sie selbst in der Erinnerung noch nie gesehen hatte.

Ninas Gesichtsausdruck wechselte unaufhörlich, je nachdem, wovon Wassili gerade sprach, und offenbar erlebte sie alles noch einmal mit ihm.

Es war deutlich zu spüren, dass sie nicht nur das in sich aufnahm, was er berichtete, sondern auch das, was er nicht in Worte zu fassen vermochte. Es entging ihr kein Wort, kein Schwanken in seiner Stimme, kein Blick, keine Zuckung seines Gesichtsmuskels, keine Gebärde Wassilis, und doch war da die nagende Ungewissheit.

»Sag mir ehrlich, hast du mich nur deshalb getroffen?« Etwas zu heftig stieß sie die Worte hervor. »Und was ist mit unserem Sohn? Was ist mit Alexej? Bedeuten wir dir gar nichts?«

Wassili beschwor sie, sich zu beruhigen, und versicherte ihr, dass seine Liebe zu ihr nie nachgelassen habe und nie nachlassen werde und es kein größeres Glück für ihn gab, als einen Sohn wie Alexej zu haben. »Gerade weil ihr mir alles bedeutet, muss ich handeln, für ihn und für dich. Du hast ja keine Ahnung, Nina, niemand hier in diesem Land kann sich das ungeheure Ausmaß der nuklearen Bedrohung vorstellen.«

Er hob beschwörend die Hände. »Außerdem gab es bereits Zwischenfälle. In einem Ort, er heißt Dannenwalde, explodierten nach einem Blitzeinschlag in einem Munitionslager der Sowjetarmee zahlreiche Geschosse, die, aus welchem Grund auch immer, in Kisten offen auf dem Gelände gelagert wurden. Nur durch unfassbares Glück und den selbstlosen Einsatz der Soldaten, die schwere Verbrennungen erlitten, wurden die Nuklearsprengköpfe nicht getroffen.«

Wassili rang nach Atem. »Und Halle-Süd. Kannst du dir vorstellen, dass sich dort ein atomares Sonderdepot keine tausend Meter entfernt von einem Wohnblock befindet? Geschätzt leben in diesem Neubauviertel eine Viertelmillion Menschen ... und sie werden quasi als Tarnung für Atomsprengköpfe benutzt.«

Er brach ab, seine Brust hob und senkte sich schwer.

»Wenn das alles vorbei ist, dann werden wir zusammen sein. Ich verspreche es dir.«

Eine kurze Pause entstand.

»Lass mich in Ruhe mit deinen falschen Versprechungen!«, erwiderte sie heftig und trat einen Schritt vor, um zu gehen. »Deine Worte sind wie Gift!«

»Ich überlasse dir die Entscheidung, Ninotschka«, sagte er, als sie sich hastig an ihm vorbeidrängte. »Du weißt ja, wie du mit mir Kontakt aufnehmen kannst.«

Kapitel 15

Nina bemerkte nicht, wie hart sie in die Pedale trat, wie das Rädchen des Dynamos über die Reifendecke schliff und das Licht der Lampe in der fortschreitenden Dunkelheit leise zitternd nach dem Heimweg suchte.

Sie wartete darauf, dass ihre Erregung abklang, dass sich endlich eine gewisse innere Ruhe wieder einstellte. Doch je mehr Zeit verging, desto gereizter wurde sie bei dem Gedanken an das zurückliegende Gespräch.

Ein Brachland tat sich vor ihr auf.

Sie bremste, stieg vom Rad und ließ es fallen. Alles in einer raschen Bewegung. Aufgebracht stampfte sie über das sandige Gelände, zwischen Grasbüscheln und Disteln hindurch.

Was erlaubte er sich?

Wie konnte er es wagen, sie vor so eine Entscheidung zu stellen?

Mit Tränen in den Augen griff sie nach einem verdorrten Zweig, packte ihn fest am unteren Ende und schlug damit stumm auf eine Brennnesselhecke ein, dass die zerfetzten Stiele und Blätter nur so zur Seite flogen. Sie war wütend und verletzt, doch darunter lag das beängstigende Gefühl, in einen Abgrund zu fallen, einen Abgrund, von dem sie gehofft hatte, ihm irgendwann entrinnen zu können.

Nina hörte nur ihr angestrengtes Keuchen und das Zischen des Zweiges, der wieder und immer wieder durch die Luft schnitt.

Bis sie sich endlich aufrichtete und das Holz mit einem lauten Aufschrei weit von sich in die Finsternis schleuderte.

Sie hörte den leichten Aufprall, abseits in einem Gehölz schimpfte aufgeregt eine Amsel.

Plötzlich verspürte sie den Drang, von hier wegzukommen.

Sie wischte die Handfläche am Rock ab, hob das Fahrrad auf und fuhr los.

Es war eine klare Nacht.

Die Konturen der ersten Wohnblöcke schälten sich aus dem Dunkel. Der Anblick der erleuchteten Fenster ließ sie erneut das Gespräch Revue passieren. Doch diesmal trat das unglaubliche Szenario in den Vordergrund, von dem ihr Wassili erzählt hatte. Halle-Süd. Konnte das wahr sein? Ein Depot mit Nuklearsprengköpfen, nicht einmal tausend Meter von einem Wohngebiet entfernt. Sie drehte sich um, starrte kurz in die Richtung, aus der sie gekommen war und in der das Stück Brachland lag. Das war ungefähr die gleiche Entfernung.

Unvorstellbar, dachte sie. Wer genehmigte eine solch unverantwortliche Entscheidung, bei der für aberwitzige militärische Pläne das Leben Tausender Menschen aufs Spiel gesetzt wurde?

Aufgewühlt bog Nina vom Radweg auf die Straße ein, die am Ende zu ihrem Wohnblock führte.

Sie betrachtete die Gegend und lauschte.

Noch nie hatte sie Lichtenhagen so bewusst wahrgenommen.

Über den Rasenflächen zwischen den Wohnblöcken hing die Stille der Nacht. Bäume erschienen wie Scherenschnitte im matten Licht der Straßenlaternen. Auf einem Kinderspielplatz hatten sich im Schutz der Mauer einige Jugendliche versammelt. Sie unterhielten sich mit gedämpften Stimmen, aus einem Kofferradio drang leise Musik. Als sie vorbeifuhr, sah sie ein Mädchen mit langen blonden Haaren auf einem Moped, die Arme fest um die Taille ihres Freundes geschlungen, der vor ihr auf der Sitzbank saß. Als er den Motor startete, legte sie den Kopf leicht an seine Schulter.

Ein Stück weiter erblickte sie im ersten Stock hinter dem Fenster eine Frau, die zärtlich ihr Baby auf dem Arm trug, zu ihm sprach und darauf zu warten schien, dass das Kind endlich einschlief.

Nina richtete ihre Augen wieder nach vorn.

An der Litfaßsäule neben dem Bordstein wurde zu einem Tanzabend im Haus der Volkssolidarität eingeladen, darüber warb ein Plakat für das Internationale Speedway-Rennen um den Ostseepokal.

Nina schluckte.

Einen Moment lang überfiel sie der Gedanke, dass sie diese Menschen, das Wohnviertel, die Stadt und das Land vor der unsichtbaren Gefahr, die alles bedrohte, beschützen konnte.

Sie hatte die Macht dazu.

Dann wieder kam sie sich benutzt, gedemütigt und verlassen vor, all ihre Hoffnungen hatte er verraten. Wie naiv war sie gewesen, sich eine gemeinsame Zukunft auszumalen. Nun fand sie sich in einem Zustand wieder, in dem sie bereit war, sich irgendwo zu verkriechen und jedweden Schutz anzunehmen, den man ihr gewähren würde.

Erschöpft kam sie zu Hause an.

Die Wohnung war leer.

Der Kühlschrank summte leise.

Alexej war zu seinen Freunden von der Band gegangen. Er musste es eilig mit dem Umziehen gehabt haben, denn sein Fleischerhemd lag zusammengeknüllt auf dem Boden. Nina bückte sich und hob es auf. Es war aus einfacher Baumwolle und ziemlich lang. Dünne blaue und weiße Streifen reihten sich in endlosem Wechsel aneinander. Nina hielt das Hemd vor ihr Gesicht, atmete den Duft ein. Es roch nach ihrem Sohn. Sie nahm einen Bügel aus dem Schrank und hängte es auf.

Anschließend ging sie durch die stille Wohnung, streifte mit den Fingern über die Anrichte, über die schmalen Holzrahmen der Fotos. Sie öffnete eine Schublade, musterte kurz den sauber geordneten Inhalt und schloss sie wieder. Dann hockte sie sich auf die Kante des Sessels und legte die Hände in den Schoß. Es kam ihr so vor, als würde sie die Wohnung zum ersten Mal betreten, die Einrichtung wahrnehmen, die Matroschkas mit den runden aufgemalten Gesichtern, den geknüpften Wandteppich oder den dickblättrigen Kaktus, der seit ihrem Einzug auf dem kleinen, mit bunten quadratischen Fliesen beklebten Hocker neben der Balkontür stand.

All diese Dinge sind für mein Leben wesentlich, dachte sie. Sie sind Anker für meine Erinnerungen, liebenswürdige Begleiter in der Gegenwart, und wenn ich den alten Teddy meines Sohnes mit den zerzausten Ohren auf dem Sofa betrachte, auch Inbegriff meiner Zukunft.

Ihre Augen schwammen, als sie nach dem Kuscheltier griff.

Alexej!

Er war das Beste, was ihr und Wassili gelungen war.

Nie würde sie ihn der Willkür eines Lichtblitzes überlassen, der, wie in Hiroshima und Nagasaki, ganze Städte vom Antlitz der Erde tilgte. Man hatte ihnen in der Schule oft genug die alten Dokumentaraufnahmen gezeigt, die verbrannten Trümmer, das verseuchte Wasser und die verstümmelten Menschen, auf Generationen von der Strahlenkrankheit gezeichnet.

Und wofür das alles?

Weil die grauen Männer eines politischen Systems den grauen Männern eines anderen politischen Systems unbedingt ihre militärische Macht demonstrieren wollten.

Abschreckung nannten sie es, dachte sie angewidert und sprang auf.

Sie stürzte aus dem Wohnzimmer, griff nach ihrem Mantel und ließ die Tür hinter sich ins Schloss fallen.

Sie wollte keine Zeit mehr verlieren.

Kapitel 16

Mason Brown stürzte seinen Whiskey Sour hinunter, ohne einmal abzusetzen. Als er das Glas zurück auf den Tresen stellte, begegnete ihm sein Spiegelbild in der verglasten Rückwand. Die drahtigen grauen Haare, die sich mit keiner Frisur fassen ließen, die kräftige Nase und der säuberlich gestutzte Vollbart. Das hervorstechendste Merkmal in seinem Gesicht waren die grünen Augen unter den geschwungenen Brauen.

Doch heute hatten sie ihren verführerischen Glanz verloren, denn egal, wie er es drehte, das hier war definitiv nicht seine Woche.

Erst offenbarte ihm seine heimliche Geliebte Paula kurz vor der Abfahrt, dass sie schwanger war, und dann schickte die Zentrale ihn auch noch in ein Hotel ans Ende der Welt, um Kindermädchen für die Deutschen zu spielen. Schon als sie ihm die Instruktionen übergaben, ahnte er, dass bei dieser Konferenz nichts Nennenswertes herauskommen würde. Nichtsdestotrotz musste er etliche Stunden in dieser engen Dolmetscherkabine zubringen, als hätte er in Berlin nichts Besseres zu tun. Zum Beispiel, mit Paula darüber zu reden, dass sie abtreiben musste, wie sollte es mit einem Kind für sie weitergehen? Er kehrte sowieso in den nächsten Wochen in die USA zu Frau und Kindern zurück. Da mussten viele Dinge geregelt werden. Frustrierend kam hinzu, dass der Austausch zwischen den Delegationen in den beiden zurückliegenden Tagen nur aus Schattenboxen und Höflichkeiten bestanden hatte. Wasch mich, mach mich aber nicht nass!

Seiner Meinung nach agierten die Westdeutschen viel zu naiv.

Kein Ausdruck von Stärke und Dominanz. Dabei hatten sie verdammt noch mal die gesamte NATO hinter sich.

Nahmen die wirklich an, dass die Ostdeutschen auf den Streichelkurs einschwenkten und einfach die Hosen herunterließen?

Er schüttelte missmutig den Kopf und hob das leere Glas in Richtung Bardame. »Ich nehme noch einen«, sagte er, und sie nickte mit einem warmen Lächeln.

Er schluckte.

Die Frau sieht verdammt gut aus, stellte er fest. Tolle Beine, lange rote Haare, schöner Busen – genau sein Typ.

Und mit welchem Sex-Appeal sie sich hinterm Tresen bewegte, die würde selbst in Las Vegas eine gute Figur machen.

Er schürzte die Lippen, während er eine Zigarette aus der Schachtel angelte.

Sie tut nicht so gestelzt wie die Weiber in Boston, dachte er.

In Beacon Hill ging es immer nur Bussi hier und Bussi da, und hinterm Rücken wurden bereits die Messer gewetzt.

Er ließ das Feuerzeug aufflammen.

Die Barfrau stellte das Glas vor ihm ab und lächelte wieder. Der Stoff ihrer Bluse knisterte leise.

Vor zehn Jahren hatte ihn Caroline auch noch angelächelt. Als sie in die schicke Villa am Boulevard gezogen waren. Ihr Vater musste ordentlich was dazugeben, denn allein von seinem CIA-Gehalt hätte er sich das Haus nicht leisten können. Doch dann ging es aufwärts, er begann, beim Geheimdienst Karriere zu machen, gutes Geld zu verdienen. Doch was ihm zuerst etwas Achtung in der Familie seiner Frau eintrug, schlug bei Caroline bald in Ungeduld und Missfallen um, weil er nur noch selten zu Hause war.

Ein ewiger Streitpunkt für ihre Beziehung waren seine Aufenthalte im Ausland, zuletzt in Berlin. Sie wollte Boston nicht verlassen und er nicht auf die Erfahrung verzichten, an den aus nachrichtendienstlicher Sicht interessantesten Orten der Welt zu arbeiten. Einerseits, um die Freiheit des Westens in vorderster Linie zu verteidigen, und andererseits, um seine eigene Freiheit zu genießen.

Er zwinkerte der Bardame zu und drückte die Zigarette aus.

Mit dem zweiten Glas solltest du dir mehr Zeit lassen, ermahnte er sich und begann, stattdessen die Leute zu beobachten, die sich jetzt vermehrt um den Tresen der Sky-Bar drängten. Die westdeutschen Hotelgäste erkannte er sofort. Sie waren in seinen Augen wie Kirschen, die zur Dekoration auf einen weißen Tortendeckel drapiert waren. Die Männer drängten sich, eine Hand lässig in der Hosentasche, mit großen Gesten in den Vordergrund und gaben sich betont weltmännisch, während ihre Frauen, von Kopf bis Fuß gestylt, blinkten und glitzerten. Trotzdem wirkten sie auf ihn genervt und immer ein wenig unzufrieden.

Die ostdeutschen Gäste hingegen waren zurückhaltender, fast schüchtern, aber sie schienen den Aufenthalt in der Bar zu genießen. Männer und Frauen standen eng beieinander, unterhielten sich leise, lachten zurückhaltend, und viele von ihnen erweckten den Anschein, als wären sie überhaupt zum ersten Mal in einem Hotel dieses Formats. Der Eindruck verstärkte sich noch durch die staunenden Blicke, als sich die Decke mechanisch über der Tanzfläche öffnete und den Gästen die einzigartige Gelegenheit bot, den Sternenhimmel über Warnemünde zu betrachten, während eine Band zu vorgerückter Stunde auf die Bühne kletterte und einen langsamen Walzer zu spielen begann.

Mason Brown widmete sich seinem zweiten Whiskey Sour und dem Anblick der Bardame. Jetzt zwinkerte sie zurück und schob am Zapfhahn ihren Busen vor.

Er griff nach dem Glas und lächelte still in sich hinein. Bei genauerer Betrachtung hatte er es hier doch eigentlich ganz gut getroffen.

Kapitel 17

23. Oktober 1986, Rostock – Hotel Neptun

Es passierte, als er vom Frühstück zurückkam. Er wollte sich soeben die neue blaue Krawatte umbinden, als sein Blick zufällig auf sein Notizbuch fiel, das er auf dem kleinen Tisch vor dem Fenster liegen gelassen hatte. Er erstarrte in der Bewegung. Zuerst glaubte er, sich geirrt zu haben, doch als er näher trat, stellte er fest, dass ein Briefumschlag unter dem Heftdeckel hervorragte. Wer immer ihn dort platziert hatte, wollte, dass er früher oder später von ihm gefunden wurde.

Lauenburg legte die Krawatte beiseite und schlug das Notizheft auf. Zwischen den weißen Seiten lag ein rechteckiges braunes Briefkuvert, das die Aufschrift trug: »An Major Kai Lauenburg persönlich. Dringend.«

Es waren Druckbuchstaben, fein säuberlich hintereinander aufgereiht.

Lauenburg zog den Umschlag aus dem Buch und hielt ihn gegen das Licht, in der Hoffnung, seinen Inhalt zu erkennen, aber das Papier war undurchsichtig und gab sein

Geheimnis nicht preis. Er tastete den Brief systematisch mit Daumen und Fingern ab. Keine Widerstände, nur Papier.

Vielleicht ein einzelnes dünnes Blatt, mutmaßte er. Höchstens zwei.

Lauenburg drehte den Umschlag um.

Der Falz war unsauber zugeklebt. Er meinte, noch den Geruch von künstlichem Klebstoff wahrzunehmen. Da wollte jemand sichergehen, dachte er und zog sein Taschenmesser hervor. Er klappte die Klinge aus und schnitt behutsam das Kuvert auf.

Das Messer landete neben dem Notizbuch auf dem Tisch.

Er griff in das Kuvert. Es war wirklich nur ein einziges zusammengefaltetes Blatt.

Das Papier war von minderer Qualität, unliniert, eher grau als weiß, die Oberfläche rau. Vorsichtig klappte er die beiden Hälften auseinander. Lauenburg stutzte. Er wusste nicht, was er erwartet hatte.

Verblüfft folgten seine Augen einer Aufzählung von Wörtern, die das Papier bedeckten, bis er auf einmal begriff, was da stand.

Das waren Namen von Ortschaften in der DDR. Fein säuberlich mithilfe einer Schreibmaschine aufgeschrieben.

Er begann, die Liste noch einmal von oben nach unten zu lesen. Auf den ersten Blick waren es keine bekannten Orte.

Wenn er ehrlich war, hatte er von den meisten noch nie etwas gehört. Er fragte sich bereits nach dem Zweck der Aufstellung, als ihm plötzlich ein Ortsname auffiel, der die Lage für ihn schlagartig veränderte.

Er holte tief Luft und kniff die Augen zu schmalen Schlitzen zusammen, während er die restlichen Bezeichnungen überflog. Er stockte, weil er unter ihnen noch einen weiteren Namen fand, der seinen Verdacht erhärtete.

Stumm zählte er die Anzahl der Orte nach und stöhnte leise auf. Weit über zwanzig.

Mein Gott, dachte er und schüttelte unmerklich den Kopf. Das ist unfassbar. Wenn diese Liste auch nur annähernd der Realität entsprach, lag die NATO mit ihrer Einschätzung der aktuellen Situation völlig daneben und wog sich in einer trügerischen Sicherheit.

Nervös wischte er sich mit dem Handrücken über die Stirn.

Und als wäre diese prekäre Aufstellung nicht schon beängstigend genug, bedeckte ein von Hand geschriebener krakeliger Satz den unteren Teil des Blattes: *Treffpunkt: heute, 19 Uhr, Straße am Leuchtturm. Kommen Sie allein!*

Kapitel 18

Lauenburg machte sich sofort auf die Suche nach Helbing und fand ihn unterhalb des Hotels am Strand. Der BND-Mann lief gedankenversunken den Spülsaum entlang, die Hände tief in den Taschen vergraben, im Mundwinkel die erloschene Pfeife.

Als Lauenburg sich näherte, hob er fragend den Kopf.

»Guten Morgen«, begrüßte Lauenburg ihn.

Helbing nahm seine Pfeife aus dem Mund. »Das wird sich gleich entscheiden, ob es ein guter Morgen ist«, erwiderte er.

»Was gibt es?«

»Glauben Sie an Zufälle?«, fragte Lauenburg, bemüht, seine Aufregung zu verbergen.

»Nicht in der Geheimdienstbranche, wieso fragen Sie?«

»Als ich nach dem Frühstück auf mein Zimmer kam, fand ich einen Briefumschlag in meinem Notizbuch.« Lauenburg nestelte an seinem Reißverschluss, um die Jacke zu öffnen.

»Halten Sie die Hände still«, ermahnte ihn Helbing ruhig. »Wir werden beobachtet. Drehen wir die Gesichter zum Meer, und dann berichten Sie mir alles der Reihe nach.«

Lauenburg folgte der Anweisung, stellte sich dicht neben den Mann, der jetzt seine Pfeife wieder in Gang setzte, und fing an, zu erzählen, während aromatische Tabakwolken über den Strand zogen. Vor ihnen steuerte ein Fischtrawler die offene See an, gefolgt von einem Schwarm kreischender Möwen.

Lauenburg endete und blickte zu Helbing.

Der schaute schweigend auf die Wellen, die murmelnd auf den Sand rollten. »Diese Liste«, hob der BND-Mann endlich zu sprechen an. »Was für ein Gefühl haben Sie, ist sie echt oder eine Falle?«

Lauenburg spitzte die Lippen. Die gleiche Frage hatte er sich auch schon gestellt. Er für seinen Teil hatte sich zu einer positiven Antwort durchgerungen. »Ich gehe davon aus, dass sie echt ist!«

»Warum?«

»Unsere Analysten in Pullach sowie die Experten der NATO gehen davon aus, dass sich auf dem Boden der DDR nur zwei sowjetische Sonderwaffenlager für nukleare Sprengköpfe befinden: eines bei Lychen/Fürstenberg und das andere bei Stolzenhain. Übrigens, beide Orte tauchen auch auf der Liste auf, neben ungefähr zwanzig anderen.«

Er hörte, wie Helbing überrascht die Pfeife aus dem Mund nahm. Seine Stimme zitterte leicht. »Sagten Sie gerade, neben ungefähr zwanzig anderen?«

»Ja. Und die Zahl erscheint mir bei genauerer Betrachtung nicht zu niedrig bemessen.«

Helbing drehte sich zu ihm. Lauenburg sah die vielen Fragen in seinen Augen.

Aber er war mit seinen Ausführungen noch nicht am Ende. »Erinnern Sie sich an das Foto, das Sie mir bei unserem ersten Treffen gezeigt haben?«

»Sie meinen Tiefenbach?«

Lauenburg nickte. »Wenn Sie sich das Bild noch einmal in Ruhe anschauen, werden Sie bemerken, dass auf dem Schreibtisch ein Kursbuch der DDR liegt. Seit der ersten Stationierung von sowjetischen Raketensystemen im Mai 1959 während der zweiten Berlin-Krise benutzten die Sowjets die Eisenbahn als Transportmittel für ihre nuklearen Sprengköpfe.«

»Warum die Eisenbahn?«

»Versuchen Sie sich in die Lage der Sowjets hineinzuversetzen. Die Nuklearsprengköpfe müssen über weite Distanzen transportiert werden. Von der Sowjetunion über Polen bis hierher. Die Eisenbahn als Transportmittel erscheint mir da als einzig relevante Möglichkeit. Bedenken Sie, das Unfallrisiko ist gering, ebenso die Möglichkeit eines Diebstahls oder einer andauernden Panne. Eine defekte Lok kann schnell ausgetauscht werden, ebenso eine Achse oder gleich der gesamte Waggon. Außerdem ist ein Zug weitaus unauffälliger als ein Schwerlasttransport auf der Straße.«

Helbing streckte sich, rollte mit den Schultern, blieb aber stumm.

»Professor Tiefenbach muss geahnt haben, dass es weitaus mehr Lagerstätten gibt als die beiden bisher bekannten.

Zudem wusste er, dass das gut erschlossene Schienennetz der DDR bis hinein in die Nebenstrecken ideale Voraussetzungen bietet, um militärische Ausrüstung bis in die Kaserne oder ins Depot zu transportieren. Tiefenbach hatte im Nachhinein mit seiner Vermutung recht. In allen Orten, die auf der Liste genannt werden, befinden sich Bahnhöfe mit großen Rangierkapazitäten, oder zumindest in ihrer unmittelbaren Nähe.«

Helbing steckte seine Pfeife weg. »Was meinen Sie? Von wem stammen die Informationen?«

Lauenburg neigte den Kopf: »Ich bin mir nicht sicher, habe aber eine Vermutung, über die ich noch nachdenken muss.«

»Ich verstehe. Sie werden am Vormittag der Konferenz fernbleiben. Ich entschuldige Sie. Dafür stellen Sie mir bis Mittag ein Dossier mit allen Informationen für den Sonderbeauftragten des Auswärtigen Amtes und den mitgereisten Stab zusammen. Und bis dahin wissen Sie, wer die Quelle ist.«

»Das kann ich nicht allein. Ich benötige Hilfe.«

»Ich rede mit Förster.«

»Wer wird die Informationen vortragen?

»Sie!«

»Ich?«

Ungeduldig zog Helbing Lauenburg mit sich fort. »Hören Sie, Doktor, niemand versteht dieses Material besser zu dekodieren als Sie. Geben Sie denen einen Überblick über die vermuteten Lagerstätten, ihre Bedeutung, ihre Bewandtnis, und analysieren Sie, was Sie mir eben erzählt haben. Von Stubnitz wird Ihnen wahrscheinlich ein paar direkte Fragen stellen, geben Sie ihm direkte Antworten. Sagen Sie ihm, was Sie denken. Und jetzt kommen Sie mit …«

Kapitel 19

Der Beratungsraum war bis auf den letzten Platz gefüllt.

Alle waren erschienen. Der Sonderbeauftragte hatte an der Stirnseite des Tisches Platz genommen. Zu seiner Linken saß Mason Brown, gefolgt von General Kayna und seinem Adjutanten Oberst Popp. Diesen Männern gegenüber hatten Schlüter, Helbing und Lauenburg Platz genommen. Förster stand hinter dem Diaprojektor bereit.

Lauenburg, der am vorderen Ende des Tisches noch schnell den schmalen Schirm einer Leselampe ausrichtete, räusperte sich vernehmlich. »Meine Herren, vor vier Stunden kam es hier im Hotel zu einem außergewöhnlichen Ereignis. Unserer Delegation wurden Informationen zugespielt, die ich in einem Briefumschlag nach der Rückkehr vom Frühstück in meinem Hotelzimmer vorfand.«

»Warum hat man uns darüber nicht informiert?«, fragte Schlüter ungehalten dazwischen.

»Was denken Sie, was wir hier gerade tun?«, gab Helbing trocken zurück.

»Fahren Sie fort!«, forderte von Stubnitz Lauenburg auf.

»Dieses Kuvert enthielt nur ein einzelnes Blatt Papier.«

Er nickte Förster zu. Das erste Lichtbild wurde an die Wand geworfen. »Wie Sie sehen, handelt es sich dabei um eine Auflistung von Ortschaften in der Deutschen Demokratischen Republik, genau genommen sind es vierundzwanzig. Ich vermute, dass sich an all den Stellen sowjetische Sonderlagerstätten mit nuklearen Sprengköpfen befinden. Wobei ich davon ausgehe, dass die Munitionsdepots unterschiedliche Größen aufweisen und in den Lagerkapazitäten variieren.«

»Aber das ist nur Ihre Vermutung«, zweifelte Oberst Popp. »Mir erscheint die Anzahl der Lagerstätten unverhältnismäßig hoch. Zumal die NATO, soweit mir bekannt ist, bisher immer nur von zwei Standorten ausgegangen ist.«

Alle Blicke richteten sich wieder auf Lauenburg.

»Die Annahme der NATO, es handle sich nur um zwei Lagerstätten, stammt aus den späten Sechzigerjahren und ist inzwischen nicht nur überholt, sondern auch grob fahrlässig, schlicht falsch. Ich erkläre Ihnen auch, wie ich zu dieser Einschätzung gelangt bin. Bei dem derzeit angestrebten INF-Vertrag zwischen der USA und der Sowjetunion geht es um die Reduzierung der Mittelstreckenraketen, also Systeme, die eine Reichweite von fünfhundert bis tausend sowie tausend bis zu fünftausend Kilometern haben. Da die Russen keine SS-20-Raketen in der DDR stationiert haben, liegt unser Augenmerk auf den Kurzstreckensystemen bis fünfhundert Kilometern Reichweite und den Nuklearsprengköpfen, die damit verschossen werden können. Beides fällt nicht unter die Verhandlungsvorgaben zum INF.

Oder andersherum, Kurzstreckensysteme interessieren weder die Russen noch die Amerikaner, denn sie sind bei einem eventuellen Einsatz dieser Waffen nicht betroffen.«

»Logisch«, meldete sich Helbing. »Bei einem Einsatz würden nur die beiden deutschen Staaten verwüstet werden.«

Lauenburg wartete kurz ab, setzte dann seine Erklärungen fort. »Um die Frage nach der Anzahl der Lagerstätten beantworten zu können, müssen wir zuvor eine andere Frage klären. Wie viele Nuklearsprengköpfe würden bei einem militärischen Einsatz benötigt werden. Auf dem Boden der heutigen DDR sind derzeit zwanzig sowjetische Divisionen der Landstreitkräfte stationiert. Jede Division verfügt über eine eigene Raketeneinheit, entweder bestückt mit FROG-7, SS-21 oder der moderneren Version SS-23, mit jeweils vier mobilen Abschussrampen.«

»Das sind achtzig Rampen«, ergänzte Förster von seinem Platz aus.

»Doch wir dürfen die Raketentruppen der Nationalen Volksarmee nicht vergessen«, fügte Lauenburg hinzu. »Auch sie verfügt über Raketeneinheiten, wobei uns hauptsächlich die zwei Raketenbrigaden interessieren. Soweit mir bekannt ist, verfügt die dritte Raketenbrigade in Tautenhain über insgesamt zwölf Startfahrzeuge mit jeweils zwei Feuerzügen für taktische Kernwaffen, dieselbe Anzahl von Startfahrzeugen und Feuerzügen erreicht auch die fünfte Raketenbrigade in Demen. Also noch einmal achtundvierzig Abschussrampen. Das ergibt einhundertachtundzwanzig mobile Abschussrampen auf dem Territorium der DDR.« Lauenburg spürte die gespannte Atmosphäre im Raum. »Nehmen wir eine Frontsituation an, so würden für eine erste Bestückung aller Rampen einhundertachtundzwanzig Nuklearsprengköpfe benötigt werden. Rechnet man mit einer zweiten Angriffswelle, bei der circa zwanzig Minuten bis zum erneuten Abschuss vergehen, welche für das zweite Aufstellen und Bestücken einer Rakete benötigt werden, dann verdoppelt sich die Zahl der Sprengköpfe.«

»Zweihundertsechsundfünfzig«, murmelte Schlüter.

»Aber auch das ist noch nicht das Endergebnis. Bedenken Sie, dass das Aufkommen von Nukleargeschossen, wie sie von Flugzeugen oder weitreichenden Haubitzen verwendet werden, noch nicht in die Lagerkapazitäten eingerechnet sind. Ich gehe davon aus, dass derzeit ungefähr dreihundertfünfzig nukleare Sprengköpfe in der DDR lagern, und deshalb, meine Herren, halte ich diese Liste für authentisch.«

»Damit besitzen die Russen, selbst wenn sie ihre Mittelstreckenraketen abbauen, nach wie vor ein gigantisches Waffenarsenal für einen Erstschlag gegen die NATO«, stellte von Stubnitz fest.

Lauenburg stimmte ihm zu. »Diese Möglichkeit besteht. Die mobilen Rampen ermöglichen es, unbemerkt in den unmittelbaren Grenzraum verlegt zu werden. Von dort aus würden sie mit ihrer Reichweite in der Lage sein, beinahe alle wichtigen militärischen und wirtschaftlichen Zentren in der Bundesrepublik zu beschießen, bei geringer bis gar keiner Vorwarnzeit vor dem Aufschlag.«

»Verdammte Scheiße«, murmelte der General. »Die bomben uns in Grund und Boden, noch bevor wir aus den Betten sind.«

»Nicht so hastig, ich …«, meldete sich Schlüter, »habe nach wie vor erhebliche Zweifel an der Echtheit der Liste. Major Lauenburg, Ihre Rechenbeispiele in Ehren, aber es gibt plausible Gründe, warum die NATO von nur zwei Lagerstätten ausgegangen ist. In den letzten zwanzig Jahren wurden per Satellit oder durch militärische Aufklärung wenige bis gar keine Bautätigkeiten festgestellt, die auf die Errichtung moderner militärischer Bunkeranlagen schließen ließen, welche zur Aufbewahrung von Nuklearwaffen unbedingt notwendig sind.«

Lauenburg nickte. »Das liegt daran, dass wir die Dinge mit unseren Maßstäben und Vorgaben bewerten.« Er wandte sich an Förster. »Die Luftaufnahmen bitte.«

An der Wand erschien ein Kaleidoskop von Fotos, die alle unterschiedliche Landschaftsausschnitte aus großer Höhe fotografiert zeigten.

Lauenburg deutete auf die Bilder. »Wenn man weiß, wonach man suchen muss, fällt einem das Entdecken leichter. Ich gebe Ihnen insofern recht, dass es in den letzten beiden Jahrzehnten wirklich kaum nennenswerte Bauaktivitäten im Auftrag der Sowjets gab. Was aber nicht heißt, dass deshalb keine Nuklearsprengköpfe eingelagert werden konnten.«

Schlüter verdrehte die Augen.

»Die Russen sind Meister der Täuschung und der Improvisation«, fuhr Lauenburg unbeirrt fort. »Nehmen Sie nur ein simples Beispiel. Jahrelang forschten Wissenschaftler in der amerikanischen Raumfahrt an einem Kugelschreiber, der auch unter den Bedingungen der Schwerelosigkeit im Weltall tauglich ist. Die Russen haben einfach einen Bleistift genommen. Warum erzähle ich Ihnen diese Geschichte?«

Er deutete mit dem Ende seines Stiftes auf verschiedene Luftbilder. »Nach meinen Erkenntnissen sind mindestens

zehn der vierundzwanzig Lagerstätten ehemalige Munitionsdepots der Deutschen Wehrmacht. Einfache Betonbunker
unter einer Schicht Erde, mit Bäumen bewachsen und mit Ei-
sentüren gesichert ...«

»Einfache Betonbunker, hören Sie sich selber zu!«, meldete sich Schlüter erneut. »Niemand lagert hochsensible
Waffen unter solch primitiven Unterständen.« Er spuckte das
Wort förmlich in den Raum. »Schon gar keine Nuklear-
sprengkörper. Ich bitte Sie!«

Eine kurze Pause entstand.

»Ich möchte noch einmal auf die mobilen Abschussrampen zurückkommen«, sagte General Kayna. »Können Sie mir
die Frage beantworten, wie die Sowjets Ihrer Meinung nach
die Nuklearsprengköpfe transportieren?«

»Hauptsächlich mit der Eisenbahn. Erst unmittelbar vor
dem Einsatz werden sie vom nächstliegenden Bahnhof auf
schwere URAL-Lastwagen umgeladen.«

Die Luftbilder verschwanden von der Projektionsfläche,
und dafür erschienen zwei grobkörnige Schwarz-Weiß-Bil-
der.

»Wie gesagt, wenn man weiß, wonach man sucht, findet
man auch Abbildungen von Zügen, die wir nun den militärischen Sondertransporten der Sowjets auf ostdeutschem Territorium zuordnen können. Allgemein sind die Güterzüge in
der DDR ausgesprochen lang, um ein großes Transportvo-
lumen zu generieren. Die Sondertransporte der Sowjets hingegen sind auffallend kurz. Wie Sie sehen, ist da die Lok.
Dahinter drei leere Wagen, die bei einem möglichen Unfall
als Puffer dienen. Ganz klar, man will vermeiden, dass die

eigentliche Ladung beschädigt wird. Anschließend kommen die zwei Eisenbahnwaggons, die das militärische Gefahrengut beinhalten, gefolgt von einem Wagen mit Wachpersonal und wieder drei Anhängern als Puffer nach hinten. Macht insgesamt nicht mehr als neun oder zehn Wagen. Da alle Lagerstätten an das Schienennetz der DDR angeschlossen sind, ist eine rasche Be- und Entladung der Züge gegeben.«

Der General schien mit der Antwort vorerst zufrieden.

Lauenburg zögerte kurz, bevor er zum letzten Punkt seines Vortrags kam. Kurz nickte er Förster zu, der die Dias erneut austauschte.

Der untere Blattabschnitt der geheimen Information wurde jetzt eingeblendet, und für alle gut lesbar erschien die handgeschriebene Einladung zum heutigen Treffen am Leuchtturm.

»Das könnte eine Falle sein«, mutmaßte Brown, der sich bis jetzt auffallend zurückgehalten hatte.

»Selbstverständlich ist es eine Falle«, schob Schlüter nach. »Was auch sonst. Sie geben uns einen Zettel mit alten Munitionslagern der Wehrmacht und hoffen, uns damit aus der Deckung locken zu können. Wenn wir darauf eingehen, haben sie uns sofort wegen Militärspionage an den Eiern. Die lassen die Konferenz platzen, und wir kehren mit leeren Händen heim.«

Helbing lehnte sich in seinem Stuhl zurück. »Diese Konferenz steht sowieso auf Messers Schneide. Wir sitzen seit anderthalb Tagen zusammen, und ein Blinder würde erkennen, dass der ostdeutschen Delegation ein Maulkorb verpasst wurde. Darüber hinaus haben sie lediglich Kenntnis von den

Fakten, welche das russische Militär, der KGB, ja, selbst die Stasi bereit sind, freizugeben. Insofern wäre es eine spannende Vorstellung, ihnen die Liste mit den Fakten auf den Tisch zu knallen. Ich glaube, das würde sie umhauen. Jedoch bei aller Begeisterung müssen wir zuvor zwei essenzielle Fragen klären. Wer ist die Quelle, und ist sie vertrauenswürdig?«

Lauenburg drehte sich zu Förster um. »Das Foto bitte.«

»Ist das nicht der sowjetische Offizier, der den Verhandlungen als militärischer Beobachter beiwohnt?«, fragte von Stubnitz. »Oberst Michailow?«

»Das ist korrekt, es handelt sich bei dem Foto um Oberst Wassili Alexejewitsch Michailow. Und es gibt einen guten Grund, warum er der Konferenz als militärischer Beobachter beiwohnt. Er ist zurzeit der ranghöchste Offizier und Vorgesetzter der Zwölften GUMO in Ostdeutschland.«

»Der Zwölften was?«, fragte Oberst Popp.

»Die Zwölften Hauptdirektion des sowjetischen Verteidigungsministeriums. Glavnoye Upravleniye Ministerstvo Oborony oder eben kurz Zwölfte GUMO. Die Abteilung ist streng geheim, praktisch unsichtbar. Es sind sowjetische Spezialkräfte, deren einzige Aufgabe darin besteht, die Hochsicherheitstransporte aus der Sowjetunion zu bewachen und die Entladung der Nuklearsprengköpfe sowie ihre Sicherung in den Depots vorzunehmen.«

»Und Sie glauben, dass es Oberst Michailow war, der uns die Liste mit den Ortsnamen hat zukommen lassen?«, fragte von Stubnitz.

Lauenburg nickte. »Er ist der Einzige, der über solch ein detailliertes Wissen in Bezug auf die Lagerstätten verfügt und der aufgrund seiner militärischen Position in der Lage wäre, uns unauffällig zu informieren.«

Schlüter stützte sich mit beiden Ellenbogen auf den Tisch. »Warum sollte ein angesehener sowjetischer Offizier, der auch noch eine geheime militärische Einheit des sowjetischen Verteidigungsministeriums befehligt und anscheinend über herausragende Verbindungen nach Moskau verfügt, so etwas tun?«

»Es ist eine Falle«, stellte Brown unumwunden fest.

Schlüter pflichtete ihm bei. »Wir sollten das hier sofort beenden!«

Der General und sein Adjutant steckten die Köpfe zusammen, diskutierten aufgeregt. Kayna schüttelte energisch den Kopf.

Lauenburg achtete nicht auf den Tumult, den er verursacht hatte. Er betrachtete das Bild von Michailow, den Offizier in Uniform, der ernst in die Kamera blickte, die Hände ruhig auf den Oberschenkeln liegend. Lauenburgs Blick blieb an seiner rechten Hand hängen. An dem schmucklosen goldenen, unauffälligen Ring. Aus dem Dossier wusste er, dass Wassili Michailow unverheiratet war. Keine Kinder …

Lauenburg stutzte.

Moment, an der Bar hatte Michailow einen Sohn erwähnt. Lauenburg spürte, wie sein Herz bis zum Hals schlug. Die Verfasser der Akte haben nichts davon gewusst, aber ihn hatte er eingeweiht. Warum?

Lauenburg stutzte.

»Was wissen wir über den Oberst?«, fragte plötzlich der General in die Runde.

»Michailow ist erst seit wenigen Monaten für die GUMO in der DDR. Zuvor war er in Kasachstan stationiert, wo er das Areal für die unterirdischen Atomtests absicherte. Anschließend kam er nach Smolensk, von wo aus er die Sondertransporte innerhalb der Sowjetunion bis an die Grenze nach Brest befehligte«, antwortete Förster.

»Irgendetwas muss ihn zum Handeln bewogen haben, aber was?«, fragte Oberst Popp.

Lauenburg lag die Antwort auf der Zunge, aber er hielt sich zurück.

»Ich bin mir sicher, dass er irgendein Motiv hat, aber die Frage ist doch eher: Können wir ihm vertrauen? Ich meine: Ja, das können wir. Welche Alternativen haben wir sonst, diese Konferenz erfolgreich zu einem Abschluss zu bringen?«, fragte von Stubnitz in die Runde.

»Ohne die Liste – keine«, erwiderte Helbing.

Von Stubnitz ließ die Hände auf die Tischplatte fallen. »Also gut, ich werde Bonn informieren, das ist vorerst alles, meine Herren.«

Alle erhoben sich von ihren Plätzen.

»Doktor Lauenburg, würden Sie bitte noch einen Moment bleiben«, meldete sich der Sonderbeauftragte mit lauter Stimme vom Ende des Tisches.

Lauenburg nickte zustimmend und blieb auf seinem Stuhl sitzen. Fragend blickte er zu Helbing auf, der soeben die Tabakspfeife aus der Seitentasche seiner Tweedjacke gezogen hatte. »Herrgott, Lauenburg, sie sollten zwar offen reden, aber doch nicht so …« Er hob die Augenbrauen, drehte sich um und ging.

Rasch hatte sich um ihn herum der Raum geleert.

Aus den Augenwinkeln bemerkte Lauenburg, wie von Stubnitz seine Brille abnahm, die Bügel zusammenklappte und sie in die Brusttasche seines Jacketts steckte.

Lauenburg überkam das ungute Gefühl, bei seinem Vortrag übers Ziel hinausgeschossen zu sein. Warum konnte er seine Ansichten auch nicht für sich behalten. Er fühlte sich wie ein Versager.

Von Stubnitz kam um den Tisch herum. »Sie haben dem General ganz schön die Leviten gelesen, Doktor Lauenburg.«

»Das war nicht meine Absicht.«

Der Diplomat verschränkte die Arme vor der Brust und lächelte verhalten. »Oh, doch, ich denke, das war es. Er hat Ihre Kompetenz infrage gestellt, und Sie haben ihn daraufhin korrigiert. Meiner Meinung nach hat er es verdient.«

Der Sonderbeauftragte setzte sich neben ihn auf die Tischplatte.

»Hören Sie, Lauenburg, ich bin Politiker, was bedeutet, dass ich nach der landläufigen Meinung auf dem Weg nach oben meine Gesinnung mindestens dreimal verraten habe.« Er lehnte sich leicht vor. »Aber das bedeutet auch, dass ich mir immer alle Optionen offenhalte. Also, lassen Sie uns für einen Augenblick annehmen, dass Sie recht haben und dieser sowjetische Oberst uns wirklich eine komplette Liste mit allen Lagerstätten nuklearer Sprengköpfe in der DDR geliefert hat. Wie sollten wird dann Ihrer Meinung nach vorgehen?«

Die Antwort kam prompt.

»Zuerst einmal müssen wir in die Nähe eines dieser Depots, um Proben zu nehmen, mit denen wir Radioaktivität, falls vorhanden, feststellen können. Aber Vorsicht! Sollten die Russen oder die Ostdeutschen über die herkömmlichen Kanäle Wind davon bekommen, ist das Spiel für uns gelaufen.« Lauenburg warf einen schnellen Blick auf seine Notizen. »Zweitens: Wir müssten das Material so aufbereiten, dass wir es der Gegenseite schlüssig präsentieren können, ohne dass wir dabei auf unsere Quelle Bezug nehmen, und drittens muss jemand zu dem Treffen gehen, dem Michailow vertraut, um herausfinden, was er wirklich bezweckt.«

Von Stubnitz sah ihn direkt an. »Gut, dann gehen Sie.«

»Augenblick mal! Ich bin kein Agent im Außendienst, ich bin nur ein Schreibtischtäter, ein Dozent an der Militärakademie.«

»Sie sind absolut der Richtige. Ich kann keinen von denen da hinschicken. Erstens sind die von der Sache nicht überzeugt, so wie Sie. Zweitens bewegen wir uns im Feindesland, keiner der BND-Männer kann aufgrund einer Ahnung hier in Aktion treten, und drittens: Nicht wir waren es, die Sie für den Job vorgeschlagen haben. Oberst Michailow hat Sie zweimal getroffen. Er hat Sie ausgesucht.«

»Mmh.«

Der Sonderbeauftragte erhob sich und legte ihm die Hand auf die Schulter. »Sie haben achtzehn Stunden, um die Richtigkeit Ihrer Theorie zu beweisen. Scheitern Sie, werden wir morgen die Konferenz für beendet erklären und die Liste vernichten ... Also, werden Sie es tun?«

Kapitel 20

Ungeduldig wartete Oberst Grothe darauf, dass der Interzonenzug D 439 aus Köln auf dem Gleis des Grenzbahnhofes Herrburg zum Stehen kam.

Persönlich lehnte er den Begriff »Interzonenzug« ab. Für ihn war es eine internationale Zugverbindung zwischen zwei souveränen deutschen Staaten, der Bundesrepublik Deutschland und der Deutschen Demokratischen Republik. Noch weniger mochte er die ironische Bezeichnung »Silberlockenexpress«, bezogen auf die DDR-Rentner, die damit reisten, oder die pathetische Umschreibung »Zug der Tränen«, die im Volk kursierte.

Grothe schnaubte leise und widmete seine Aufmerksamkeit jetzt der Passkontrolleinheit in der Uniform der Grenztruppen. In Wirklichkeit gehörten die Männer allesamt der Hauptabteilung VI des Ministeriums für Staatssicherheit an.

Aber Versteck spielen gehörte zu ihrem Geheimdienstdasein, genauso wie täuschen, Legendenerschaffen oder falsche Fährten legen.

Er selbst hatte heute den braunen Anzug gegen die Montur eines Mechanikers getauscht, und in der Hand hielt er eine verbeulte Werkzeugtasche.

Denn er beabsichtigte, die vierzig Minuten, in denen der Zug hier aufgehalten wurde, um ausführliche Pass- und Gepäckkontrollen bei den Reisenden durchzuführen, für etwas anderes zu nutzen.

Grothes Augen glitten über die rechteckigen Holztafeln mit den roten Ziffern, die hinter den Scheiben der Wagentüren angebracht waren.

Wagen 6.

Die Tür stand bereits offen.

Er stieg ein und fand sich in einem winzigen Vorraum wieder. Links verschloss eine gläserne Schiebetür den Zugang zum Wagenübergang. Dunkel schimmerte der Faltenbalg zwischen den Waggons, der ihn an eine Ziehharmonika erinnerte.

Er blickte nach rechts, wo es eine Schwenktür gab, dahinter einen schmalen Gang, von dem man die einzelnen Abteile betreten konnte. Aus den Augenwinkeln sah er eine ältere Dame, fein geschnittenes Gesicht, rote Lippen, die Haare frisch frisiert, in einem dunkelblauen Reisekostüm.

Sie hielt ihre Handtasche auf den Knien und redete leise mit ihrer Nachbarin. Nur die Finger der rechten Hand, die unentwegt am Verschluss fingerten, verrieten ihre Nervosität.

Grothe wandte sich dem Toilettenabteil vor sich zu. An der Tür klebte ein provisorisches Schild mit dem Hinweis: *DEFEKT.*

Aufmerksam sah er sich um. Wie erwartet war er allein.

Alle Reisenden mussten sich während der Zollkontrolle auf ihren Plätzen aufhalten.

Ohne Hast zog er einen Vierkant aus der Hosentasche, öffnete routiniert die Toilette und ging hinein.

Leise schloss er hinter sich die Tür und verriegelte sie wieder.

Die Toilette war angenehm sauber. Er meinte sogar, einen Hauch Kölnischwasser zu riechen.

Er stellte die Tasche auf dem Deckel ab und machte sich an die Arbeit.

Mit einem Schraubenzieher löste er sechs Schrauben, mit denen die Verkleidung oberhalb des Toilettenbeckens an der Wand befestigt war. Das dauerte nur Minuten, dann konnte er die Platte abnehmen und unterhalb der Waschbeckenkonsole abstellen.

Kurz hob er den Kopf und lauschte.

Für einen Moment meinte er, Schritte gehört zu haben.

Aber als das Geräusch sich nicht wiederholte, drehte er sich um und nahm das Spülbecken in Augenschein, das hinter der Verkleidung zum Vorschein gekommen war.

Es war aus grauem Metall, der untere Teil genietet, obenauf mit einer Abdeckung versehen.

Grothe holte eine kleine Stabtaschenlampe aus der Werkzeugtasche, schaltete sie ein und steckte sich den runden Griff zwischen die Zähne.

Er hielt den Kopf ruhig, während er zwei weitere Schrauben an den Seiten löste. Anschließend legte er sie gewissenhaft zur Seite, bevor er die Abdeckung mit beiden Händen anhob und vorsichtig zu sich heranzog.

Oberst Grothe atmete tief ein und konzentrierte sich auf das, was er sah. Im Innern des Deckels bemerkte er ein paar Wassertropfen, weiße Kalkschlieren und braunrote Rostsprenkel.

Und er fand noch etwas.

Eine Aluminiumdose, nicht größer als ein Hühnerei, die jemand sorgfältig und in dem Wissen, dass sie bald gefunden werden würde, dort versteckt hatte.

Kapitel 21

»Sie müssen sich jetzt umkleiden«, sagte Helbing. »Ziehen Sie sich bitte aus.«

Irritiert wanderte Lauenburgs Blick von Helbing zu Förster und wieder zurück. »Ist das alles wirklich notwendig?«, fragte er gereizt.

Helbing verzog keine Miene.

»In diesem Aufzug erkennt man sie sofort als Westdeutschen«, ließ sich Förster vernehmen. »In den Klamotten schaffen sie es keine zehn Meter.«

Bedächtig zog Lauenburg sich aus. Mit einem Mal kam es ihm so vor, als würden sie ihm mit der Kleidung, die Förster ohne Regung Stück für Stück entgegennahm, auch einen Teil seiner Identität stehlen.

Die dunkle Flanellhose, das graue Oberhemd, Jackett und Krawatte. Danach die schwarzen Halbschuhe und die dunklen Nylonsocken. Beim Lösen der Hemdsärmel stießen seine Finger auf die Breitlinguhr, die er sich nach dem bestandenen Examen von seinen Ersparnissen gekauft hatte. Vorsichtig öffnete er das Armband und hielt sie Förster hin.

»Was ist damit?«

Wortlos nahm der Mann sie ihm ab und steckte sie in einen gefütterten Beutel. »Tragen Sie noch anderen Schmuck bei sich?«

Lauenburg verneinte.

»In Ordnung!« Förster legte den Beutel zur Seite.

»Die Unterwäsche auch!«

Lauenburg zog auch diese aus und setzte sich dann nackt auf die Kante des Stuhls, er beugte sich vor und kreuzte die kräftigen Arme über die vom Joggen trainierten Schenkel. Obwohl es in dem Zimmer warm war, überzog sich sein Körper mit einer Gänsehaut.

Förster kam mit einem Koffer zurück und öffnete ihn. Ein Bündel Kleider kam zum Vorschein, graue Unterwäsche sowie mehrere Paar getragener Schuhe.

»Ihr seid wirklich auf alles vorbereitet«, murmelte Lauenburg, während er die ungewohnten Kleidungsstücke anzog. Die Hose aus blauem Baumwollstoff mit den weiten Beinen, das helle Oberhemd mit den geraden Kragenecken, die über dem halbrunden Kragenausschnitt des mit eisblauen Karos gemusterten Pullunders hinausragten. Die dunkelblaue gestreifte Krawatte. Darüber ein rostbrauner Blouson, der sichtlich auftrug.

Helbing reichte ihm zum Abschluss eine blassgraue Schiebermütze, mit dem Rat, den Schirm tief ins Gesicht zu ziehen.

»Wie sehe ich aus?«

»Wie ein ostdeutscher Angestellter in leitender Position.«

Danach probierte Lauenburg die Schuhe aus. Überrascht stellte er fest, dass sich ein Paar Salamander darunter befand, das gut passte. Seine Stimmung hellte sich ein wenig auf.

Inzwischen hatte Förster einen mit Zahlenschlössern versehenen Aktenkoffer vor sich auf den Tisch gestellt und ihn geöffnet.

Zuerst reichte er Lauenburg eine Armbanduhr. »Ruhla. Stahlgehäuse. Nicht besonders schick, aber unverwüstlich.«

Danach nahm er eine Brieftasche heraus. Sie war aus braunem Kunstleder, abgegriffen und enthielt den Kassenbon eines Konsum-Warenhauses in Schwerin und achtzig Mark in Scheinen sowie ein paar Münzen. In der Mitte hatte sie ein Fach aus Zellophan, in dem ein blauer Personalausweis steckte.

Ulf Förster nahm ihn heraus und öffnete ihn. »Wir hatten nicht viel Zeit für die Vorbereitung, mussten tüchtig improvisieren. Aber sollte es dazu kommen, dass Sie aufgefordert werden, sich auszuweisen, werden die Papiere einer ersten Überprüfung standhalten. Achten Sie darauf, dass Sie während der Zeit, in der die Operation andauert, Heiko Weberling heißen. Das Geburtsdatum ist Ihr eigenes, und Sie wohnen in einem Neubaugebiet in Schwerin. So weit klar?«

Lauenburg nickte.

Förster steckte den Ausweis zurück an seinen Platz.

Schließlich trat er einen Schritt zurück und sah ihn abschätzend an. »Ich denke, so wird es gehen. Auffällig unauffällig. Ich bin mir sicher, dass die meisten Personen, denen Sie begegnen werden, Sie nach wenigen Minuten wieder vergessen haben.« Dann fiel ihm noch etwas ein. »Kontrollieren Sie noch einmal Ihre Taschen. Vergewissern Sie sich, dass Sie die Geldbörse an der Stelle deponiert haben, wo Sie sie für gewöhnlich tragen.«

Lauenburg runzelte nachdenklich die Stirn. »Was ist, wenn ich mich wehren muss?«

Förster reichte ihm ein schwarzes Messer mit stabiler Scheide, wie es Spezialkräfte benutzen, das er wortlos entgegennahm und an seinem Gürtel befestigte.

Anschließend kamen sie zu der Fotokamera und dem Kernspurdosimeter.

»Sie kennen sich damit aus?«

»Ist Teil meines Jobs.« Lauenburg verstaute die beiden Dinge in den Jackentaschen.

»Gut.«

Förster ließ den Aktenkoffer zufallen, laut rasteten die Schlösser ein. »Fertig!«

Lauenburg schaute kurz auf, ließ seinen Blick durch das stille Hotelzimmer schweifen, sah dann an sich herunter und schließlich zu Helbing, auf dem er seine Augen scheinbar endlos ruhen ließ.

Helbing hielt dem Blick stand, bis die Tür plötzlich einen Spaltbreit geöffnet wurde und Christian Schlüter hereinglitt. »Die Busse für den Theaterbesuch sind vorgefahren.«

Jeder im Raum wusste, was das bedeutete. Lauenburg würde die Menschenansammlung im Foyer nutzen, um unerkannt das Hotel zu verlassen.

»Ich bringe Sie zum Lift«, sagte Helbing, und nacheinander verließen die beiden Männer das Zimmer.

Der Flur war dämmrig, er wurde lediglich durch die Lämpchen, die in regelmäßigen Abständen an den Wänden angebracht waren, erleuchtet. Lauenburg spürte die Nervosität, die Helbing zu überspielen versuchte, indem er fester als gewohnt mit den Füßen auftrat.

Sie mussten nicht lange am Fahrstuhl warten.

Lautlos öffneten sich die Metalltüren.

»Gehen Sie kein unnötiges Risiko ein«, raunte Helbing beschwörend. »Und nehmen Sie auf niemanden Rücksicht. Egal, was passiert, schlagen Sie sich um jeden Preis bis zum Hotel durch. Nur hier sind Sie in Sicherheit. Ich warte auf Sie im Foyer.«

Ein letzter hastiger Händedruck, dann schlossen sich die Türen.

In der Hotelhalle herrschte Hochbetrieb. Lauenburg stellte sich neben eine der Säulen vor den Fahrstühlen und sah sich unauffällig um. Soweit er erkennen konnte, waren alle Plätze auf den dunkelbraunen Ledergarnituren entlang der Panoramafenster besetzt. Eine hochgewachsene blonde Frau im schwarzen Cape mit Samthose fiel ihm auf, sonst trat keiner der Anwesenden aus der Masse der Wartenden heraus.

Eine erwartungsvolle Spannung erfüllte den Raum.

Die Abfahrt der Theaterbusse stand unmittelbar bevor.

Lauenburg drehte den Kopf.

An der Rezeption drängten sich vier Herren, die gerade angekommen waren und nun einchecken wollten. Sie trugen ähnliche Blousons, wie er einen anhatte, in gedeckten Farben.

Die hübsche Empfangsdame war nicht an ihrem Platz, was er bedauerte.

Lauenburg konzentrierte sich wieder auf das Geschehen

in der Hotellobby. Einige Theaterbesucher, denen er ansah, dass sie lieber im Hotel geblieben wären, tranken in Anzug und Krawatte noch schnell ein Bier an der Bar in der Empfangshalle. Ihre Frauen standen in hellen Mänteln, die sie über dunklen Kleidern trugen, in kleinen Grüppchen zusammen und unterhielten sich leise. Der Duft von Seife und Rasierwasser hing in der Luft.

Wieder öffneten sich die Fahrstuhltüren, und weitere Menschen betraten die Lobby. Darunter ein hoch aufgerichteter älterer Herr in einem blauen Wollmantel mit einer dunklen Baskenmütze auf den ergrauten Haaren. Seine Miene hatte etwas Gebieterisches, und Lauenburg trat unmittelbar einen Schritt hinter die Säule zurück, um aus seinem Sichtfeld zu verschwinden.

»Guten Abend«, sagte der Mann mit deutlich vernehmbarer Stimme.

Das Gemurmel verstummte schlagartig.

»Darf ich die Herrschaften, die den Theaterbesuch gebucht haben, jetzt bitten, mir zu den Bussen zu folgen.«

Wie auf ein geheimes Zeichen hin erhoben sich beinahe alle von ihren Sitzen, drehten die Frauen ihre Köpfe und sahen sich suchend nach ihren Männern um, die noch rasch den letzten Schluck Bier austranken.

Jetzt, dachte Lauenburg, und verließ seinen Platz hinter der Steinsäule. Unbewusst hielt er den Atem an, als er sich etwa zwei Meter hinter der blonden Frau einreihte. Verstohlen musterte sie ihn, als er mit den anderen dicht gedrängt durch den Ausgang ins Freie strebte.

Als er die Zufahrt hinunterschritt, fiel sein Blick auf die

beiden rot-weißen Ikarus-Reisebusse, die bereits unterhalb des Hotels mit laufenden Motoren warteten. Die Busfahrer standen zusammen und rauchten.

Lauenburg nahm an, dass bei dem Andrang eine erfolgreiche Observierung für den Beobachtungsposten der Staatssicherheit im gegenüberliegenden Kurhaus schwierig war. Im Nachhinein würde der Mann nicht mehr feststellen können, ob alle Personen, die soeben das Hotel verlassen hatten, auch in die Busse gestiegen waren.

Deshalb nahm er sich vor, sich möglichst lange im Gedränge der Theaterbesucher aufzuhalten.

Die Gruppe erreichte die Busse, teilte sich auf, und es bildeten sich an den Einstiegen zwei Warteschlangen, die langsam vorrückten. Wie er es vorhergesehen hatte, zog die blonde Frau mit dem Cape das Interesse der Busfahrer auf sich.

Das war der Zeitpunkt, an dem er sich unauffällig abwandte, um kurz darauf die Strandpromenade zu erreichen.

Verstohlen warf er einen schnellen Blick über die Schulter zurück. Soweit er erkennen konnte, war ihm niemand gefolgt.

Er lenkte seine Aufmerksamkeit auf das Geschehen vor sich.

Überrascht stellte er fest, dass trotz der späten Stunde noch reges Treiben auf der Promenade herrschte. Möglicherweise lag es daran, dass es aufgeklart hatte und die Strahlen der Sonne, die bereits tief über den Dächern stand, Strand und Wolken in ein feuriges Kupferrot tauchten.

Lauenburg schritt zügig aus.

19 Uhr, Straße am Leuchtturm, stand in der Nachricht.

Er hob den Kopf.

Vor ihm am Ende der Promenade zeichnete sich die schlanke Silhouette des alten, aus hellen Ziegeln errichteten Leuchtturms deutlich vor dem Abendhimmel ab.

Lauenburg runzelte die Stirn und schaute nervös auf die Uhr an seinem Handgelenk. Es war schon sieben Uhr. Er machte sich Sorgen, dass er die Kontaktperson verpassen könnte, und beschleunigte seine Schritte. Die Straße, die als Treffpunkt genannt wurde, hatte er sich auf dem Stadtplan angesehen. Sie war zwar nicht lang, aber dafür nur über eine Treppe unterhalb des Leuchtturms zu erreichen.

Er fand das Gelände auf dem Plan sehr unübersichtlich.

Teilweise reichten die welligen weißgelben Dünen der Ostsee bis an die Straße heran. Außerdem hatte Schlüter ihm erklärt, dass es ein stark frequentiertes Restaurant in dem runden Glaspavillon mit den geschwungenen Dächern gab, der gleich neben dem Leuchtturm stand und volkstümlich »Teepott« genannt wurde. Deshalb musste er dort mit einem verstärkten Verkehrsaufkommen rechnen.

Lauenburg hob den Schirm seiner Mütze und wischte sich mit dem Handrücken den Schweiß von der Stirn. Er fühlte sich unwohl in seiner Haut und bekämpfte den Drang, sich ständig umdrehen zu wollen. Außerdem senkte er den Blick, weil er das Gefühl nicht loswurde, dass die Leute, die ihm entgegenkamen, ihn anstarrten.

Plötzlich knallte es neben ihm, und er zuckte zusammen.

Ein Mann im weißen Kittel hatte geräuschvoll die Verkaufsluke eines Bockwurststandes verriegelt und machte sich nun daran, die Kreide von der Angebotstafel zu wischen.

Lauenburg spürte auf einmal, wie durstig er war. Die Zunge klebte ihm regelrecht am Gaumen. Beruhige dich, dachte er, das ist nur die innere Anspannung!

Er näherte sich dem kleinen Platz am Leuchtturm und wich rechtzeitig einem Mann in einem Eisbärenkostüm aus, der gerade an eine Familie Gewinnlose zugunsten des Rostocker Zoos verkaufte. Ein kleiner Kiosk mit Süßigkeiten und Getränken daneben hatte noch geöffnet. Das weiße Holz reflektierte die orange Farbe der Abendsonne.

Sollte er etwas trinken?

Ja, aber nicht hier auf der Promenade und nicht jetzt! Die Uhr lief, und hier waren ihm eindeutig zu viele fremde Menschen.

Er ging um den Leuchtturm herum und blieb oberhalb der Treppe aus roten Klinkern stehen.

In einer Ecke stritten zwei Möwen um ein Stück Weißbrot.

Die Sonne war beinahe untergegangen.

Erste blauschwarze Schatten krochen über die weißen Spitzen des »Teepotts«. Eine Straßenbeleuchtung unterhalb der Treppe gab es nicht.

Nervös schaute Lauenburg auf die Stufen, und auf einmal begriff er, dass sein Durst gar kein Durst war, sondern dass ihm der Mund vor Angst trocken war. Er spürte, wie sein Herz klopfte, seine Handflächen feucht wurden.

Einen Moment zögerte er, weiterzugehen.

Was, wenn es am Ende doch eine Falle war?

Ein geschickt eingefädelter Schachzug. Er dachte an Professor Tiefenbach, seine gekrümmte Gestalt, die leblos auf dem Tisch gelegen hatte.

Lauenburg schluckte.

In einem der schäbigen kleinen Häuser, die geduckt auf der anderen Straßenseite standen und von deren Fassaden der Putz abfiel, wurde im Parterre das Licht eingeschaltet. Ein gelbes Quadrat fiel auf den Gehsteig.

Dann eine Bewegung hinter der Gardine. Er erhaschte einen flüchtigen Blick auf eine ältere Frau, die einen Topf mit Wasser füllte und auf den Herd stellte. Anschließend wischte sie ohne Hast die weiße Tischdecke glatt und begann das Abendbrot vorzubereiten.

Es war der Anblick der Frau, durch den ihm klar wurde, dass er aller Logik zum Trotz zu diesem Treffen gehen würde.

Er drückte entschlossen den Rücken durch und setzte den Fuß auf die erste Treppenstufe.

Den heimlichen Beobachter, der oben auf dem ersten Rundbalkon des alten Leuchtturms stand, hatte er nicht bemerkt.

Kapitel 22

Vorsichtig lenkte Nina den Wagen durch die schmale Gasse.

Über die Jeans und den schwarzen Pullover hatte sie einen olivfarbenen Trenchcoat gezogen. Sie hörte, wie die Reifen hart auf das Straßenpflaster schlugen. Sie schaltete in den zweiten Gang.

Wassili hatte ihr geraten, immer in Bewegung zu bleiben.

Rasch huschte ihr Blick zur Armbanduhr. Eine Minute vor sieben.

Vor ihr wechselte ein Pärchen die Straßenseite. Sie trugen Jeans und Parka. Er sagte etwas zu ihr, sie warf den Kopf zurück und lachte.

Ein Stück weiter öffnete sich eine Tür in einem dieser geduckten dunklen Häuser, die hier dicht beieinanderstanden. Ein Mann trat heraus, um den Müll wegzubringen. Die grauen Metalltonnen reihten sich entlang der Wand.

Sie erreichte das Ende der Straße, hinter der die Dünen sich rotgolden im Abendlicht abhoben, und sah sich aufmerksam um.

Lauenburg war nicht hier.

Seitlich stellten zwei Jugendliche ihre Mopeds an der Bordsteinkante ab und hielten auf die Treppe zur Promenade zu, wo ihnen eine Mutter mit ihren zwei Kindern entgegenkam, das ältere Mädchen trug einen bemalten Papierdrachen.

Nina drehte den Kopf.

Von dem Mann aus der westdeutschen Delegation war weit und breit nichts zu sehen. Nur der Umriss des alten Leuchtturms erhob sich schemenhaft in der anbrechenden Dunkelheit.

Nina blickte nach oben und versuchte, die Person auf der Aussichtsplattform im Gegenlicht zu erkennen.

Sie blinzelte. Kein Zeichen.

Ihre Finger krampften sich um das Lenkrad.

Sollte sie abbrechen? Vielleicht waren sie aufgeflogen?

Kalte Panik stieg in ihr auf, und nervös nagte sie an der Unterlippe. Möglicherweise war etwas schiefgegangen.

Was sollte sie tun?

Hinter ihr knatterte ein blauer Trabant heran. Der Fahrer hupte ungeduldig. Sie erschrak. Viel zu heftig gab sie Gas, der Motor heulte auf. Sie fuhr weiter bis zur kleinen Kehre unterhalb des »Teepott«.

Als sie wendete, glitt ihr Blick über die Deckenleuchten im Restaurant, die hinter den getönten Scheiben matt blinkten.

Der Trabant knatterte weiter zum Hafen.

Sie hielt an, schaltete das Licht aus, wartete. In der Stille hörte sie nur ihre eigenen Atemzüge. Dann beobachtete sie einen alten Mann, der mit seinem Hund auf dem Gehsteig spazieren ging. Als Kind wollte sie auch immer einen Hund, aber die Mutter war dagegen. Hunde stinken, hatte sie gesagt.

Sie überlegte, warum sie sich später eigentlich nie einen Hund gekauft hatte?

Plötzlich sah sie einen grünen Punkt in der Dämmerung.

Ihr Herz machte einen Sprung. Das vereinbarte Zeichen kam vom Leuchtturm. Sie wusste, Wassili stand dort oben. Zweimal hintereinander leuchtete das farbige Signal auf.

Grün, nicht rot.

Lauenburg war gekommen.

Rasch startete sie den Motor, schaltete das Licht ein und rollte los. Nach wenigen Metern erreichte sie die Treppe. Hastig blickte sie sich um. Die Stufen waren verwaist.

»Verdammt!« Nina schlug mit der flachen Hand aufs Lenkrad. »Wo steckt der Kerl?«

Da entdeckte sie vor sich im Scheinwerferlicht einen Mann, der scheinbar mit großem Interesse die beiden Mopeds am Straßenrand betrachtete.

Nina kniff die Augen zusammen.

In der Art, wie der Mann sich bewegte, lag etwas flüchtig Bekanntes, nur die Kleidung, die er trug, irritierte sie. Langsam näherte sie sich mit dem Wagen, bereit, jederzeit das Pedal durchzutreten.

Er drehte sich um. Es war Lauenburg.

Sie erkannte ihn sofort, obwohl er jetzt mit der flachen Hand den Mützenschirm nach unten drückte, um die Augen gegen das Scheinwerferlicht abzuschirmen.

Nina bremste neben ihm und öffnete wortlos die Tür. Rasch glitt er neben sie auf den Beifahrersitz. Nina fuhr sofort los.

»Sie?«, fragte er völlig überrascht und starrte Nina an.

»Ja, ich«, antwortete sie und setzte den Blinker rechts, um in die Seestraße abzubiegen. »Wen haben Sie denn erwartet?«

Nina streifte ihn mit einem flüchtigen Blick.

Lauenburg zuckte mit den Achseln. »Keine Ahnung«, antwortete er befangen. Er war immer noch verblüfft. »Eher einen Mann. Militär. Ich dachte an den russischen Offizier, mit dem ich an der Hotelbar ein Bier getrunken habe.«

Nina sah ihn kurz von der Seite an. »Sie meinen Wassili Alexejewitsch Michailow?«, fragte sie bestimmt.

Lauenburg nickte. »Ja genau, so hieß er. Kommt er noch dazu?«

»Nein.«

»Wohin fahren wir jetzt?«

»Waren an der Müritz.«

Lauenburg erinnerte sich, den Ortsnamen ziemlich weit oben auf der Liste gelesen zu haben. »Ist das weit von hier entfernt?«

»Eine gute Stunde, wenn nichts dazwischenkommt. Es ist ein bedeutender Eisenbahnknotenpunkt für den Personen- und Güterverkehr. Wassili schlug vor, dass ich mit Ihnen dorthin fahre, weil heute Abend um neun Uhr ein Sondertransport dort eintrifft. Die Lieferung ist für den Standort Waren bestimmt. Er hofft, dass Sie ihm vertrauen, wenn Sie persönlich feststellen können, dass seine Angaben der Wahrheit entsprechen.«

Inzwischen hatten sie das alte Hafenviertel mit den niedrigen Häusern hinter sich gelassen und rollten nun über eine breite Straße, die an einer Werft vorüberführte. Zwei gigantische hell erleuchtete Stahlgerüste erhoben sich in den schwarzen Nachthimmel, zwischen ihnen lag ein unfertiger Schiffsrumpf. Kräne drehten sich, Maschinen hämmerten, und Lichtbögen, die von Schweißarbeiten herrührten, zerschnitten die Dunkelheit.

Lauenburg war aufgefallen, dass, wenn sie den Namen des russischen Offiziers aussprach, ihre Stimme einen weicheren Klang bekam. Die Selbstverständlichkeit, mit der sie ihn bei seinem Vornamen nannte, ließ ihn zu der Überzeugung kommen, dass sich die beiden schon länger kannten. Das erklärte auch den eigentümlichen Blick von Michailow, der ihm bei ihrer ersten Begegnung aufgefallen war.

»Vertrauen Sie ihm denn, ich meine Oberst Michailow?« »Ja.«

Lauenburg hob die Augenbrauen. »Ich weiß nicht, ob Sie sich im Klaren darüber sind, dass das, was Sie hier tun, ausgesprochen gefährlich ist. So ein …« Er suchte nach dem richtigen Wort. » … Unterfangen kann auch mächtig schiefgehen. Verstehen Sie mich nicht falsch. Ich sitze im selben Boot, und ich frage mich nur, warum Sie das hier auf sich nehmen, Sie, eine schöne Frau, die mitten im Leben steht, erfolgreich im Beruf ist. Ich habe von Leuten gehört, die sind für weit weniger als Hochverrat hingerichtet worden.«

Wieder blickte Nina ihn kurz an. »Ich habe meine Gründe.«

Er sah die Ablehnung in ihren Augen, bevor sie den Kopf wendete und den Wagen abbremste, der vor einer Ampel zum Stehen kam.

Eine unheilvolle Stille breitete sich aus.

Lauenburg hob entschuldigend die Hände. Was war nur

in ihn gefahren? »Es tut mir leid. Es war nur so, also, ich habe mich nur gefragt, in welcher Beziehung stehen Sie zu Oberst Michailow?«

Nina hielt einen Augenblick inne, wog die Schwere ihrer Worte ab.

Lauenburg deutete ihr Schweigen falsch. »Nicht, dass mich das etwas angeht, entschuldigen Sie …«

»Wassili ist der Vater meines Sohnes Alexej«, schnitt sie ihm das Wort ab.

Lauenburg fühlte sich, als hätte er einen Schwall kaltes Wasser ins Gesicht bekommen. Gepresst stieß er die nächsten Worte hervor. »Dann tun Sie es aus Liebe?«

Die Ampel sprang auf Grün.

»Was für eine Frage«, entgegnete sie. »Selbstverständlich tue ich es aus Liebe. Für meinen Sohn, für meine Mutter, für die Menschen, die hier leben. Nichts ahnend, dass dieses sich so friedensverliebt gebende Heimatland in ihrer Nähe Hunderte von nuklearen Sprengköpfen versteckt. Nur einer davon reicht aus, um ihre Welt, die sie kennen und in der sie leben, innerhalb von Sekunden in eine atomare Wüste zu verwandeln.« Nina holte tief Luft. »Wenn Sie mich fragen, gibt es keinen triftigeren Grund als Liebe, um Verrat zu begehen. Und dabei ist es völlig egal, ob meine Beweggründe richtig oder falsch sind. Nach solchen Kriterien bewertet die Liebe nicht. Ich bin in der Lage, mitzuwirken, dass beide deutsche Staaten dieselben Informationen über Nuklearsprengköpfe und Raketen erhalten, damit dieses wahnsinnige Versteckspiel endlich aufhört.«

Im Scheinwerferlicht tauchte das Hinweisschild für die Autobahn auf. Nina wählte die Auffahrt in Richtung Berlin.

Sie beschleunigte, und hinter ihnen begann die Stadt in der Ferne zu schrumpfen.

Es war kaum Verkehr. Ruhig glitt der Wagen durch die Finsternis, begleitet vom rhythmischen Abrollen der Räder über den Teerfugen.

Er schaute sie aufmerksam von der Seite an. Er wusste, dass es Zeit war, ihr beizupflichten, ihr zu sagen, dass er ihre Ansichten, was die gegenseitige nukleare Bedrohung durch Kurzstreckenraketen anging, absolut teilte. Aber seine Begeisterung für sie und ihre unmittelbare Nähe hielten ihn davon ab. Schon bei ihrer ersten Begegnung war ihm ihre melodische Stimme aufgefallen. Doch jetzt, wo er so dicht neben ihr saß, faszinierte ihn besonders die Wandlungsfähigkeit ihres Gesichts. Sie lächelte, runzelte die Stirn, schob schmollend die Lippen vor, zog die Nase kraus, und auf ihren Augen lag ein eigenartiger Glanz, wenn sie sprach.

Ihre Wimpern waren dunkelblond, und auf der Nase versteckten sich ein paar Sommersprossen. Sie war von einer natürlichen Schönheit, und niemals hätte er bestreiten können, dass sie die bezauberndste Frau war, die er je getroffen hatte.

Ihre Blicke trafen sich, und Lauenburg fühlte sich ertappt.

Er wandte sich peinlich berührt ab und blickte durch die Frontscheibe nach vorn. Sie errät meine Gedanken, dachte er betroffen und suchte verzweifelt nach einem unverfänglichen Gesprächsthema.

Aber noch bevor er etwas sagen konnte, legte sie ihm

kurz die Hand auf den Unterarm und fragte: »Könnten Sie mir bitte meine Schokolade geben? Sie ist in der Handtasche auf dem Rücksitz.«

Lauenburg musste sich zu ihr beugen, während er mit der linken Hand nach dem Griff der Tasche angelte. Dabei nahm er den Duft ihres Haares wahr, und für einen winzigen Moment schloss er die Augen und spürte, wie sein Herz heftig anfing zu schlagen.

Endlich bekam er einen der Griffe zu fassen und zog die Tasche zu sich heran. Es war eine braune Damenhandtasche aus Leder mit einem Reißverschluss. Unschlüssig sah er sie an.

»Machen Sie die Tasche ruhig auf«, sagte Nina.

Die Tafel Schokolade in weiß-blauer Verpackung lag gleich obenauf. *Schlager-Süßtafel*, las er und nahm sie heraus.

Vor ihnen wurden die Rücklichter eines Lastwagens sichtbar. »Wenn Sie möchten, können Sie sich ein Stück abbrechen«, bot sie an, während sie zum Überholen ansetzte.

»Ich esse nichts Süßes«, erwiderte Lauenburg, und obwohl er zu der persönlichen Entscheidung stand, verspürte er wegen der Tatsache, dass es so war, ein wenig Enttäuschung.

Ein ernstes Lächeln erschien auf ihrem Gesicht. »Ein Laster hat doch jeder, oder? Was ist Ihres?«

Er antwortete ihr nicht. Er musste sich erst an ihre direkte Art gewöhnen. Stattdessen brach er einen Riegel von der Schokolade ab und reichte ihn ihr.

Nina lenkte den Wagen zurück auf die rechte Fahrbahn.

Sie nahm das Stück Schokolade in die Hand und führte es zum Mund. »Danke!«

»Ich denke, Erdnüsse. Ja, mit gesalzenen Erdnüssen kann man mich in Versuchung bringen.«

»Ah ja?«

Dann schwiegen beide eine Zeit lang.

Nina kurbelte das Seitenfenster auf ihrer Seite zwei Fingerbreit herunter und ließ etwas kühle Luft hinein.

»Sind Sie das erste Mal in der DDR?«, fragte sie unvermittelt.

Lauenburg nickte, schob aber dann nach: »Ich war schon mal in Ostberlin, aber nur einen Vormittag. Ich glaube, das zählt nicht.«

»Und wie ist Ihr Eindruck?« Wieder diese direkte Art.

Lauenburg strich sich übers Kinn. »Sie meinen, von diesem Land? Ist schwer zu sagen. Zuerst fiel mir die schwere Luft auf, alles riecht nach Kohle, und dann natürlich das Fehlen von Farben. Ich kann mir nicht helfen, aber die Städte, die Autos, die Landschaft, ja selbst einige Menschen erscheinen mir auf eine gewisse Weise bedingungslos grau, als hätte jemand einen Schwarz-Weiß-Film eingelegt.«

Nina lachte. »Ich weiß, was Sie meinen.«

»Bei uns zu Hause ist irgendwie alles bunter, manchmal fast schon auf eine übertriebene Art. Die Kleidung der Leute ist farbenfroher, auch die Hausfassaden, und nicht zu vergessen, es gibt beinahe an jeder Ecke eine Werbetafel. Und Lichtreklame. Im Vergleich dazu sind die Nächte hier wirklich stockdunkel. Es gibt kaum Beleuchtung, von Werbung ganz zu schweigen. Nicht, dass es mich stört, ist mir nur aufgefallen.«

»Und sonst? Gibt es auch etwas Positives zu berichten?«

Er überlegte und sagte dann, was ihm an ihr aufgefallen war: »Ja, die Menschen hier sind freundlicher, liebenswerter, direkter.«

»Finden Sie?«

»Vielleicht ist *freundlich* nicht das richtige Wort. Ich denke, dass es *respektvoller* eher trifft. Die Leute mögen weniger besitzen, erscheinen mir aber zufriedener und gelassener. Aber dieser erste Eindruck mag auch täuschen.«

Nina schloss das Fenster. »Arbeiten Sie schon lange für den Bundesdeutschen Geheimdienst?«

»Sie stellen eine Menge Fragen«, erwiderte Lauenburg.

»Ist ja auch eine anstrengende Fahrt, und der Beifahrer sollte dafür sorgen, dass der Fahrer nicht einschläft.«

Lauenburg konnte sich ein Grinsen nicht verkneifen. »Eigentlich wollte ich immer Pilot werden.« Er verstummte.

Nina sah ihn fragend an.

»Und ich wurde es. Aber dann kam alles anders. Eine dumme Sache mit den Ohren, es wurde chronisch, und sie haben mich ausgemustert. Heute unterrichte ich zukünftige Offiziere in Luftwaffentechnik.«

»Aber das ist nicht, was Sie wollten.« Wieder berührte sie kurz seinen Unterarm. »Fehlt es Ihnen, das Fliegen?«

Lauenburg schluckte. Diese Offenheit entwaffnete ihn völlig. »Ja, sehr. Wenn für etwas der Begriff Freiheit geprägt wurde, dann fürs Fliegen. Dort oben gibt es keine Grenzen, kein Diktat, nur den endlosen blauen Himmel.«

»Klingt schön«, sagte Nina. Und nach kurzem Nachdenken fügte sie leise hinzu: »Für mich gab es auch mal einen Moment, in dem ich wirklich dachte, ich fliege.«

Lauenburg räusperte sich. »Wann war das?«

Nina legte leicht den Kopf zurück. »Oh, das ist lange her.« Sie verstummte.

»Macht sich Ihr Sohn denn keine Sorgen, wenn Sie nicht nach Hause kommen?«

»Nein. Alexej übernachtet bei Freunden in Wismar. Sie gehen zusammen auf ein Blueskonzert.« Sie langte auf der Konsole nach der Schokolade und brach sich ein Stück ab. »Ich mag keine leere Wohnung. Ich war nie eine Frau, die immer gleich nach Hause wollte. Immer Erste sein und allen die Tür aufmachen müssen.« Sie schob sich die Schokolade in den Mund.

Lauenburg hob die Schultern, sagte aber nichts.

»Können Sie das verstehen? Oder wie vom Bahnhof abgeholt werden. Erwartet werden. Dass einer einem entgegenkommt auf halbem Weg. Das finde ich schön.«

Er musterte sie still von der Seite, fragte sich, worauf sie hinauswollte. Ein solches Gespräch hatte er noch nie geführt.

»Schon als Kind habe ich meine Mutter deswegen manchmal abgeholt von der Arbeit. Ich hatte für die Wohnung einen Schlüssel, wollte aber nicht allein zu Hause sein. Deshalb habe ich absichtlich rumgebummelt, wartete an der Straßenbahnhaltestelle oder bin in der Stadt umhergelaufen. Manchmal stundenlang. Es gab auch öfter Krach deswegen. Wie ist das bei Ihrer Mutter?«

Lauenburg wurde ernst und schaute geradeaus in die

Dunkelheit. »Meine Mutter lebt nicht mehr. Ich habe sie tot in der Badewanne gefunden, als ich von der Schule nach Hause kam. Sie hatte sich die Pulsadern aufgeschnitten. Überall Blut.«

Nina schaute ihn bestürzt an, er wich ihrem Blick aus.

»Es ist merkwürdig, aber das, was mich daran so wütend gemacht hat, war, dass sie nicht eine Zeile hinterlassen hat, einfach nichts, gar nichts, sie ist einfach so gegangen.«

»Das muss wirklich wehtun. Und Ihr Vater?«

»Ist im Krieg geblieben. Was solls ... jeder ist allein auf der Welt.«

Ihre Blicke trafen sich. Er spürte eine seltsame Vertrautheit zwischen sich und der Frau.

»Sie sollten mich Nina nennen.«

»Sehr gern. Ich bin Kai, aber das weißt du ja.«

»Ja.« Sie lächelte. »Und, dass du in Hamburg wohnst. Wie lebt es sich dort?«

»Na ja, sehr gut, es gibt jede Menge Kultur. Gerade ist das Musical *Cats* angelaufen. Dazu die Oper, viele Theater, Kinos, die Kunsthalle. Nicht zu vergessen die Diskotheken in Pöseldorf. Na ja, und sollte es vorkommen, dass die Nacht durchgefeiert wird, nimmt man sein Katerfrühstück auf dem Fischmarkt ein.«

»Wo würdest du mit mir hingehen, wenn ich dich in Hamburg besuchen könnte?«

Lauenburg räusperte sich. »Auf den Kiez. Da gibt es für jeden Geschmack etwas. Eine urige Kneipe oder ein schickes Restaurant. Was du willst, Griechen, Mexikaner, Chinesen, Inder.« Er hob den Zeigefinger. »Nein, jetzt weiß ich, wohin

ich dich ausführen würde. Ins legendäre *Cuneo* an der David-
wache, das älteste italienische Restaurant der Stadt.«

»*Cuneo*?«

»Ja.«

»Da würde ich gerne einmal hingehen.« Nina beschleunigte und schaute in den Rückspiegel. »Hast du Kinder?«

Lauenburg schüttelte den Kopf. »Nein! Hat sich nicht ergeben. Im Nachhinein war es wohl auch besser so, denn ich
bin inzwischen geschieden.«

»Oh, das tut mir leid.«

»Muss es nicht. Wir waren jung und spontan. Später stellten wir fest, dass unsere Erwartungen aneinander zu hoch
waren. Am Ende war jeder froh, wieder seiner Wege gehen zu
können.«

Sie setzten die seltsam vertraute Unterhaltung fort, während sie gemeinsam nach Süden fuhren.

Der Wartburg folgte der Autobahn wie eine Raumkapsel,
die auf ihrer vorprogrammierten Umlaufbahn durchs All
flog. An Bord zwei Menschen, die das Schicksal zusammen-
geführt hatte, aufgebrochen zu einer Mission, von der sie
nicht wussten, wie sie enden würde.

Am Rand schälte sich ein Schild aus der Finsternis.

Waren an der Müritz 10 km.

Kapitel 23

23. Oktober 1986, Waren an der Müritz

Obwohl der Bahnhof mitten in der Stadt lag, war das Areal riesig. Seit einigen Minuten folgten sie einer unbefestigten Straße, die auf der Nordseite entlangführte.

Nina musste höllisch achtgeben. Die Laternen waren ausgeschaltet, weshalb sie die Schlaglöcher immer erst im letzten Augenblick sah.

Lauenburg spähte durch das Seitenfenster.

Rechts von ihnen standen einige Siedlungshäuser, gefolgt von einem Lagerschuppen, vor dem ein stattlicher Haufen Kohlebriketts lag. Dahinter schloss sich ein lang gestreckter Garagenkomplex an.

Auf der gegenüberliegenden Seite sicherte ein maroder Bretterzaun das Bahnhofsgelände. Davor reihten sich völlig verwahrloste Kleingärten, die wegen Sicherheitsbedenken der Staatssicherheit von ihren Pächtern aufgegeben werden mussten. Der ganze Bereich war inzwischen zu einer einzigen Wildnis verkommen.

Lauenburg hatte eine Idee. Er wollte den Wagen so verstecken, dass eine zufällig vorbeikommende Polizeistreife das Auto nicht entdecken konnte. Er bedeutete Nina, anzuhalten, überprüfte rasch, ob er das Dosimeter und den kleinen Fotoapparat bei sich trug, und stieg aus. Wie er vermutet hatte, war das alte Gartentor, an dem er rüttelte, nicht verschlossen. Er stieß die Flügel auf und winkte Nina zu, die daraufhin langsam durch das hohe Gras fuhr.

Als sie wenig später den Wagen hinter der Hecke abgestellt hatte, bemerkten sie, dass die Bäume ringsum noch voller Äpfel hingen.

»Was jetzt?«, fragte Nina.

»Sondertransporte werden bei der Deutschen Reichsbahn als Güterzüge mit Gefahrengut geführt und deshalb außerhalb des Personenbahnhofs abgefertigt. Ich gehe davon aus, dass sie den Zug erst einmal auf ein Nebengleis schieben …«

»Um ihn zu entladen?«, fragte Nina.

»Oder um ihn weiterzuleiten.«

»Was denkst du, wie lange wird das hier dauern?«

Ihre Blicke trafen sich.

»Zuerst muss ich das Messgerät platzieren und mir dann in der Nähe ein Versteck suchen. Anschließend warte ich ab, bis ich wieder ungesehen von da verschwinden kann.«

Nina nickte stumm.

»Eine Stunde, vielleicht zwei.«

Einen Moment lang verlor Nina die Fassung. Fahrig nestelte sie am Gürtel ihres Trenchcoats.

»Wird schon schiefgehen«, versuchte er, sie aufzumuntern.

»Pass auf dich auf«, erwiderte sie besorgt.

Lauenburg sah sie an, dann drehte er sich um und ging.

Er durchquerte den Garten, wich ein paar alten Reifen aus und erreichte den Zaun, wo er mit der Schuhsohle kräftig gegen zwei Bretter trat. Das morsche Holz gab sofort nach.

Hurtig zwängte er sich durch die Lücke und fand sich neben einem Abstellgleis wieder, auf dem mehrere Kesselwagen auf ihren Einsatz warteten. Er kletterte über eine der Plattformen und nutzte die erhöhte Position, um sich ein rasches Bild zu machen. Links von ihm lag das erleuchtete Bahnhofsgebäude. Auch auf den beiden Bahnsteigen davor, die wie Inseln inmitten der Gleise lagen, brannten in regelmäßigen Abständen grelle Neonlampen. Wartende Menschen sah er keine, falls es Reisende gab, hielten sie sich vermutlich im geheizten Warteraum auf.

Seine Augen wanderten über die Schienen und blieben rechts von ihm an einem kleinen roten Backsteingebäude mit Spitzdach hängen, an dem »Güterabfertigung« stand. Hinter einem der Fenster brannte Licht.

Sein Blick suchte wieder nach den Gleisen, die wie dunkel glänzende Schlangen im Sand lagen. Vier, zählte er, wobei er feststellte, dass eines davon ebenfalls vor einer Bremsbarke endete.

Blieben nur noch drei.

Lauenburg rechnete. Wenn er das Kernspurdosimeter im Gleisbett des mittleren Schienenstranges platzierte, waren die Chancen groß, auch Proben von den Zügen zu erhalten, die auf den Nebengleisen vorüberfuhren.

Er zog das Dosimeter, das in einem schwarzen Stoffbeutel steckte, aus der Jackentasche und lief los. Die Nacht verschluckte ihn. Unbehelligt erreichte er den Ort, den er für die Datenerfassung ausgesucht hatte.

Lauenburg arbeitete rasch, aber mit großer Sorgfalt. Als er sich erhob, war das Dosimeter im Gleisbett nicht mehr zu erkennen. Er lächelte zufrieden.

In diesem Augenblick erloschen ringsum alle Lampen.

Schlagartig legte sich eine undurchdringliche Finsternis auf das Gelände.

In der Ferne pfiff ein Zug.

Es ging los!

Panisch drehte er sich um die eigene Achse. Wohin?

Sein Blick fiel auf einen Stoß ausgemusterter Holzschwellen, der nur einen Steinwurf vom letzten Gleis entfernt lag.

Er rannte los, bahnte sich einen Weg durch mannshohe Goldruten und duckte sich hinter den Stapel, der nach altem Öl und Teer roch.

Gerade noch rechtzeitig, denn jetzt konnte er schon deutlich die Diesellok hören, die sich ihrer Halteposition näherte. Der Lokführer hatte bereits die Leistung der Motoren gedrosselt.

Zu seiner Erleichterung stellte er fest, dass die Holzschwellen, hinter denen er Zuflucht gesucht hatte, nicht ordentlich gestapelt waren, und so ergaben sich schmale Schlitze, durch die hindurch er zu den Gleisen hinüberspähen konnte.

Vorsichtig verlagerte Lauenburg sein Gewicht, um den breitesten Holzspalt für die Beobachtung zu nutzen. Er kniff das Auge zusammen. Es war zwar nur ein begrenzter Ausschnitt, aber immerhin sah er etwas.

Dann war die Diesellok herangefahren. Dumpf rollten die Metallräder in sieben Metern Entfernung über die mittlere Schiene an ihm vorbei. Lauenburg ballte erregt die Faust. Er hatte das Dosimeter im richtigen Gleisbett versteckt. Stumm begann er, die Wagen zu zählen.

Jeder der geschlossenen sowjetischen Güterwaggons, den er von seinem Versteck aus sah, besaß an beiden Enden Doppelachsen. Im Umkehrschluss bedeutete das, dass jeder dieser massiven Wagen ohne Schwierigkeiten Lasten bis zu fünfundzwanzig Tonnen transportieren konnte.

Gerade als der vierte Güterwaggon aus seinem Blickfeld verschwand, kam der Zug zum Stehen. Zuerst einmal geschah nichts. Dann näherten sich Schritte, und der Lichtkegel einer Taschenlampe zuckte über das Brachland.

Lauenburg hielt die Luft an und hörte, wie ein Mann in sein Funkgerät sprach: »Wir koppeln jetzt die Lok ab. Von hier aus übernehmen die Dunkelmänner. Sie fahren vor bis W4 und kommen auf der 5 wieder rein. Verstanden?«

»Verstanden«, klang es verzerrt aus dem Lautsprecher.

Kurz darauf vernahm er, wie Metall heftig auf Metall schlug und sich wenig später die Diesellok entfernte.

»Die Taubstummen sind jetzt aus dem Zug geklettert und verteilen sich«, quäkte es aus dem Lautsprecher des Mannes.

Dunkelmänner, Taubstumme? Waren das Codes, überlegte Lauenburg ratlos und strich sich dabei vorsichtig mit den Fingern über das Auge, das vor Anstrengung zu tränen begonnen hatte.

Als er das nächste Mal durch den Spalt blickte, wäre er fast zurückgezuckt. Nur wenige Meter vor ihm stand jetzt ein Sowjetsoldat, die Kalaschnikow einsatzbereit vor der Brust.

Wie erstarrt hockte Lauenburg da, bewegte sich keinen Millimeter und hielt die Luft an.

Dann sah er, wie sich der deutsche Eisenbahner eilig entfernte. Lauenburg nahm an, dass dessen Anwesenheit am Gleis nicht mehr erwünscht war, zumal nun nicht weit entfernt das markante Summen einer Rangierlok zu hören war.

Er versuchte, die Richtung festzustellen, aus der das Motorengeräusch kam.

Über keine der Hauptstrecken, stellte er relativ schnell fest. Wahrscheinlich nutzten sie eher eines der Gleise am Rand des Geländes, von dem er annahm, dass es irgendwo abbog und zu einer wenig befahrenen Nebenstrecke wurde, die direkt zu einer Kaserne oder einem geheimen Munitionsdepot führte.

Aber das würde er später herausfinden.

Zuerst einmal sah er zu, wie die Sowjets wortlos und routiniert den Zug übernahmen, wie besagte Dunkelmänner, die sich einer geheimen Beute bemächtigen, um anschließend mit ihr in die Nacht zu verschwinden, ging es ihm durch den Kopf.

Die Rangierlok fuhr ab.

Lauenburg wartete fünf Minuten, hörte auf das Schlagen der schweren Eisenräder, bis sie auf den Schienen verstummt waren. Dann trat er aus seinem Versteck. Das Dosimeter befand sich noch an derselben Stelle, wo er es zurückgelassen hatte. Mit einer schnellen Bewegung hob er es auf, stopfte es in die Jacke und folgte den Gleisen.

Der Bahnhof lag hinter ihm, und der Wald um ihn herum wurde dichter. Lauenburg begann sich zu fragen, ob er in die richtige Richtung gegangen war.

Kurz entschlossen kletterte er auf einen höheren Baum, die Äste knackten unter seinen Sohlen. Der Himmel war leicht bewölkt. Ab und zu trat der Mond hervor. Als er sich umsah, entdeckte er das Gleis sofort wieder. Er war seinem Ziel näher, als er angenommen hatte. Nicht weit von ihm entfernt verliefen die Schienen durch den Wald, vollzogen dann eine leichte Kurve und endeten vor einem massiven Metalltor, an dem sich zu beiden Seiten ein hoher Maschendrahtzaun anschloss, dessen obere Kante mit Stacheldraht geschützt war.

Lauenburg kniff die Augen zusammen.

Unmittelbar hinter dem Zaun konnte er die Konturen von Eisenbahnwaggons ausmachen, dazwischen Schattenrisse, die sich bewegten, und wenn er sich konzentrierte, meinte er das Summen der russischen Rangierlok zu hören. Ansonsten lag eine gespenstische Stille über dem Wald.

Lauenburg kletterte vom Baum herunter und überlegte, ob er sich dem Objekt weiter nähern sollte. Er wusste, dass es sehr gefährlich war, weil die Sowjets ihre militärischen Einrichtungen ausnehmend gut bewachten. Oft wurde das Gebiet doppelt gesichert. Während Fußstreifen am Zaun entlang patrouillierten, standen an besonders wichtigen Anlagen zusätzliche Wachposten, die sich nicht von der Stelle rühren duften.

Aber vielleicht kam er nie wieder so dicht heran. Es war eine Chance. Kurz dachte er an Nina, die im Wagen auf ihn wartete. Er lauschte. Über ihm flog ein Nachtvogel durchs Geäst. Dann lief er los. Die weichen Sohlen der Salamander erlaubten es, dass er sich lautlos fortbewegen konnte.

Das Summen der Rangierlok wurde lauter.

Vorsicht, ermahnte sich Lauenburg. Erst musst du wissen, wo sich der Posten aufhält. War die Patrouille schon an dieser Stelle vorbeigekommen?

Er versteckte sich hinter einem Baum und wartete. Seine Armbanduhr zeigte kurz vor zehn. Zwischen ihm und dem Zaun lag noch ein Streifen Grasland, das mit niedrigen Büschen und jungen Bäumen besetzt war. Wenn die Streife an ihm vorüber war, blieb ihm Zeit, um Fotos zu machen, bevor die Wache wieder zurückkam.

Lauenburg hatte Glück.

Bald hörte er Stiefeltritte, und zwei Männer liefen an der Innenseite des Zaunes entlang. Er wartete, bis die Geräusche verklungen waren, dann ließ er sich auf Hände und Knie fallen und kroch zum Zaun. Dort zog er die kleine Fotokamera hervor.

Der Mond lugte über die Baumwipfel, und er sah im Sucher zwei Eisenbahnwaggons, die neben einer Betonrampe standen und deren große Seitentüren aufgeschoben waren. Er drückte den Auslöser. Das Klicken kam ihm verräterisch laut vor. Er duckte sich, wartete einige Atemzüge ab, bevor er den Kopf wieder aus der Deckung schob.

Gerade noch rechtzeitig, um zu sehen, wie mehrere Soldaten hastig einen Transportwagen über die Rampe davonschoben, auf dem etwas von gewaltigen Ausmaßen festgezurrt war.

Sein Herz klopfte vor Aufregung.

Wieder hob Lauenburg die Kamera und fotografierte. Hinterher wusste er nicht, was ihn verraten haben könnte.

Möglicherweise spiegelte sich für einen winzigen Moment das Mondlicht im Objektiv, oder es war eine unbedachte Bewegung gewesen.

Plötzlich knallte es zweimal kurz hintereinander, und die Geschosse sausten dicht an seinem Kopf vorbei. Lauenburg ließ sich auf den Boden fallen und robbte los. Fieberhaft schätzte er die Meterzahl, die er zurücklegen musste, bis ihm die ersten Bäume Schutz boten. Scheiße, so kommst du hier nie weg, ging es ihm durch den Kopf.

Verzweifelt sprang er auf und rannte geduckt los. Er biss die Zähne zusammen, sehnte die Finsternis des Waldes herbei.

In Gedanken malte er sich aus, wie der Schütze ihn erneut anvisierte.

Die nächste Kugel wird mich treffen, dachte er. Warum musstest du auch James Bond spielen?

Er legte sich noch mehr ins Zeug, keuchend und mit hämmerndem Herzen.

Ich will nicht sterben, dachte er, jetzt, wo ich Nina getroffen habe.

Aber es schien hoffnungslos; solange er über den Grasstreifen hetzte, war er ein leichtes Ziel. Aus einer Eingebung heraus änderte er plötzlich die Laufrichtung, sprintete im Zickzack weiter. Wieder krachte ein Schuss.

Etwas Brennendes riss ihn am linken Oberarm, zerfetzte den Ärmel seiner Jacke, bevor das Ding unmittelbar vor ihm in einem Stamm explodierte, sodass ihm Holz- und Rindenstücke um die Ohren flogen.

Schmerzen rasten durch seinen Oberkörper. Trotzdem stolperte er weiter, bis ihn endlich die schützende Schwärze des Waldes umfing. Taumelnd lehnte er sich an einen Baum. Er fühlte warmes Blut auf der Haut.

Dann hörte er die Hunde bellen.

Er hatte keine Zeit, zu verschnaufen.

Er musste hier weg.

Und er musste schnell sein, um sie nicht zu gefährden. Nina!

Kapitel 24

23. Oktober 1986, Rostock – Russische Kommandantur

Grothe jagte mit dem Lada über das feuchte Pflaster, in den Pfützen spiegelte sich silbrig das Licht der Straßenlaternen.

Als er scharf um eine Kurve bog, streifte sein Blick den Aktenordner auf dem Beifahrersitz.

Dem Feind war es in den vergangenen Monaten immer besser gelungen, das Rätsel um die sowjetischen Sondertransporte zu entschlüsseln. Genau genommen fehlte ihnen nur noch ein winziger Baustein, und das jahrzehntelang gehütete Geheimnis war enttarnt.

Grothe schnaubte verächtlich.

In seinen Augen war das nicht verwunderlich, denn seitdem er sich erinnern konnte, folgten die Transporte dem immer gleichen Prozedere. Eigentlich war es erstaunlich, dass die Geheimhaltung überhaupt so lange funktioniert hatte.

Er überholte eine Straßenbahn, in der dösend einige Schichtarbeiter saßen.

Und was taten die sowjetischen Genossen?

Seiner Auffassung nach nahmen sie die Situation nicht

ernst. Im Gegenteil, es kam ihm so vor, als agierten sie in letzter Zeit immer leichtsinniger, so, wie das bei Menschen der Fall war, die eine große Gefahr auf sich zukommen sahen, aber unfähig waren, angemessen zu reagieren.

Möglicherweise fürchtete das Militär, nach den erfolgreichen Verhandlungen zum INF-Vertrag weiter an Bedeutung und somit auch an Einfluss in Moskau zu verlieren.

Oder gab es, was die Zukunft des Militärs betraf, geheime Pläne in der neuen Parteiführung?

Niemand konnte das sagen.

Aber eines wusste er, beim Herannahen einer großen Gefahr fand sich der Mensch in einem inneren Spannungsfeld wieder.

Die eine Stimme ermahnte ihn, dass man sich über die tatsächliche Größe der Gefahr klar werden und über Mittel nachsinnen sollte, ihr zu begegnen oder ihr zu entgehen.

Die andere Stimme hingegen tat die Gefahr mit einem Handwisch ab. Es sei viel zu schwer und sinnlos, sich überhaupt mit dem Gedanken an die Gefahr zu beschäftigen, weil der Mensch sowieso nicht in der Lage war, die Entwicklung der Ereignisse voraussehen zu können. Bisher war es immer gut gegangen, und es reichte, darüber nachzudenken, wenn es so weit war.

Grothe wusste, dass der Mensch, solange er allein war, eher auf die erste Stimme hörte. Im Kollektiv jedoch war man eher dazu geneigt, der anderen Stimme, welche die Gefahr kleinredete, zu folgen.

Daher hatte er sich ins Auto gesetzt und war auf dem Weg zur Russischen Kommandantur, um dem sowjetischen

Kollegen in einem Vieraugengespräch die Gefahr deutlich vor Augen zu führen. Er würde ihm das Material vorlegen und ihn darauf verweisen, dass die bisherige Art und Weise der Transporte nicht mehr sicher war.

Grothe bremste und fuhr rechts an den Bordstein.

Auf der anderen Straßenseite schälte sich der Umriss eines mehrstöckigen neugotischen Backsteinbaus aus der Dunkelheit, mit halbrunden Fenstern, Zinnen und Türmchen an den Ecken.

Einen Moment blieb er sitzen und starrte auf das olivgrüne Eingangsportal. Was, wenn der sowjetische Kollege ihn nach Alternativen für die Transporte fragte?

»Das Einzige, was mir dazu einfällt …«, sagte Grothe in die Stille hinein und brach ab. Er merkte, dass er darauf keine einfache Antwort wusste.

Verärgert stülpte er die Unterlippe vor und entschloss sich, dem Genossen nur das Material auszuhändigen und auf den Punkt zukünftiger Transporte nicht näher einzugehen.

Grothe stieg aus dem Lada, schloss ab und überquerte mit langen Schritten die Straße.

Er läutete, und ein Ordonnanzoffizier öffnete ihm.

Er wies sich aus und nannte den Namen des Sicherheitschefs des Militärbezirks, den er zu sprechen wünschte.

Der Leutnant bat ihn, auf einer Bank im Vorraum Platz zu nehmen, und verschwand hinter einer gewaltigen Flügeltür.

Grothe wartete. Der Ordner lag auf seinem Schoß.

Eine andere Tür wurde geöffnet. Erregter Stimmenlärm drang auf den Korridor.

Grothe hielt den Atem an.

Die Tür schloss sich wieder, und eilige Schritte kamen auf ihn zu. Kurz darauf trat der Leutnant vor ihn.

»Der Genosse Oberst lässt sich für heute entschuldigen. Im Moment ist er unabkömmlich.«

»Sagen Sie ihm, dass es wichtig ist. Von höchster Priorität.«

»Ich bedaure. Der Oberst wird sich bei Ihnen melden, sobald der aktuelle Vorfall geklärt ist.«

Grothe sah den jungen Offizier an. »Was für ein Vorfall?«, fragte er, in seiner Stimme lag eine aufmerksame Vorsicht. »Möglicherweise kann das Ministerium für Staatssicherheit Ihnen hilfreich zur Seite stehen.«

Er sah dem Leutnant deutlich an, wie er sich versteifte und sich offenbar darüber ärgerte, überhaupt den Vorfall erwähnt zu haben.

Der Ordner wechselte den Besitzer.

Grothe kribbelte es am ganzen Körper. Er musste mehr erfahren. »Dieser Vorfall, von dem Sie sprechen. Wo hat der stattgefunden?«

Doch der Leutnant hatte sich wieder gefangen. »Ich bin nicht befugt, Ihnen darüber Auskunft zu erteilen.«

Na klar, dachte Grothe. Aber noch hatte er sein Pulver nicht verschossen. »Dieses Vorkommnis hat nicht zufällig etwas mit Ihren nuklearen Sondertransporten zu tun?«

Er bemerkte, wie der Ordonnanzoffizier zusammenzuckte und blass wurde.

Volltreffer, dachte Grothe grimmig. Mitten ins Schwarze hinein. »Lassen Sie mich doch bitte zum Oberst vor, ich kann vielleicht bei der Aufklärung helfen!«

Der junge Mann wurde hektisch. »Ich werde Sie jetzt nach draußen begleiten«, erklärte er bestimmt, eilte zur Haustür und riss sie auf.

»Hab schon verstanden«, brummte Grothe. »Ich finde den Weg allein.«

Kapitel 25

Nina hatte den Wartburg vor dem Wohnblock geparkt.

Jetzt führte sie Lauenburg ins Wohnzimmer zu einem der vier Stühle, die dort an einem runden Esstisch standen, und stützte ihn, als er sich leise stöhnend niederließ.

»Wie geht es dir?«

»Ich mache dir Unannehmlichkeiten …«

»Red keinen Unsinn.« Sie sah abschätzend in sein blasses Gesicht. »Kann ich dich einen Moment allein lassen?«

Lauenburg nickte, ohne zu sprechen.

Nina ging aus dem Zimmer in den kleinen Flur.

Eine Woge der Erleichterung überkam ihn. In den letzten paar Minuten hatte er sich übermenschlich anstrengen müssen, um sich zu beherrschen. Die Treppe hätte er nie geschafft. Gott sei Dank ging der Fahrstuhl. Er stützte sein Gesicht in die Hand. Er fühlte sich kraftlos und erschöpft.

Nina war ins Bad geeilt, wo sie dem Schränkchen, in welchem sie die Hausapotheke aufbewahrte, all das entnahm,

was sie meinte, für die Versorgung von Kais Wunde zu benötigen, auch eine Schere legte sie in die Box.

Danach ging sie in die Küche und zog die angefangene
Flasche Wodka aus dem Eisfach des Kühlschranks.

Kurz hielt sie inne.

In ihrem Kopf klang noch das wütende Hundebellen, als
Lauenburg endlich in den verlassenen Garten gestolpert
kam. Sie war ausgestiegen und hatte ihm in den Wagen ge-
holfen, wo er sich auf die Rückbank legte.

Sie war sofort losgefahren und hatte gebetet, dass sie von
keiner Streife angehalten wurden. Im Rückspiegel hatte sie
beobachtet, wie er umständlich eine Mullkompresse auf die
Wunde an seinem Arm presste, um die Blutung zu stillen.

Als sie spürte, wie ihr die Finger kalt wurden, ging sie ins
Wohnzimmer zurück, fegte mit dem Ellenbogen die Tischdecke zur Seite und stellte die Dinge nacheinander vor Lauenburg ab.

Anschließend öffnete sie die Wodkaflasche und hielt sie
Kai hin. »Hier, trink! Das hilft gegen die Schmerzen.«

Sie sah, wie er sie überrascht musterte, bevor er die Öffnung zum Mund führte und trank.

Lauenburg gab ihr die Flasche zurück, worauf sie ebenfalls einen Schluck nahm. Der Schnaps brannte in ihrer
Kehle, sorgte aber sogleich für ein angenehm warmes Gefühl.

Sie stellte die Flasche zur Seite.

Dann beugte sie sich vor und half ihm aus dem Blouson.

Kamera und Dosimeter fanden einen Platz auf dem Tisch,
bevor die Jacke neben ihr auf dem Boden landete.

»Jetzt das Hemd. Vorsichtig.«

Kurz glaubte sie, eine Spur von Belustigung in seinem Gesicht zu sehen, bis es sich plötzlich vor Schmerz verzerrte.

»Alles gut«, sagte sie beruhigend, beinahe mütterlich. »Wir haben es gleich geschafft.«

Sie nahm die Schere zu Hilfe und durchtrennte damit den mit Blut getränkten Stoff.

Wortlos griff sie nach der Flasche und reichte sie ihm.

»Ich denke, du trinkst am besten noch was. Ich werde die Wunde säubern müssen.«

»Können wir nicht doch zu einem Krankenhaus fahren?«

»Was? Mit einer Schusswunde?«

Lauenburg murmelte etwas, fügte sich aber. Dann nahm er einen langen Zug aus der Flasche.

»Das reicht«, sagte Nina, während sie das Fläschchen mit dem Jod öffnete. »Das wird jetzt höllisch brennen. Du musst tapfer sein.«

Als sie ihn berührte, schrie er auf und stöhnte gequält, bevor er im Stuhl zusammensank und das Bewusstsein verlor.

Nina versorgte die Wunde, so gut sie konnte. Im Rahmen der Zivilverteidigung und im Hotel hatte sie mehrere Erste-Hilfe-Kurse belegen müssen, die sich jetzt auszahlten. Behutsam entfernte sie mit der Schere die verbrannten Hautfetzen und säuberte die Ränder von Dreck und Blut. Danach nähte sie die klaffende Wunde zu.

Dabei suchten ihre Augen immer wieder sein schneeweißes Gesicht, das von einem dünnen Schweißfilm überzogen war. Die Augenlider flatterten, doch sein Atem ging ruhig, und sie machte sich daran, die Wunde fachgerecht zu verbinden.

Während sie mit einer Hand die Kompresse und mit der anderen die Mullbinde hielt, fiel ihr eine widerspenstige Haarlocke ins Gesicht. Sie ringelte sich direkt vor ihrem Auge, und sie versuchte, sie wegzupusten, was ihr aber nicht gelang.

Da nahm sie eine Bewegung wahr.

Kai richtete sich auf und strich ihr die Haarsträhne sanft hinters Ohr. Er schaute ihr direkt in die Augen. Sie erwiderte seinen Blick, ein wenig verblüfft, aber nicht verlegen. Ganz entfernt wunderte sie sich darüber. Sie sah nur seine Augen, glaubte, darin Bewunderung zu erkennen, einen schwachen Funken von Heiterkeit und eine Spur von Trauer.

Dann war der Bann gebrochen.

Er sank im Stuhl zurück, und sie schlang mit sicheren Bewegungen die Binde um seinen Arm, wobei sie das Ende mit einem Streifen Heftpflaster befestigte.

Hinterher legte sie ihm zwei Schmerztabletten hin.

»Wie kommst du ins Hotel?«

»Ich nehme ein Taxi.«

»So kannst du nicht gehen, du brauchst neue Kleidung. Warte!«

Wenig später kam sie mit einem altmodischen Hemd und einer Lederjacke zurück. »Probier das an, müsste passen.«

Nachdenklich musterte Lauenburg das Oberhemd.

»Die Sachen sind von meinem Vater. Er ist letztes Jahr an einem Herzinfarkt gestorben.«

»Mein Beileid.«

»Danke.«

Nina half ihm beim Anziehen.

Sorgfältig verstaute er Kamera und Dosimeter.

»Kurz vor eins«, sagte er.

»Der Taxistand ist gleich um die Ecke.« Sie brachte ihn zur Wohnungstür. »Gute Nacht!«, sagte sie.

»Gute Nacht, Nina!«

Sie sah ihn einen Moment lang an. Er wollte nach ihrer Hand greifen, doch sie ahnte, was er beabsichtigte, und öffnete die Wohnungstür.

»Danke!«, sagte er verlegen und trat in den Flur hinaus. »Danke, für alles!«

Eine tiefe Stille stellte sich zwischen ihnen ein. Etwas war zu Ende gegangen, wenigstens für diese Nacht.

»Bis morgen!«

»Ja, bis morgen!«

Leise schloss Nina die Tür.

Kapitel 26

24. Oktober 1986, Rostock – Hotel Neptun

Es war kurz vor halb zwei, als er mit dem Taxi in der Auffahrt des Hotels hielt. Er musste sich nicht anstrengen, den Betrunkenen zu mimen, denn Ninas Wodka und ihr schmerzvoller chirurgischer Eingriff am Oberarm zeigten nach wie vor Wirkung.

Außerdem hatten die beiden starken Schmerztabletten ihn in eine Art Dämmerzustand versetzt.

Als der Fahrer ihm den Fahrtpreis nannte, fiel es ihm schwer, die einzelnen Scheine zuzuordnen und mit dem DDR-Geld zu bezahlen. Anschließend taumelte er am Portier vorbei in die Hotelhalle, wo er orientierungslos stehen blieb. Schwarze und rote Flecken tanzten wild vor seinen Augen.

»Na, Lauenburg. Zu tief ins Glas geblickt?«, fragte besorgt eine vertraute Stimme neben ihm, und erleichtert spürte er, wie plötzlich zwei starke Hände ihn stützten.

Es ist Helbing, dachte er dankbar. Er musste die ganze Zeit an der Bar auf ihn gewartet haben.

Ohne ein weiteres Wort zu verlieren, steuerten sie den Lift an und fuhren nach oben.

Helbing schleppte ihn in den Beratungsraum, wo er ihn in einen Sessel gleiten ließ. »Major Lauenburg, hören Sie mich?«

Die Worte drangen wie aus weiter Ferne zu ihm, und es fiel ihm unsagbar schwer, zu antworten. »Ja …«

»Sie rühren sich nicht von der Stelle. Ich hole Förster, bin gleich wieder da.«

Nach drei Injektionen, die ihm Förster verabreichte, und einige Tassen Kaffee später, war es ihm gelungen, Helbing alle Einzelheiten zu berichten und den Inhalt des Dosimeters zu analysieren. Als er völlig erschöpft, aber erleichtert das Badezimmer verließ, schaute er im Besprechungsraum in fünf erwartungsvolle Gesichter.

Demonstrativ klopfte der Sonderbeauftragte auf seine Armbanduhr. »Sagen Sie mir, Doktor Lauenburg, dass sich das frühe Aufstehen für uns gelohnt hat«, eröffnete von Stubnitz das Gespräch. »Zu welchem Ergebnis sind Sie gekommen?«

»Letzte Nacht wurde ich in Waren an der Müritz Zeuge, wie ein sowjetischer Sondertransport den Bahnhof erreichte. Es war mir möglich, eindeutig radioaktive Strahlung unterhalb von zwei Eisenbahnwaggons zu messen, in denen ich Nuklearsprengköpfe vermutete.«

Dass er den Zug bis ins Depot verfolgte, verschwieg er.

»Anhand dieser Messung gehen Sie also davon aus …?«

» … dass Nuklearsprengköpfe an einem Ort gelagert werden, der uns bis dato völlig unbekannt war. Deshalb bekräftige ich meine Meinung, dass diese Liste absolut echt ist und den wahrheitsgetreuen Umfang der Anzahl sowjetischer Atomlager auf dem Territorium der DDR offenlegt.«

»Aber das ist Blödsinn«, ereiferte sich Schlüter plötzlich lautstark. »Natürlich haben Sie radioaktive Strahlung messen können. Die Reaktorkatastrophe von Tschernobyl ist noch nicht mal ein halbes Jahr her, und die radioaktiven Wolken sind quer über ganz Europa gezogen und haben sich natürlich auch über dem Bahnhof in Waren an der Müritz abgeregnet. Für mich ist ein bisschen Radioaktivität noch lange kein Beleg dafür, dass die Russen plötzlich ungeahnte Kapazitäten an Nuklearsprengköpfen besitzen sollen.«

Lauenburg spürte, dass es ihm zunehmend schwerfiel, gegen seine Müdigkeit und die wiederkehrenden Schmerzen im Arm anzukämpfen und dabei einen klaren Kopf zu behalten.

»Wenn wir die Explosion des Reaktorkerns in Tschernobyl betrachten, fällt uns auf, dass Kernbrennstoffe wie Plutonium-239 und Radionuklide wie Strontium-90 aus dem Reaktor in die Umgebung der Anlage geschleudert wurden. Der anschließende mehrtägige Brand des Grafits mit Temperaturen von weit über zweitausend Grad Celsius transportierte die leichter flüchtigen Radionuklide wie Iod oder Cäsium in große Höhen der Atmosphäre, von wo sie sich mit Höhenwinden über große Gebiete bis nach Mittel- und Nordeuropa ausbreiteten. Das ist richtig.«

»Nichts anderes habe ich gesagt«, stellte Schlüter selbstgefällig fest und schlug ein Bein über das andere.

Lauenburg ließ sich davon nicht beeindrucken. »Jedoch änderte sich die Nuklidzusammensetzung mit zunehmender Entfernung vom Reaktor. In unmittelbarer Nähe, also in den Abmaßen des von den Sowjets errichteten Sperrbezirks, wurden die weniger flüchtigen Elemente, wie Strontium oder Plutonium, abgelagert, während es vor allem den Cäsium- und Iod-Isotopen vorbehalten war, über weite Strecken transportiert zu werden.«

Lauenburg merkte, dass ihn verständnislose Mienen musterten, unterbrach sich und nahm einen Zettel zur Hand. »Heute Nacht konnte ich am Verladebahnhof Waren unter einem Spezialwaggon einen erheblichen radioaktiven Aus-schlag messen, und in der von mir genommenen Probe habe ich Uranisotope der Kategorie U-235 festgestellt.«

Er wandte sich jetzt direkt an Schlüter. »Wie Sie bestimmt wissen, ist Uran-235 das einzige Uranisotop, das zu einer nu-klearen Kettenreaktion fähig ist. Zudem ist es so schwer, dass es sicher nicht durch die Luft dorthin gelangt ist, sondern in Form eines Nuklearsprengkopfes in einem Güterwaggon. Wegen dieser Fakten bin ich davon überzeugt, dass die So-wjets nicht nur heute Nacht Nuklearsprengköpfe transpor-tierten, sondern auch in der Vergangenheit die vielen Lager-stätten belieferten, die uns von Oberst Michailow im Ver-trauen genannt wurden.«

»Das ist doch alles …« Schlüter setzte zu einer bissigen Erwiderung an, aber von Stubnitz richtete sich auf. »Doktor Lauenburg, ich folge Ihrer Argumentation. Gute Arbeit! Aber bevor wir damit in den heutigen Konferenztag gehen, werde ich Bonn und das Auswärtige Amt über diese neueste

Entwicklung informieren und mich mit den Entscheidungs-
trägern über unser weiteres Vorgehen in der Sache abstim-
men.«

Kapitel 27

In der Nacht war ein Sturm über der Ostsee aufgezogen und dunkle Wolken jagten über den Himmel. Heftige Böen fegten um die Hausecken und ließen die großen Panoramascheiben erzittern.

Lauenburg schenkte dem Naturschauspiel keine Aufmerksamkeit, obwohl ihn das Wetter an seinen inneren Zustand erinnerte.

Als er sich vom Stuhl erhob, traf sein Blick auf den von Wassili Michailow, der mit stoischer Ruhe in der Dolmetscherkabine saß. Er lief die wenigen Schritte durch den Saal zum Projektor, der bereits eingeschaltet war, und fand den Gedanken, der ihm gerade gekommen war, geradezu beklemmend. Wenn er in Betracht zog, wer ihm die Liste zugespielt hatte und wie sie in seine Hände gelangt war – und dazu noch die Messungen, die er in Waren eigenhändig durchgeführt hatte, blieb für ihn nur eine einzige logische Schlussfolgerung.

Das ist ein gefährliches Spiel, auf das du dich eingelassen hast. Gleich konfrontierst du die ostdeutsche Delegation mit einer Reihe von Fakten, die den Teilnehmern entweder kaum oder gar nicht bekannt sind. Deshalb konnte er auch nicht abschätzen, wie die Reaktionen im Einzelnen ausfallen würden.

Das Blut rauschte ihm in den Ohren, als er die Anwesenden knapp begrüßte. Er brauchte einen Moment, um seine Gedanken zu ordnen.

Erst dann nahm er die erste Folie und legte sie auf die beleuchtete Glasfläche.

Während der Vorbereitung hatte er alle Ortsnamen, die sich auf der Liste befanden, sorgfältig übertragen, sodass kein Rückschluss auf die Herkunft ersichtlich war. Im Anschluss daran zeigte er eine Fotografie eines Sonderzuges der Zwölften GUMO, wie sie für die Transporte benutzt wurden, sowie seine Auswertung aus der Datenanalyse des Kernspurdosimeters. Er hatte sich im Vorfeld mit Helbing und von Stubnitz darauf geeinigt, die Inhalte des Vortrages als Ergebnisse westlicher Geheimdienstarbeit zu präsentieren, um die wahre Quelle zu schützen.

Alles in allem erhoffte er sich, dass die Argumente so schlüssig und überzeugend waren, dass die andere Seite den Ausführungen Glauben schenken musste. Dafür warf er alle bisherigen Erkenntnisse in die Waagschale, und als er seinen Vortrag beendete, war er davon überzeugt, dass ihm sein Vorhaben gelungen war.

Helbings anerkennendes Kopfnicken bestätigte seine Vermutung, und von Stubnitz ließ ein »Ihre Fragen bitte« hören.

Die Reaktion der ostdeutschen Konferenzteilnehmer war so nicht vorauszusehen. Auf Oberst Bäumleins Gesicht spiegelten sich Verwirrung und Ärger, während Generalmajor

Strobel blass geworden war und entgeistert zu Phillipp Noack schaute, der zusammengesunken auf seinem Stuhl hockte und irgendwie erschrocken und gleichzeitig ratlos wirkte.

Dafür reagierte der Mann mit der Hornbrille, der aufseiten der ostdeutschen Abordnung bisher noch nicht in Erscheinung getreten war und stumm neben der Frau am Tisch gesessen hatte. Lauenburg hatte sich schon gefragt, in welcher Funktion die beiden an der Konferenz teilnahmen. Jetzt wusste er es.

Der Mann wirkte alarmiert und erhob sich wortlos.

Lauenburgs Augen folgten ihm, wie er jetzt mit langen Schritten den Raum verließ.

Eine unangenehme Pause entstand, die jeder auf seine Weise zu überbrücken versuchte. General Kayna und sein Adjutant Popp steckten die Köpfe zusammen, ebenso wie auf der Gegenseite Generalmajor Strobel und Oberst Bäumlein.

Noack fiel es augenscheinlich immer noch schwer, das zu glauben, was er soeben gehört hatte, und sein fragender Blick wanderte zu Lauenburg, der wieder Platz genommen hatte. Als er ihn musterte, kam er wohl zu der Feststellung, dass der Mann nicht wie jemand aussah, der sich gern aufspielte oder sich einen Spaß erlaubte. Trotzdem war er von der unglaublichen Tragweite des Gehörten noch nicht vollends überzeugt. Möglicherweise war es ein Schutzmechanismus, denn genau genommen wollte er sich das tiefe Entsetzen nicht eingestehen.

Schlüter wendete sich von Stubnitz zu. »Und wie geht es jetzt weiter?«, fragte er leise in die Stille hinein.

Der Sonderbeauftragte musste darauf nicht antworten, denn nun flog die Saaltür auf, und Oberst Grothe betrat den Raum. Er baute sich am Ende des Konferenztisches auf, und Lauenburg meinte, so etwas wie Triumph in den eisgrauen Augen zu sehen.

»Auf Anweisung des DDR-Staatsratsvorsitzenden und SED-Generalsekretärs Erich Honecker wird die Konferenz für die Abordnung der DDR für beendet erklärt. Die Protokollstrecke wird geschlossen, und alle bisher ausgehandelten Übereinkünfte sind als nichtig zu betrachten. Die Delegation der Bundesrepublik Deutschland wird unverzüglich ihre Rückreise antreten.«

Der Sonderbeauftragte sprang von seinem Stuhl auf. »Gegen dieses eigenmächtige Vorgehen protestiere ich aufs Schärfste. Ich werde das Auswärtige Amt der Bundesrepublik Deutschland darüber in Kenntnis setzen.«

»Tun Sie das«, sagte Grothe, und sein Tonfall verriet, wie egal ihm das war.

Von Stubnitz sah bestürzt mit an, wie die ostdeutsche Delegation schweigend ihre Unterlagen zusammensuchte und Anstalten machte, zu gehen.

Er unternahm einen letzten Versuch. »Sind Ihnen die Konsequenzen Ihres Handelns klar, wenn wir jetzt an dieser Stelle abbrechen? Es geht um unser aller Leben, das unserer Frauen und Kinder und das Leben aller Deutschen …«

Noack hob leicht den Kopf. Sein Gesicht war fahl, die Unterlippe zitterte. »Wir können nicht …. Es tut mir leid, wirklich …«

»Schweigen Sie!«, dröhnte die Stimme von Grothe. Er trat

dicht an Noack heran. »Sie verlassen sofort den Raum!«, dann wandte er sich an die anderen Delegationsmitglieder. »Ich will, dass jeder von Ihnen in den nächsten Stunden auf seinem Zimmer im achten Stockwerk bleibt!«

Lauenburg war wie vor den Kopf geschlagen.

War alles umsonst?

Was hatte er erwartet?

Dass die Ostdeutschen auf die Liste und die Ergebnisse seiner nächtlichen Erkundung begeistert reagieren würden?

Aufgewühlt packte er seine Sachen.

Als er sich umdrehte, bemerkte er, dass Wassili Michailow die Dolmetscherkabine verlassen hatte.

Kapitel 28

»Und wie gehts nun weiter?«, fragte Schlüter herausfordernd. Von Stubnitz' Blick suchte Helbings. »Wilfried?«

»Abwarten. Die Ostdeutschen haben die Konferenz unterbrochen«, antwortete dieser, »aber das letzte Wort ist noch nicht gesprochen. Ich vermute, Sie haben furchtbare Angst, einen Fehler zu begehen. Sie sind in allen Belangen von der Sowjetunion abhängig. Bisher hatten sie vielleicht wirklich keine Ahnung davon, wie viele Sonderlager mit Nuklearsprengköpfen der Russen sich auf ihrem Territorium befinden. Dieser Umstand hat sich durch Lauenburgs Vortrag geändert, was, so denke ich, jetzt zu verstärktem Redebedarf zwischen Berlin und Moskau führt.«

»Verdammte Scheiße«, fluchte Mason Brown. »Wenn das hier beschissen läuft, torpedieren wir am Ende noch die INF-Verhandlungen. Das wird Washington gar nicht gefallen. Was, wenn die Russen sich bloßgestellt fühlen und einen Rückzieher machen? Das wäre nicht auszudenken. Alles steht jetzt auf Messers Schneide. Verdammter Mist! Ich muss sofort meine Vorgesetzten informieren.«

»Das Telefon ist einsatzbereit«, sagte Förster kühl und führte den Amerikaner ins Nebenzimmer.

»Rufen Sie jetzt das Auswärtige Amt an?«, fragte Schlüter von Stubnitz.

Doch der Sonderbeauftragte schwieg, dann deutete er auf den Fernseher, den Lauenburg eingeschaltet hatte und der ohne Ton lief. »Sehen Sie sich das an«, forderte er Schlüter auf.

»Wo ist das?«, fragte dieser irritiert, kam näher und starrte auf die Menschenmenge, die Transparente schwingend den Bildschirm füllte.

»Lauenburg, stellen Sie mal den Ton an«, bat von Stubnitz, und die Stimme des Sprechers erfüllte den Raum. »Am 11. Oktober 1986 erlebte Rheinland-Pfalz eine der größten Demonstrationen der Friedensbewegung. Hundertachtzigtausend Menschen waren in den Hunsrück gekommen, um hier friedlich gegen die Stationierung von Atomwaffen und die nukleare Rüstung zu demonstrieren …«

Der Sonderbeauftragte bat Lauenburg, den Ton wieder abzudrehen. Dann wandte er sich an Schlüter. »Um auf Ihre Frage zurückzukommen. Nein, ich werde das Auswärtige Amt vorerst nicht über die Entwicklung informieren. Wir warten ab.«

Schlüter wollte etwas erwidern, doch von Stubnitz brachte ihn mit einer Geste zum Schweigen.

Er schüttelte den Kopf.

»Wilfried hat recht. Solange es keine offizielle Stellungnahme seitens der ostdeutschen Delegation oder eine diplomatische Depesche aus Moskau gibt, harren wir aus. Wir sind es den Menschen da draußen verdammt noch mal schuldig …«

Eine Pause entstand, in der sich jeder in eine Ecke des Beratungszimmers zurückzog, wo er ungestört seinen Gedanken nachhängen konnte. Lauenburg wählte den Balkon. Er hatte das Gefühl, mit dem Blick auf die Ostsee freier atmen zu können. Sein Kopf schmerzte und pochte. Ihn quälten Selbstzweifel, ob es richtig war, den Ball auf diese Weise ins Rollen zu bringen. Möglicherweise gab es eine Alternative, die sie nicht in Betracht gezogen hatten. Was wäre, wenn sie die Liste vernichtet und die Einladung zum Treffen ausgeschlagen hätten? Wo befänden sie sich dann in den Verhandlungen? Wäre es besser gewesen, alles behutsam anzugehen? In kleinen Schritten …

Lauenburg seufzte und massierte sich die Schläfen.

Von Stubnitz hatte die richtigen Worte gefunden, sie waren zu einem erfolgreichen Abschluss der Konferenz verdammt.

Aber wie sollte das funktionieren? War es richtig, Druck aufzubauen?

»Hören Sie auf, zu grübeln«, sagte Helbing ruhig und lehnte sich Pfeife schmauchend neben ihn ans Geländer. »Das ständige Wenn-und-aber-Spiel bringt überhaupt nichts. Sie können die Dinge noch tausendmal im Kopf hin und her schieben und immer wieder von allen Seiten betrachten. Ich gebe Ihnen einen Rat. Statistiker haben herausgefunden, dass sich neunzig Prozent unserer vermeintlichen Probleme am Ende von allein lösen, in Wohlgefallen auflösen und nie wirkliche Probleme waren. Und die restlichen zehn Prozent finden eine unerwartete Lösung, die keiner auf dem Schirm hatte.«

»Und dieser Statistik vertrauen Sie?«, fragte Lauenburg skeptisch.

Helbing kam nicht mehr dazu, zu antworten, denn in diesem Augenblick wurde die Tür vom Beratungsraum aufgerissen, und Förster stürmte herein, dicht gefolgt von Mason Brown.

»Phillipp Noack ist auf dem Weg hierher«, erklärte Förster atemlos. »Soweit ich das mitbekommen habe, soll die Konferenz fortgesetzt werden. Angeblich hat Gorbatschow höchstpersönlich interveniert und die sofortige Weiterführung der Verhandlungen von Honecker eingefordert.«

Lauenburg drehte den Kopf und sah die Funken in Helbings Augen, während dieser seine Pfeife ausklopfte. »Na was habe ich Ihnen gesagt?«

Als sie erneut den Verhandlungsraum betraten, saßen die Vertreter der DDR-Delegation bereits auf ihren Plätzen, auch die Dolmetscherkabinen waren besetzt.

Beide Seiten bemühten sich um eine möglichst neutrale Atmosphäre, in der vor allem Sachfragen zu den einzelnen Streitpunkten im Vordergrund standen. Da die Fakten jetzt auf dem Tisch lagen, konnte in wesentlichen Punkten eine rasche Übereinstimmung erzielt werden, und die Stimmung lockerte sich zusehends.

Umso gravierender war die Unterbrechung der Verhandlung, als plötzlich gegen zwei Uhr vier sowjetische Militärangehörige mit schweren Stiefeltritten den Raum betraten. Sie ignorierten die fragenden Blicke und umstellten die russische Dolmetscherkabine.

Einer von ihnen riss die Tür auf und brüllte:

»Oberst Wassili Alexejewitsch Michailow. Sie sind verhaftet!«

Kapitel 29

Ninas Hals war wie zugeschnürt. Schweiß brach ihr aus den Poren, und sie schluckte schwer. Wie gebannt beobachtete sie, was vor sich ging. Wäre sie jetzt gefragt worden, weshalb sie ihr Büro verlassen hatte, um nach vorne an den Empfang zu kommen, sie hätte nichts darauf antworten können.

Vielleicht war es eine Ahnung, dieses unmittelbare Gefühl von Gefahr, das sie plötzlich empfunden hatte und das sie drängte, sich von ihrem Stuhl zu erheben, um in die Hotelhalle hinauszutreten.

Sie erkannte ihn sofort, Wassili, obwohl sie ihn nur von hinten sah, flankiert von vier bulligen Männern in grünbraunen Uniformen, deren Körpersprache keinen Zweifel daran ließ, in welcher Funktion sie unterwegs waren.

Sie haben ihn abgeholt, dachte Nina und fühlte die Panik, die in ihr aufstieg. Fassungslos starrte sie auf Wassilis Rücken, diesen Rücken, auf den sie mit ihren Fingern auf einem Dach in Leningrad vor vielen Jahren deutsche Worte geschrieben hatte.

Dann schoben sie ihn auch schon durch die Tür.

Draußen wartete eine schwarze Wolgalimousine.

Die Portiere standen wie erstarrt, schauten stumm und verlegen zur Seite.

Der Wolga brauste davon.

Nina konnte ihren Blick nicht von der Tür abwenden.

Es kam ihr so vor, als würden sich die grausamsten Ereignisse in ihrem Leben wiederholen, als wäre ihre Existenz ein einziges furchtbares Déjà-vu-Erlebnis.

Bilder ihrer Schwester schoben sich vor ihr inneres Auge, und sie geriet in Panik. Wen würden sie als Nächsten abholen?

Sie? Alexej …?

In der Lobby war es totenstill, so als wäre allen Anwesenden mit einem Mal klar geworden, dass ein bedrohlicher Schatten auf ihr Urlaubsdasein gefallen war.

Zumindest vorübergehend.

»Frau Hartmann?«

Nina benötigte etwas Zeit, um zu verstehen, dass sie gemeint war.

»Ja bitte.«

Margot Eberling zeigte ihr den Kassenbericht. »Herr Mehldorn kommt heute erst zur Spätschicht, und die Einzahlung für die Bank ist noch im Tresor.«

Nina versuchte, den Ausführungen zu folgen.

»Einzahlung … ja … ich verstehe.«

Die Kollegin sah sie fragend an. »Geht es Ihnen gut?«

Reiß dich zusammen, ermahnte Nina sich. »Ja, ja. Ich gehe nachher selbst zur Bank.«

Erleichtert hörte sie, wie das Telefon schrillte.

Frau Eberling hob ab.

Immer noch von Entsetzen erfüllt taumelte Nina nach hinten und lehnte sich Halt suchend gegen den Schreibtisch.

Der kleine Raum um sie herum schwankte bedrohlich, und ein schmerzhafter Kloß verschloss ihr die Kehle.

Mühsam rang sie nach Luft.

Was soll man tun, wenn man fühlt, dass einem das eigene Leben entgleitet, dachte sie hilflos.

Schreien, fluchen, weinen, davonlaufen?

Keine dieser Optionen kam für sie infrage.

Niemand hier durfte etwas bemerken.

So schwer es ihr auch fiel, sie zwang sich, die Augen zu schließen und ruhig zu atmen. Sie rollte die Schultern nach hinten und versuchte, das Bild des verhafteten Wassili aus ihrem Kopf zu verbannen, in der Hoffnung, schnell wieder klar denken zu können. Denn sie musste jetzt einige wichtige Entscheidungen treffen.

Nina öffnete eine Wasserflasche, ließ etwas Flüssigkeit in die hohle Hand laufen und strich sich das kühle Nass über Nacken und Handgelenke. Sie spürte ein wenig Linderung, der Schleier vor ihren Augen lichtete sich.

Sie trank noch einen Schluck und stellte die Flasche zur Seite.

Dann suchten ihre Augen den Schreibtisch ab.

Schnell fand sie die Unterlagen.

Nina ging einen Schritt auf die Tür zu und lauschte. Die Kollegin telefonierte immer noch. Rasch bückte sie sich, hob ihre Ledertasche hoch und öffnete sie. Hastig schob sie die graue Mappe hinein. Der Verschluss klickte. Fertig.

Der ganze Vorgang hatte keine zehn Sekunden gedauert.

Gut, dachte sie, was nun?

Das Denken fiel ihr jetzt leichter.

Sie nahm die Notiz, die sie seit zwei Tagen vorsorglich verborgen hatte, und griff zum Telefonhörer.

Glücklicherweise erreichte sie den Restaurantchef sofort.

»Clausen!«

»Nina Hartmann hier.«

»Guten Tag, Frau Hartmann! Was kann ich für Sie tun?«

»In unserem Spezialitätenrestaurant in der Schillerstraße haben zwei neue bulgarische Köche ihre Arbeit aufgenommen.«

»Das ist mir bekannt.«

»Aber ich habe noch keinen Nachweis über die Arbeitsschutzbelehrung der Kollegen in meinen Unterlagen.«

Stille am anderen Ende. Sie hörte den Mann atmen.

»Richtig. Das ist mir wegen der Konferenz völlig hinten runtergefallen«, sagte er endlich.

»Dann holen Sie das heute bitte unverzüglich nach. Und wenn Sie schon vor Ort sind, überprüfen Sie bitte auch gleich die Einhaltung der Hygienevorschriften. Mir wurde eine Kontrolle angekündigt.«

Clausen stöhnte auf. »Das kann locker zwei Stunden dauern, Frau Hartmann. Jemand muss inzwischen das Kaffeebüfett für die Tagung übernehmen.«

»Ich kümmere mich darum.«

Kapitel 30

Die Verhaftung von Oberst Michailow ist eine Tragödie, dachte Helbing, obwohl er zugeben musste, dass es ihn gewundert hätte, wenn es in letzter Konsequenz nicht geschehen wäre. Dafür waren die Netze des KGB zu engmaschig, und die Russen liebten ihre Vorstellung von Täuschung und Geheimniskrämerei viel zu sehr. Verrat aus den eigenen Reihen heraus war für sie unvorstellbar.

Er schloss sich dem Sonderbeauftragten an, der im Begriff war, den Tagungssaal zu verlassen. Dieser wirkte, was die Vorgänge um ihn herum anging, völlig unbeteiligt und schien sich nur auf sein Vorhaben zu konzentrieren, einen möglichst raschen Abschluss zu erreichen. Dafür musste er dieses Zusammentreffen zu einem annehmbaren Ergebnis für alle Beteiligten bringen. Anhand der letzten Entwicklungen machte er einen zufriedenen Eindruck.

Helbing merkte, dass ihm diese offensichtlich zur Schau gestellte Gleichgültigkeit missfiel. Als ein Mann, der einen Eid geschworen hatte, sein Vaterland vor inneren und äußeren Feinden zu schützen, wollte und konnte er Michailows Verrat nicht gutheißen. Aber diese *Der Mohr hat seine Arbeit getan, der Mohr kann gehen*-Mentalität stieß ihm bitter auf.

Am Ende war es genau diese kleine Liste von Ortsnamen

gewesen, die überhaupt den Grundstein für ein mögliches Abrüstungsabkommen legte. Auch wenn sich jetzt alle Beteiligten beflissentlich bemühten, diese Tatsache zu ignorieren, und sich gegenseitig auf die Schultern klopften.

Politik ist und bleibt ein Scheißgeschäft, dachte er und betrat als einer der Letzten das Separee, wo, wie schon in den Tagen zuvor, ein kleines Büfett mit Kaffee, Tee und Gebäck aufgebaut war.

Helbing schob seine Brille zurück auf die Nase. Unauffällig musterte er den Raum. Wie immer standen die Teilnehmer in Grüppchen zusammen, streng getrennt nach Ost und West.

Nur eine winzige Kleinigkeit war heute anders. Während sonst zwei Kellnerinnen unter Aufsicht des Restaurantchefs ihre Aufgaben im Service erledigten, nahm jetzt die Empfangschefin Nina Hartmann die Position des Maître d'hôtel ein.

Die Frau hielt sich auffallend im Hintergrund. Trotzdem sah er, wie sie einen schnellen Blick mit Lauenburg tauschte, der sie durch die Spiegelung der getönten Scheibe beobachtete, während er so tat, als würde er die Aussicht genießen.

Helbing runzelte die Stirn. Er musste sich etwas einfallen lassen, bevor die wenn auch stumme, so doch offensichtliche Kommunikation der beiden auch anderen auffiel. Er knöpfte sein Jackett zu und rollte mit den Schultern.

Wenn er ehrlich war, überraschte ihn die Anwesenheit von Nina Hartmann nicht. Lauenburg hatte ihn im Vertrauen über die Inhalte der Gespräche während der Aufklärungsmission in Kenntnis gesetzt, und ihm war klar, dass sich die

Frau in einer gefährlichen Lage befand. Der Vater ihres Sohnes war gerade verhaftet worden, und sie musste furchtbare Angst ausstehen.

Er fasste einen Entschluss.

Später würde er nicht auf die Frage antworten können, wieso er sich so entschieden hatte. Möglicherweise lag es an der ringsum zur Schau gestellten Ignoranz, an dem geheuchelten Gleichmut und dem fatalen Desinteresse an einem fremden Leben, das zugunsten der eigenen Interessen geopfert wurde.

Jedenfalls trat er an die Seite des Sonderbeauftragten heran und wartete geduldig, bis der Mann auf seine Anwesenheit reagierte und sich ihm zuwandte.

»Ja, Helbing.« Der Anflug eines aufgesetzten Lächelns.

»Herr von Stubnitz, wenn Sie erlauben, würde ich Ihnen gern einen Vorschlag unterbreiten. Soweit mir bekannt ist, haben wir heute abschließend in allen wichtigen Punkten Übereinstimmung mit den Vertretern der ostdeutschen Delegation erzielen können. Wäre es da nicht angebracht, statt mit Kaffee und Tee mit einem Glas Champagner auf den diplomatischen Erfolg anzustoßen?« Er beobachtete die Miene des Diplomaten. Sie schwankte zwischen Zustimmung und Ablehnung.

Helbing gab nicht auf. »Sie wissen, kleine Gesten schaffen Vertrauen. Einmal Brüderschaft getrunken, fällt es schwer, einen Rückzieher zu machen.«

Von Stubnitz musterte ihn überrascht, aber auch anerkennend, als wäre ihm selbst dieser Gedanke gekommen.

»Aber das muss dann auch ein guter Tropfen sein, wir lassen uns da nicht lumpen«, stellte er gönnerhaft fest.

»Selbstverständlich.«

»Gut. Dann weisen Sie alles Notwendige an.«

Darauf hatte Helbing gewartet. Er ging zu Lauenburg und forderte ihn auf, ihm zu folgen. Danach bat er den Leiter der ostdeutschen Delegation, ihn kurz anzuhören.

Er sprach mit Absicht lauter, damit die Umstehenden seine Anweisungen hören konnten. »Der Sonderbeauftragte des Auswärtigen Amtes möchte diese Pause für einen kleinen Empfang nutzen. Er dachte, dass es eine schöne Geste wäre, den Abschluss der Verhandlungen mit einem Glas Champagner zu feiern.«

Noack hob die Hände und antwortete leutselig mit einem Bonmot. »Sagte Ihr früherer Bundeskanzler Willy Brandt nicht: *Arbeit ist der Umweg zu allen Genüssen?* Wir haben gegen ein Gläschen nichts einzuwenden. Oder, Genossen?«

Die umstehenden Männer nickten beflissen.

»Ausgezeichnet.« Helbing wandte sich an Lauenburg. »Ich möchte, dass Sie die Dame dort begleiten und im Weinkeller einen guten Jahrgang für uns aussuchen. Ach ja, und sagen Sie ihr, da wir die Einladung ausgesprochen haben, soll sie den Champagner auf unsere Rechnung setzen.«

Still standen sie in der Liftkabine nebeneinander. Ihre stummen Blicke trafen sich im Spiegel.

»Der Champagner wird in einem separaten Kühlraum im Keller aufbewahrt«, informierte Nina Lauenburg.

»Sehr gut.«

Sie griff in ihre Jackentasche und zog einen Kugelschreiber und einen kleinen Schreibblock, wie ihn Kellner benutzen, hervor.

»Dort befindet sich auch eine Auflistung unseres Sommeliers über die eingelagerten Sekt- und Champagnersorten unter Angabe der einzelnen Jahrgänge.«

Sie setzte die Mine auf den Bogen Papier, den sie an die glatte Wand drückte, und vergewisserte sich kurz im Spiegel, ob Lauenburg hinschaute.

»Ich vermute, Sie führen vorwiegend Produkte aus den Ostblockländern …«, sagte er etwas unbeholfen, offensichtlich, um das Gespräch in Gang zu halten.

Nina begann zu schreiben.

»Ich darf Sie da korrigieren«, wandte sie währenddessen ein und wunderte sich selbst, wie unbefangen ihre Stimme klang. »Selbstverständlich führen wir prämierte Produkte aus den Sektkellereien der DDR ebenso wie Krimsekt aus der Sowjetunion. Die Getränke sind von hervorragender Qualität und bei unseren Gästen sehr beliebt.« Nina ließ die Hand mit dem Stift sinken und drehte ihm das Blatt zu, damit er die Nachricht lesen konnte.

Ich brauche jetzt dringend einen Freund!

Sie blickte Lauenburg von der Seite an, während sie mit ihrer Erklärung fortfuhr. »Darüber hinaus führen wir als ein renommiertes Haus durchaus auch westliche Marken wie Schlumberger aus Österreich oder eine breite Auswahl an

Champagnern von Moët & Chandon, Veuve Clicquot und Dom Pérignon.«

Ihre Worte drangen augenscheinlich nicht mehr zu Lauenburg durch. Verzweifelt starrte er auf den einen Satz.

Nina brach ab, und eine kleine Pause entstand. Er hob den Kopf, und sie bemerkte, wie er um Fassung rang, wie schwer es ihm fiel, ihr zu antworten.

»Ich bin überzeugt«, sagte er endlich, »dass wir das Passende finden werden«, und nickte als Antwort auf ihre Frage.

Kapitel 31

Grothe starrte mit blutunterlaufenen Augen die Männer und Frauen an, die eng zusammengerückt auf mehreren Stühlen in der Bezirksverwaltung vor ihm saßen und ihn abwartend anblickten. Die Uhr an der Wand zeigte zwei Minuten vor halb vier.

Missmutig strich er sich über die Bartstoppeln am Kinn.

In den letzten zwanzig Stunden hatten sich die Ereignisse überschlagen. Er verzog das Gesicht. Und das nicht zu seinen Gunsten. Erst der Rausschmiss in der Russischen Kommandantur, dann der überraschende Auftritt des westdeutschen Analysten mit streng geheimem Material zu den Nuklearwaffenlagerstätten der Roten Armee auf dem Gebiet der DDR.

Es war unfassbar.

Geistesgegenwärtig hatte er, Wolf Grothe, reagiert, Minister Erich Mielke informiert, der die Fakten sofort an Erich Honecker weiterleitete, der wiederum dafür sorgte, dass die Konferenz sofort abgebrochen wurde, bevor noch mehr Schaden angerichtet werden konnte.

Grothe unterdrückte seinen Zorn, alles umsonst, denn völlig unerwartet teilte ihnen die Russische Botschaft mit, dass Michail Gorbatschow höchstpersönlich eine Fortsetzung der Konferenz einforderte.

Unmerklich schüttelte Grothe den Kopf.

Was für ein Irrsinn vonseiten der sowjetischen Genossen.

Er verstand die Welt nicht mehr. *Von der Sowjetunion lernen heißt siegen lernen.* Das war vorbei. Seit gestern Abend wusste er, dass sie einen gefährlichen Kurs eingeschlagen hatten und keine Ratschläge vom Ministerium für Staatssicherheit annahmen, so abwegig und gefährlich ihr eigenes Handeln auch sein mochte. Das, was die sowjetischen »Freunde« da abzogen, war ein sicherheitspolitisches und nachrichtendienstliches Harakiri.

Deshalb war es für ihn auch keine Überraschung, dass der Apparat bereits so marode war, um einen Verräter aus den eigenen Reihen zuzulassen. Das, was die Rote Armee einst auszeichnete und zum Sieg über den Hitlerfaschismus verhalf, nämlich Zucht und Ordnung, unbedingter Gehorsam und Standfestigkeit, all diese Charaktereigenschaften waren inzwischen durch die zahlreichen politischen Querelen in Moskau irgendwie verloren gegangen. Bewährte kollektive Strukturen lösten sich auf und schienen einem bis dahin unbekannten Individualismus und Egoismus Platz zu machen.

Wenn es nach ihm, Oberst Wolf Grothe, ging, musste man die Armee, die Generäle und ihren Offizierskorps vor sich selbst schützen, indem man Informationen sammelte und damit die Menschen in vorbestimmte Bahnen lenkte. Die Zügel im richtigen Moment anzuziehen, Druck auf die Entscheidungsträger auszuüben, das war die Lösung.

Im Raum hüstelte jemand.

Grothe hob den Kopf.

Inzwischen war es halb vier.

Er warf einen letzten Blick auf seine Karteikarte. Er hatte sich im Vorfeld seine Ausführungen gut überlegt. Das Prinzip von Markus Wolf, dem Leiter der Hauptverwaltung Aufklärung, in dem es hieß: Jeder muss nur so viel wissen, wie für die Erfüllung seiner Aufgabe notwendig ist, hatte auch er sich zu eigen gemacht.

»Guten Tag, Genossen! Ich bin hier, um Ihnen mitzuteilen, dass Sie ab sofort einer eigenständigen Observierungseinheit zugeordnet sind, deren Aufgabe es ist, durch lückenlose Überwachung verdächtige Mitarbeiter eines bekannten Hotelbetriebes in Warnemünde ihrer republikschädigenden Tätigkeiten zu überführen.«

Grothe verließ seinen Platz auf dem Podium und ging langsam durch die Stuhlreihen.

»Dafür werden Sie in den nächsten achtundvierzig Stunden in Zweiergruppen agieren; die Dossiers, um welche Personen es sich im Einzelnen handelt, erhalten Sie von mir persönlich im Anschluss an diese Sitzung. Für die erfolgreiche Sicherstellung des Einsatzes hat mir der diensthabende Leiter Technik im vollen Umfang Zugriff auf den Fuhrpark der Bezirksverwaltung zugesagt.«

Er blieb stehen.

»Diese Operation hat Vorrang vor allem anderen! Ich erwarte von Ihnen in den nächsten zwei Tagen bedingungslosen Einsatz.«

Kapitel 32

Der Nachmittag im Hotel hatte Nina übermenschliche Kraft gekostet, und nun, als sie endlich die Wohnungstür hinter sich schließen konnte, biss sie sich in die Faust, um nicht laut aufzuschreien, während sie haltlos zu Boden sank.

Das Bild von Wassilis Verhaftung ließ sie nicht los, legte sich wie eine eisige Hand um ihr Herz, aufwühlend, voller Angst und Beklemmung, so als würde die Welt nur noch aus lauter Schrecken bestehen.

Furcht und Ekel stiegen in ihr auf, sie würgte, kroch auf allen vieren ins Bad und übergab sich. Dann lehnte sie sich zitternd an die weiß gekachelte Wand. Ihre Augen krallten sich an den hellen Fugen fest.

Wassili war entdeckt worden.

Sie hatten ihn mitgenommen. Sicher brachten sie ihn zur Kommandantur, wo sie ihn in diesem Augenblick verhören würden.

Ihre Augen brannten. Die Brust wurde ihr eng.

Wassili! Wassja!

Sie gab sich ihrem Schmerz hin und weinte hemmungslos. Als ihre Tränen versiegten, drang leise Musik in ihr Ohr. Sie lauschte, riss dann ein Stück Toilettenpapier ab und schnäuzte sich die Nase. Eine innere Stimme ermahnte sie, stark zu sein. Du musst an Alexej denken!

Sie rappelte sich auf, öffnete den Wasserhahn und spülte sich den Mund aus, um den galligen Geschmack loszuwerden. Mit dem feuchten Zipfel eines Handtuchs kühlte sie die geröteten Augen.

Dann verließ sie das Bad, nahm ihre Ledertasche vom Boden auf und ging hinüber in Alexejs Zimmer. Sie klopfte leise und öffnete die Tür.

Ihr Sohn saß tief gebeugt am Schreibtisch und schrieb. Neben ihm lagen mehrere aufgeschlagene Bücher. Erstaunt drehte er sich um, als sie eintrat. »Du bist schon zu Hause? Wie spät ist es?« Als er ihr Gesicht sah, stockte ihm der Atem.

Ihre Augen schwammen, und sie schluckte mehrmals, um den Kloß im Hals loszuwerden.

»Mutti, was ist los?«, fragte er erschrocken.

Nina zog den zweiten Stuhl zu sich heran. Schweigend ließ sie sich darauf nieder, stellte die schwere Tasche auf ihren Knien ab und öffnete sie. Vorsichtig nahm sie eine graue Mappe heraus und legte sie vor sich auf den Tisch.

Mein Gott, wie soll ich es ihm nur erklären?

Nina drehte die Musik lauter, dann beugte sie sich vor, sodass ihre Lippen dicht an sein Ohr kamen.

»Alexej«, begann sie zögernd. »Ich muss dringend über etwas sehr Wichtiges mit dir sprechen. Wassili …«

Während sie nach den richtigen Worten suchte, spürte sie, wie er sich versteifte, wie er mehrmals ungläubig mit dem Kopf schüttelte, Entsetzen ihn ergriff, er zu zittern begann und am Ende heftig an ihrer Schulter weinte.

Sie hielt ihn fest, versuchte, ihn zu trösten.

Wie sollte er so schnell begreifen, was eigentlich unbegreiflich war? Ein Leben gegen ein anderes eintauschen. War das möglich?

Für das, was sie beide erwartete, gab es keine Worte des Mitleids, des Trostes oder der Ermutigung. Alle hätten sie banal und aufgesetzt geklungen, angesichts der Gefahr und der ungewissen Zukunft, die vor ihnen lag.

Eine halbe Stunde später nahm Nina ein Handtuch vom Haken und legte es Alexej um die Schultern. Dann strich sie liebevoll durch seine langen dunklen Locken und küsste ihn auf den Kopf, bevor sie ins Bad ging, um Kamm und Schere zu holen. Einen Blick in den Spiegel vermied sie.

Sie hatte ihm die Dokumente in der grauen Mappe gegeben, die er nun sorgfältig studierte und sich die Daten einprägte.

Als sie wieder hinter ihn trat und nochmals mit den Fingern durch sein Haar fuhr, erinnerte sie sich, wie sie es zum ersten Mal geschnitten hatte, kurz bevor sie ihn in den Kindergarten brachte.

Sie hielt inne, trank einen Schluck Wodka.

Würde sie ihn jemals wiedersehen?

Energisch schob sie den Gedanken beiseite und begann, mit Kamm und Schere zu arbeiten, während Alexej konzentriert die Unterlagen las, die vor ihm auf dem Tisch ausgebreitet lagen. Schnitt für Schnitt fielen die Haare auf Handtuch und Boden.

Inzwischen war der Abend in die Nacht übergegangen.

Die Küchenuhr zeigte kurz vor elf. Sie nahm das Tuch von seinen Schultern und schüttelte es sorgfältig aus, dann fegte sie mit dem kleinen Handfeger die Haare am Boden auf eine Kehrschaufel.

Als sie sich erhob, begegneten sich ihre Blicke, und sie erschauderte. Es war nicht nur sein verändertes Äußeres, sondern vor allem der stille und ernste Ausdruck in seinem Gesicht.

Er gab ihr einen Kuss auf die Stirn. »Ich gehe jetzt meine Sachen packen.«

Kapitel 33

Alexander Kusnezow hatte recht.

Das wusste Beljajew sofort, als sie den Mann ins Zimmer führten. Ihm genügte ein Blick, um zu der Erkenntnis zu gelangen, dass seine fein säuberlich notierten Fragen auf den Karteikarten hinfällig waren. Genauso gut hätte er sie nehmen und verbrennen können.

Dieser Mann würde nicht reden, egal, was er bereit war, mit ihm anzustellen.

Unauffällig musterte er den Gefangenen. Man hatte ihm die Schulterstücke abgerissen. Aber Beljajew wusste, dass der Mann Offizier war, zudem Angehöriger der Zwölften GUMO.

Er war von stattlicher Statur. Obwohl sie ihn nach der Verhaftung geschlagen hatten, stand er aufrecht. Er hatte ein schönes Gesicht, dunkle Haare, starke Augenbrauen, von denen eine blutverkrustet war. Dazwischen ein senkrechter Strich, der die Stirn spaltete. Die Augen blickten ruhig, beinahe unbeteiligt, als ginge ihn das alles hier nichts an.

Die Nase war unversehrt, die Unterlippe geschwollen.

Beljajew heftete seinen Blick auf dieses Gesicht. Er würde diesen Mann verhören und versuchen, in ihn einzudringen.

Auch wenn er annahm, dass Michailow auf Furcht oder Drohungen seinerseits nicht reagieren würde, so gab es doch andere Mittel, um ihn zu überrumpeln, ihn zum Reden zu bringen. Beljajew kannte diese Mittel alle, und er wusste, sie geschickt zu handhaben.

Wassili machte sich bereit. Er hatte von Beljajews Ruf als Verhörspezialist beim KGB gehört. Er wird jetzt mit seinen Fragen anfangen, dachte er. Zuerst die einfachen, wann und wo du geboren bist, wer deine Eltern sind. Jedes Verhör folgte einem vorherbestimmten Ablauf, und es lag dabei allein im Ermessen von Beljajew, wie weit er das Verhör trieb und welchen Grad an Schmerzen für das Opfer er dafür als notwendig erachtete.

Aber man konnte nur von lebenden Menschen Geständnisse abpressen.

Nicht von einem Toten.

Und er war bereits tot.

In dem Moment, wo er sich zum Verrat entschlossen hatte, war er gestorben, hatte er alle Brücken bewusst hinter sich abgebrochen.

Beljajew hob den Kopf und musterte das Gesicht des Mannes.

Er hatte den ersten Eindruck bei Michailows Ankunft schon zur Seite geschoben und war zu seinem Grundsatz zurückgekehrt, dass es niemals einen Menschen geben würde, der sich auf Dauer erfolgreich einem Verhör widersetzen konnte. Sein Blick wanderte zurück zu seinen Notizen. Wortlos stach er mit der spitzen Bleistiftmine hinter einem Wort ins Papier, wodurch ein schwarz umrandetes Löchlein zurückblieb.

Lautlos drehte er sich auf dem Absatz um und fragte höflich: »Sie heißen Wassili Alexejewitsch Michailow?«

Eine Antwort blieb aus.

»Ihr Name ist also Wassili Alexejewitsch Michailow? Ich muss Sie darauf aufmerksam machen, dass ich Ihr Schweigen als ein Ja werte. Sie sind Oberst und Angehöriger der Zwölften Hauptverwaltung des Verteidigungsministeriums?«

Michailow schwieg.

Beljajew ließ den Gefangenen nicht aus den Augen.

Er verhielt sich still dabei, machte keine unnötige Geste, verharrte beinahe genauso regungslos wie der Gefangene.

Jetzt, wo er Michailow ansah, kam es ihm so vor, als wäre sein Gesicht eine Spur blasser geworden, ein wenig tiefer die Furche über der Nasenwurzel. Sein Blick starrte geradeaus durchs Zimmer, quer durch alle Dinge, als wäre die Welt plötzlich durchsichtig und konturlos geworden, als hätte sie schlagartig jedwede Bedeutung verloren.

»Ihr Vater, Alexej Wassiljewitsch Michailow, war Ingenieur in den Wororoschilow-Werken, Ihre Mutter Tanja Wladimirowna Michailowa ist Verkäuferin.«

Die Worte drangen undeutlich und wie aus weiter Ferne zu Wassili. Als er noch lebte, hatte er Eltern, welche diese Namen trugen. Aber jetzt war er tot. Genauso gut konnten sie sein Grab neben dem des Vaters schaufeln.

»Ihr Bruder Boris Alexejewitsch Michailow, der Ingenieur, wohnt in Leningrad, Nekrasova Uliza, oh Pardon, ich vergaß … wohnte. Er wurde heute wegen Beihilfe zum Hochverrat verhaftet und wird in ein Lager kommen.«

Als er noch unter den Lebenden weilte, hatte er einen Bruder. Das war so, wenn man in einer Familie lebte. Darüber hinaus hatte er auch andere Menschen kennengelernt, unterhielt Beziehungen zu ihnen. Aber jetzt war er tot, und was mit den Menschen passierte, die er einst kannte, berührte ihn nicht mehr.

»Sie sind ledig. Waren in all den Jahren weder verheiratet noch liiert.« Mit gespielter Anteilnahme verzog er das Gesicht. »Das ist schade. Niemals eine Frau geliebt zu haben, da haben Sie etwas versäumt.«

Auch Tote haben ihre Geheimnisse, und das Gute am Totsein war, dass man die Geheimnisse mit ins Grab nahm. Oh, wie sich Beljajew irrte. Als er noch unter den Menschen weilte, hatte er geliebt. Als er jung war, vollzog sich diese Liebe heftig und leidenschaftlich, später wurde daraus eine stille Liebe, die er all die Jahre im Verborgenen wie einen wertvollen Schatz hütete, bis er starb.

»Sie haben auch keine Kinder«, stellte Beljajew schmallippig fest.

Noch ein Geheimnis, das ich mit hinüber ins Reich der Toten nehme. Zuletzt traf ich meinen Sohn, er hieß Alexej. Ich liebte ihn von dem Moment an, wo ich von ihm erfuhr. Nicht nur, weil er mein Sohn war. Ich liebte ihn, weil er das

Leben noch vor sich hatte, weil er das Beste verkörperte, was seine Eltern zu geben hatten. Alles an Alexej war mir teuer, und wie gern hätte ich mit ihm noch ein Stück seines Lebens geteilt. Doch jetzt werde ich nur noch eine Erinnerung für ihn bleiben.

Beljajew zog die Schultern hoch. Kusnezow machte auf seinem Hocker Anstalten, als würde er lieber sofort als später das nutzlose Verhör beendet sehen.

Aber noch war es offensichtlich nicht so weit.

»Warum haben Sie die geheimen Lagerstätten sowjetischer Nuklearsprengköpfe in der DDR an die Westdeutschen und die NATO verraten?«

Das hätte er mich gestern fragen müssen, heute kann ich nicht mehr darauf antworten. Gestern hätte ich mich eventuell zu einer Erklärung hinreißen lassen, hätte von der nuklearen Katastrophe in Tschernobyl gesprochen, von Hiroshima und Nagasaki und der Gefahr, die von Nuklearwaffen latent und fortwährend ausgeht. Ich hätte auf die vielen Unfälle hingewiesen, die es in der Vergangenheit bereits in den Depots gab, und dass es oft nur unverschämtes Glück war, dass es keinen nuklearen Zwischenfall auf deutschem Boden gab. Und möglicherweise hätte ich noch erwähnt, dass ich die Bestrebungen von Glasnost und Perestroika begrüße, aber mich nicht der Illusion hingebe, dass diese neu eingeläutete Ära von Freiheit und Offenheit über längere Zeit in der Sowjetunion Bestand hat. Zu oft wurde ich enttäuscht, mein Herz, meine Liebe und meine Loyalität zerbrachen daran. Aber all die Argumente blieben ungesagt, da Tote nicht reden können.

Beljajew räusperte sich. »Ich sehe, Sie wollen nicht kooperieren. Dann haben Sie sich die Konsequenzen Ihres Handelns selbst zuzuschreiben, Michailow.«

Was kann es für einen Toten für Konsequenzen geben, wenn sie vorhaben, ihn morgen hinzurichten?

Tot bleibt tot.

Beljajew gab Kusnezow mit dem Kopf ein Zeichen.

Der erhob sich von seinem Stuhl und ging zur Tür, um nach den Wachposten zu rufen.

Wassili Michailow wurde abgeführt.

Im Kellerraum blieb das Schweigen zurück.

Beljajew begann, mit einem Taschenmesser den Bleistift zu spitzen.

»Warum haben Sie ihn nicht gefoltert?«, fragte Kusnezow.

Beljajew prüfte die Mine. »Warum sollte ich? Wir wissen, was er getan hat. Es ist klar, dass er die Informationen weitergegeben hat. Er hatte als Einziger Zugang.«

»Aber an wen genau hat er die Informationen weitergegeben?«

Beljajew zuckte lässig mit den Schultern. »Wen interessiert's? Soll die Staatssicherheit der DDR das herausfinden. Das geht uns nichts an.« Er blickte in die erstaunten Augen von Kusnezow. »Was, Sascha? Die Zeiten haben sich geändert! Wir sind nicht mehr im Kalten Krieg. Jetzt weht in Moskau ein anderer Wind. Gorbatschow sitzt im Kreml und raucht mit den Amerikanern die Friedenspfeife. *Alle haben sich lieb* ist derzeit das Motto.«

Er steckte den Bleistift in ein Lederfutteral.

»Wo das hinführen wird? Keiner weiß es. Noch hält der KGB still, und solange das so ist, werden wir nicht vorpreschen und die Ersten sein, die negativ auffallen, indem wir unseren eigenen Mann foltern, dazu noch einen ranghohen Offizier der Zwölften GUMO. Was, wenn sich morgen der Wind dreht? Wir halten hier den Ball flach. Michailow ist verloren. Er wird in dieser Minute von einem Kriegsgericht zum Tode verurteilt und morgen hingerichtet. Unsere Arbeit ist damit erledigt.«

Kapitel 34

25. Oktober 1986, Rostock – Lichtenhagen

Alexej klappte die Wohnungstür hinter sich zu und nahm die Treppe. Dabei kam ihm niemand entgegen, er hörte auch keine Schritte, die ihm zögernd durchs Treppenhaus folgten.

Im Keller schloss er sein Fahrrad los, um es nach oben zu tragen. Hier befestigte er seine blaue Sporttasche auf dem Gepäckträger und hängte sich den bunten Stoffbeutel quer über die Schulter. Wenn ihn jemand zufällig sah, erweckte er den Eindruck, als würde er zur Schule fahren.

Alexej trat kräftig in die Pedale und folgte der Straße, die quer durchs Wohngebiet führte. Er kannte den Weg gut, er fuhr ihn jeden Tag. Er wusste, dass die Straße erst einige Hundert Meter weiter unten in eine Kreuzung mündete, an der er normalerweise rechts abbog.

Doch heute würde er sich anders entscheiden. Auf halbem Weg gab es zwischen den Wohnblöcken einen schmalen Durchgang, der nur Fußgängern und Radfahrern vorbehalten war, denn dahinter befand sich einige Dutzend Meter entfernt eine Straßenbahnstation, die wie eine Insel in zwei gegenläufige Fahrbahnen eingebettet war.

Er blickte in den Rückspiegel und erkannte einen weißen Lada, der ihm in einem gewissen Abstand folgte.

Alexej umfasste die Griffe des Lenkers fester.

Seine Mutter hatte von der Möglichkeit gesprochen, dass man sie und damit auch ihn überwachen könnte. Wenn in dem Auto tatsächlich Stasileute saßen, würde es ihnen nicht möglich sein, den Durchlass im Wagen zu passieren.

Entweder sie verfolgten ihn zu Fuß oder waren gezwungen, den weiten Weg bis zum Ende der Straße zu fahren, um von dort aus auf die rückwärtige Seite der Wohnblocks zu gelangen. Das hing davon ab, wie viele von denen in dem Lada saßen.

Alexej holte tief Luft. Es ließ sich eben nicht alles vorhersehen.

Seine Armbanduhr verdeutlichte ihm, dass bisher alles nach Plan verlief. Er hoffte nur inständig, dass die Straßenbahnen heute pünktlich waren.

Dann war es so weit.

Auf Höhe des Durchlasses bremste Alexej kurz und riss dann den Lenker herum. Die Kette knackte bedrohlich, als er wie verrückt lostrampelte und wenig später mit vollem Tempo durch die schmale Öffnung schoss.

Er hatte keine Zeit, sich umzudrehen, denn er hielt bereits auf eine Gruppe grüner Büsche zu, die seitlich am Weg standen. Hastig sprang er ab, zerrte die Sporttasche vom Gepäckträger und schob anschließend das Rad zwischen die

Büsche. Den mit ein paar alten Kinderbüchern gefüllten Stoffbeutel warf er hinterher.

All das dauerte nur einen winzigen Moment.

Dann sprintete er los.

Ob ihm einer der Stasimänner folgte, wusste er nicht.

Er erreichte die Station, als beide Straßenbahnzüge mit lautem Kreischen zum Halten kamen. Geschwind stieg er zusammen mit den anderen ein.

Morgens waren die Züge immer sehr voll, und so störte sich niemand daran, dass Alexej sich duckte und zu ihren Füßen auf seiner Sporttasche Platz nahm, wo er darin zu kramen begann, als ob er etwas suchte.

Das Abfahrtssignal ertönte, und die Türen schlossen sich.

Erleichtert wartete Alexej, bis sich sein Puls wieder beruhigt hatte.

Kapitel 35

25. Oktober 1986, Rostock – Hotel Neptun

Lauenburg schloss leise die Hotelzimmertür hinter sich und lief, die Schuhe in der Hand, auf Socken den Flur hinunter.

Er lauschte angestrengt, aber der Teppichboden verschluckte jedes Geräusch.

Unbemerkt erreichte er den Notausgang, hinter dem er das Treppenhaus wusste. Erleichtert schlüpfte er hindurch und zog seine Halbschuhe wieder an.

Er nahm an, dass sein Fehlen zunächst einmal niemandem auffallen würde. Sie würden annehmen, dass er das Hotel verlassen hatte, um noch einen letzten Spaziergang am Strand zu unternehmen.

Die Mütze tief ins Gesicht gezogen, verließ er das Gebäude, überquerte die Straße und tauchte wenig später im Halbdunkel unter den Bäumen des Kurparks ein. Rasch blickte er über die Schulter zurück. Er war allein.

Eilig schritt er aus. Der Kies knirschte unter den Sohlen.

Gestern hatte er den schwarzen Mercedes mit dem westdeutschen Diplomatenkennzeichen in einer der Nebenstraßen vor einer alten Villa geparkt. Ein schlichtes Schild am Zaun hatte ihm verraten, dass darin eine Zahnarztpraxis untergebracht war. Er war sich nicht sicher, ob das klug gewesen war, aber er wollte vermeiden, auf dem Hotelparkplatz gesehen zu werden, wenn er sich mit dem Wagen entfernte.

Aber diese Überlegungen waren jetzt Nebensache, denn er musste sich beeilen. Lauenburg erreichte den Wagen, schloss ihn auf und setzte sich hinters Lenkrad. Die Mütze behielt er auf. Jetzt hieß es für ihn, Warnemünde möglichst unerkannt zu verlassen.

Er schlug den nagelneuen Straßenatlas der DDR auf und suchte nach der passenden Seite. Als er sie gefunden hatte, legte er das Buch aufgeschlagen neben sich auf den Beifahrersitz.

Ein prüfender Blick auf die Tankanzeige verriet ihm, dass genügend Sprit im Tank war, sodass er ohne Zwischenstopp die innerdeutsche Grenze erreichen würde.

Noch einmal schaute er sich gewissenhaft um. Gegenüber fegte ein Mann auf dem Gehweg feuchtes Laub zusammen, ansonsten fiel ihm nichts Ungewöhnliches auf.

Lauenburg zitterte leicht, als er endlich den Motor startete, um sich wenig später in den spärlichen Verkehr einzufädeln. Den grauen Barkas, der um die Hausecke parkte, bemerkte er nicht.

Kapitel 36

Der Fahrstuhl brachte Grothe nach oben.

Im Hotel Neptun wurden bereits seit Längerem zwei Zimmer als konspirative Orte genutzt, für geheime Treffen zwischen Führungsoffizieren der Staatssicherheit und inoffiziellen Mitarbeitern, die hier tätig waren.

Einer dieser Räume war in den Tagen vor der deutschdeutschen Abrüstungskonferenz zu einem speziellen Abhörraum umgestaltet worden. Das Doppelbett, das sonst hier stand, hatte man herausgeschafft und durch zwei lange Tische ersetzt, an denen jetzt Tag und Nacht drei Mitarbeiter saßen, um das hörbare Geschehen eine Etage über ihnen mitzuverfolgen. Dabei zeichneten sechs Kassettenrekorder jedes Geräusch auf Magnetband auf, das durch die in den Räumen versteckten Wanzen über Funk nach unten geleitet wurde, denn die Zimmer der Offiziellen der Westdelegation lagen unmittelbar über ihnen und waren im Vorfeld für die akustische Überwachung präpariert worden.

Grothe schürzte die Lippen.

Dass der Beratungsraum der Delegation, die Suite am Ende des Flurs, ohne Verkabelung geblieben war, bedauerte er noch immer zutiefst. Aber er hatte sich den Befehlen der sowjetischen Kommandantur beugen müssen, die sich neuerdings etwas um die Richtlinien irgendwelcher Idioten aus dem Außenministerium scherte.

Widerwillig stieß Grothe den Atem aus. Wenn es nach ihm gegangen wäre, hätte er die Beratungsräume beider Delegationen bis zur Decke mit Mikrofonen gespickt. Jeder Geheimdienstmann wusste, dass an Orten, wo Menschen ein Gefühl der Geborgenheit und Sicherheit entwickeln, die interessantesten Informationen abzuschöpfen waren.

Ungeduldig trommelten seine Finger auf den Haltegriff.

Ein Sicherheitsleck, so wie es bei den Russen vorgekommen war, hätte es bei ihm nicht gegeben. Er hätte die Entwicklung vorausgeahnt. Man musste wissen, woher der Wind kommt, wenn es Scheiße regnet, dachte er. Doch nun lag das Kind im Brunnen, und sie erwarteten von ihm, die Suppe, die der Verrat des Obersts ihnen eingebrockt hatte, auszulöffeln.

Die in Berlin, allen voran Mielke und die Genossen im Zentralkomitee, tobten und verlangten von ihm, den Schuldigen zu finden, der die hochsensiblen Daten an die Westdeutschen weitergegeben hatte. Nicht einfach in einem Hotel mit siebenhundert Gästen und doppelt so vielen Mitarbeitern. Wo sollte er da anfangen?

Doch er vertraute seinem jahrzehntelang geschulten Instinkt, dem logischen Ausschlussverfahren und der neuesten Überwachungstechnik, die in den letzten Jahren immer ausgefeilter geworden war.

In der vierten Etage verließ er den Lift und eilte den Flur hinunter. Als er die Zimmertür erreichte, sah er sich um. Er war allein. Unaufgefordert trat er ein.

»Achtung!«, rief eine Stimme, und die drei Männer im Raum salutierten.

»Weitermachen, Genossen!« Er wandte sich an den ranghöchsten Offizier.

»Oberst Grothe.« Er zeigte seinen Ausweis.

»Oberleutnant Mischke.«

»In welchen Intervallen observieren Sie die Zimmer?«

»Bandaufzeichnung von null bis vierundzwanzig Uhr, also rund um die Uhr.«

Grothe nickte. »Und wann werden die Mitschnitte persönlich überwacht?«

»Wenn die westdeutschen Delegationsteilnehmer sich in ihren Zimmern aufhalten.«

»Woher wissen Sie, ob sie in ihren Zimmern sind?«

»Wir haben einen Mann in einem Raum unmittelbar hinter den Fahrstühlen postiert. Er würde auch mitbekommen, wenn einer von ihnen den Versuch unternehmen würde, unbemerkt über die Feuertreppe das Hotel verlassen zu wollen.«

»Sehr gut.« Grothes Blick schweifte über die aufgereihten Rekorder. »Mich interessiert ein bestimmter Zeitraum an einem bestimmten Tag, also, wie komme ich an die Bänder?«

»Die akustische Observierung begann mit der Ankunft der Delegation in allen Zimmern gleichzeitig. Wie Sie wissen, beträgt die Kapazität einer Magnetbandkassette zwei Stunden. Das heißt, ein voller Tag ergibt pro Zimmer zwölf Kassetten.«

Grothe deutete auf einen Rekorder, der abseits auf einem kleinen Tisch stand, und mit einem Lautsprecher verbunden war. »Suchen Sie mir die Aufzeichnungen vom Mittwoch heraus. Der Vormittag, insbesondere die Zeit zwischen acht und neun Uhr.«

»Aber da waren alle Teilnehmer noch beim Frühstück«, gab der Oberleutnant zurück.

»Genau deshalb.«

Grothe goss sich einen Kaffee ein, setzte sich auf einen Stuhl und beobachtete Mischke, wie er leicht nach vorn gebeugt über einem Pappkarton stand, auf dem mit rotem Filzstift der passende Wochentag stand, und für Grothe das angeforderte Material heraussuchte. Es dauerte nicht lange, da kam er mit einem kleinen Stapel Kassetten zu ihm herüber.

Grothe registrierte, dass jeder Mitschnitt auf der Plastikhülle der Kassette mit Datum, Dauer der Aufzeichnung und der dazugehörigen Zimmernummer beschriftet war.

»Wonach suchen Sie genau?«, fragte der Oberleutnant interessiert, während er die Kassette in dem Rekorder versenkte und den Lautstärkeregler aufdrehte.

Grothe fixierte ihn über den Tassenrand hinweg. »Das wird sich zeigen.«

Die Minuten verrannen. Sein Kaffee war längst ausgetrunken, das Band lief geräuschlos, als plötzlich ein deutliches Klappen aus dem Lautsprecher drang. Fragend sah er Mischke an.

»Die Zimmertür.«

Dann vernahmen sie Schritte. Der Teppich dämpfte zwar etwas den Auftritt, dennoch konnte man deutlich die Absätze hören.

Klack-klack-klack.

»Welches Zimmer?«, fragte Grothe.

Der Oberleutnant verglich die Aufschrift auf der Hülle mit einer Liste. »501. Wilfried Helbing.«

Ein kurzes Knistern war zu hören. Dann liefen die Schritte wieder zurück. Die Tür klappte.

»Woher stammt dieses Knistern?«

»Das Hausmädchen bringt jeden Morgen ein Gastgeschenk auf die Zimmer. Meist ein paar Pralinen, die in durchsichtige Folie eingeschlagen sind.«

»Pralinen? Aha ... Das nächste Zimmer.«

»503, Sonderbeauftragter des Auswärtigen Amtes, von Stubnitz.«

Es wiederholte sich das zuvor gehörte akustische Muster, ebenso in Zimmer 505 und 507, die von General Kayna und dem Adjutanten Oberst Popp bewohnt wurden.

»Nächstes?«

»509, Major Doktor Kai Lauenburg.«

Wieder hörte Grothe, wie sich die Tür öffnete, wie die Absätze klackten und die Folie knisterte. Aber dann gab es plötzlich eine unerwartete Pause. Er hatte das Gefühl, als würde sich das Hausmädchen suchend im Zimmer umblicken. Er schaute zu Mischke, der daraufhin den Lautstärkeregler ein Stück weiter öffnete.

Dann drei weitere Schritte. Aber nicht wie zuvor in den anderen Zimmern in Richtung Tür, sondern weiter in den Raum hinein.

Ein leises Scharren folgte.

»Was passiert da?«, fragte Grothe aufgeregt.

»Da sie nicht zur Zimmertür zurückgegangen ist, steht

sie jetzt entweder direkt vor der Balkontür oder auf Höhe des kleinen Tisches unter dem Fenster.«

»Und dieses Geräusch?«

Der Oberleutnant spulte die Kassette ein Stück zurück, veränderte ein wenig die Einstellungen an den Reglern für die Höhen und Tiefen und spielte das Band erneut ab. Wieder das leise Scharren.

»Es könnte ein Buch oder ein dickes Heft sein, dass jemand zu sich heranzieht. Da, hören Sie. Diesen kaum wahrnehmbaren dumpfen Ton. Wie wenn man ein Buch zuschlägt.«

Mischke erhob sich und kam mit einem Buch in der Hand wieder. Er legte es vor sich auf den Tisch, schlug den schweren gebundenen Einband auf und ließ ihn zufallen.

Das Geräusch stimmte überein.

Grothe nickte zufrieden. »Das Hausmädchen nutzte die Abwesenheit von Lauenburg, um in seinem Zimmer die Nachricht des sowjetischen Oberts in einem Buch zu hinterlegen.«

»Aber warum ausgerechnet bei Major Lauenburg?«, fragte Mischke zweifelnd.

Grothe erhob sich. »Weil er der verdammte Analyst ist. Ich behaupte, kein anderer hätte mit der Liste von Ortsnamen etwas anfangen können.«

»Und warum half gerade das Zimmermädchen einem sowjetischen Oberst?«

»Das werde ich herausfinden. Haben Sie hier ein Telefon?«

Der Oberleutnant deutete auf einen grauen Apparat in der Ecke.

Grothe hob ab und wählte. »Ah, der Herr Mehldorn. Sehr schön. Ich habe eine Frage, welche Kollegin brachte die Gastgeschenke am Mittwoch auf die Zimmer der westdeutschen Delegation? ... Ja, schauen Sie nach, ich warte.«

Mischke zündete sich eine Zigarette an und beobachtete durch den Rauch hindurch Grothes Gesicht, das plötzlich versteinerte. »Was sagen Sie? Und Sie sind sich da absolut sicher?«

Dann legte er auf.

»Und?«, fragte Mischke neugierig.

Zuerst wollte Grothe die Frage mit einer unwirschen Handbewegung beiseitefegen, dann entschloss er sich, doch zu antworten. »Das Zimmermädchen hatte an diesem Tag frei.«

Kapitel 37

Nina legte den Stift aus der Hand.

Bisher war ihr Telefon stumm geblieben.

Sie lehnte sich im Stuhl zurück, damit sie einen schnellen Blick auf den Empfangstresen werfen konnte. Margot Eberling beugte sich soeben über einen Plan und glich die derzeitige Auslastung der Parkplatzfläche vor dem Hotel mit den Zimmerbelegungen ab. Kollege Mehldorn war soeben zur Druckerei aufgebrochen, um die Preislisten für die Wintersaison abzuholen.

Ansonsten war es ziemlich ruhig. Erst für den Nachmittag wurde die Anreise einer skandinavischen Reisegruppe erwartet.

Nina richtete sich auf und schaute auf die Uhr an ihrem Handgelenk. Es war Zeit, zu gehen.

Sie erhob sich ohne Eile und strich den Stoff ihres Rockes glatt. In den letzten Stunden hatte sie sich einzig auf diesen Moment vorbereitet.

»Ich bin in der Broilerbar«, sagte sie und hoffte, dass es unbefangen klang. »Unsere Patenklasse hat sich nächste Woche für einen Besuch angekündigt.«

Margot Eberling sah kurz von ihrer Arbeit auf. Ihr Blick streifte das Klemmbrett in Ninas Hand. »Oh, dann wird es sicher wieder turbulent. Vielleicht kann Direktor König ein paar Begrüßungsworte zu den Kindern sprechen.«

»Schöne Idee! Ich werde ihn fragen.«

Nina lächelte der Mitarbeiterin zu und verließ die Rezeption.

Sie war gerade im Begriff, die Lobby zu durchqueren, als eine der Lifttüren lautlos aufschwang und Grothe in Begleitung mehrerer Männer heraustrat. Nina verschwand hinter einer breiten Säule, die ihr Deckung gab, als sie das grimmige, zu allem entschlossene Gesicht des Stasioberst erblickte. Gott sei Dank war Grothe mit seinen Anweisungen zu beschäftigt, als dass er die flüchtige Bewegung wahrgenommen hätte.

Nina hielt den Atem an und schlich vorsichtig lauschend um die Säule herum. Grothe entfernte sich jetzt mit seinem Anhang von ihr. Durch die Lücken zwischen den Glasprismen konnte sie erkennen, dass er zielstrebig die Rezeption ansteuerte, wo er einen Gast aufforderte, sich zu entfernen, und Margot Eberling sofort einem Verhör unterzog.

Nina kaute auf der Unterlippe. Was sollte sie machen?

Ihr Instinkt drängte sie zur Flucht, doch ihr Verstand erinnerte sie daran, dass sie sich nicht wegbewegen durfte, denn sie hatte noch eine Verabredung, die sie auf keinen Fall verpassen wollte. Deshalb musste sie hier im Hotel bleiben.

Vorsichtig spähte sie zum Empfang hinüber. Ein unheilverkündender Anblick bot sich ihr. Soeben deutete ihre eingeschüchterte Kollegin mit hochrotem Kopf in Richtung Broilerbar, worauf sich sofort zwei der Männer im Laufschritt entfernten.

Nina wartete hinter der Säule, blickte auf ihre Armbanduhr.

Ihr blieb kaum noch Zeit!

Sie musste etwas unternehmen!

Wieder wanderte ihr Blick zur Rezeption.

Schnell werden die Stasimitarbeiter herausfinden, dass du nicht in der Broilerbar bist, dachte sie. Im Grunde auch nie vorhattest, dorthin zu gehen.

Hastig blickte sie sich um. Ihre Augen blieben an einem Schild hängen, das auf einer unscheinbaren Seitentür montiert war: *Nur für Personal.*

Möglicherweise war das ihre Chance.

Der Weg führte in die Küche.

In den »Katakomben«, wie sie den Servicebereich unter sich nannten, kannte sie jeden Winkel. Verzweifelt schätzte sie die Entfernung von ihrem Versteck bis zur Tür. Vier Meter, oder doch fünf. Würde sie die Strecke ungesehen zurücklegen können?

Nina fühlte sich so hilflos wie seit Langem nicht. Aber hier auszuharren, bedeutete, dass es nur eine Frage von Sekunden war, bis man sie entdeckte. Da brauchte sie sich keinen Illusionen hinzugeben. Sie ballte die Fäuste.

Ein Ehepaar steuerte auf die Säule zu und versperrte Grothe und den anderen am Empfang für einen Moment die Sicht.

Jetzt!

Sie wollte schon loslaufen, als sie mit Entsetzen feststellte, dass die beiden Stasimänner aus der Broilerbar schnurstracks in die Hotellobby zurückkehrten. Ihr blieb keine Zeit mehr, sich über andere Auswege Gedanken zu machen.

Entschlossen trat sie aus ihrem Versteck. Sie querte den Weg des Ehepaares, nickte ihnen freundlich zu. Danach war sie ohne Deckung. Trotz des unguten Gefühls zwang sie sich, weiter ruhig zu laufen, um nicht durch hektische Bewegungen aufzufallen.

Alle ihre Sinne waren auf die Tür gerichtet. Noch zwei Meter, gleich hatte sie es geschafft. Ihre Finger umschlossen bereits die Klinke, um sie nach unten zu drücken, als plötzlich hinter ihr Grothes erzürnte Stimme durch die Lobby hallte.

»Frau Hartmann, ich fordere Sie auf, stehen zu bleiben!«

Nina hatte nicht vor, die Anweisung zu befolgen.

Ganz im Gegenteil!

Sie riss die Tür auf und rannte den Flur, der sich dahinter verbarg, bis zu seinem Ende vor einer unverputzten Wand hinunter, wo er sich schließlich gabelte.

Kurz hielt sie inne, rang nach Atem und warf einen eiligen Blick über die Schulter zurück. Ihr Vorsprung war gering, und noch hatte sie keine Ahnung, wohin sie flüchten sollte.

Der Gang rechts von ihr mündete einige Meter weiter in den Küchenbereich, wo sie jetzt zahlreiche Mitarbeiter wusste, die damit beschäftigt waren, das Mittagsmenü vorzubereiten. Kein guter Ort, um sich zu verstecken, dachte sie und stürmte in die entgegengesetzte Richtung.

In diesem Bereich des Kellers befanden sich der Weinkeller, einige Kühlräume unterschiedlicher Größe und das Wäschedepot. Sie drückte mit der Schulter die Tür auf, huschte hindurch und lauschte dann kurz.

Deutlich waren die schweren Schritte ihrer Verfolger im Korridor zu vernehmen. Sie waren dicht hinter ihr. Schnell schloss sie die Tür und wandte sich um. Um sie herum herrschte Finsternis.

Irgendwo in der Dunkelheit brummte ein Aggregat. Sie wusste, dass um diese Uhrzeit selten jemand hier war. Die Zimmermädchen hatten bereits in den Morgenstunden frische Bettwäsche und Handtücher in Empfang genommen, und auch der Küchenchef hatte zusammen mit dem ersten Koch den Kühlräumen seinen Besuch abgestattet. Mit dem Sommelier war erst am Abend zu rechnen.

Rasch tastete sich Nina voran. Sie benötigte kein Licht, sie fand sich hier auch im Dunkeln zurecht.

Das Aggregat wurde lauter.

Der Weinkeller, ging es ihr durch den Kopf. Aber die Regale mit den Stapeln verstaubter Flaschen boten ihr keine ausreichende Deckung, und so hastete sie weiter.

Gerade erreichte sie den Durchgang, der den Weinkeller von den Kühlräumen trennte, als plötzlich hinter ihr ein Lichtkeil in die Finsternis schnitt.

Nina beeilte sich und konnte sich gerade noch ungesehen an die Wand pressen, bevor das Deckenlicht im Nebenraum aufflammte. »Ich übernehme den Bereich«, hörte sie Grothe sagen. »Durchkämmen Sie die Küche!«

»Zu Befehl, Genosse Oberst!«

Dann entfernten sich eilige Schritte.

Es wurde still, wieder war nur das Summen des Aggregats zu hören.

»Ich weiß, dass Sie hier sind«, vernahm sie plötzlich Grothes Stimme. »Es hat keinen Zweck, sich zu verstecken. Sie können mir nicht entkommen.«

Nina spürte jetzt die Metalltüren der Kühlräume in ihrem Rücken. Sie presste sich dagegen und hielt den Atem an. Vorsichtig begann sie, ihren Körper Millimeter um Millimeter an ihnen weiter entlangzuschieben. Ein eiskalter Schauer strich ihr über den Nacken.

»Wissen Sie«, hörte sie Grothe sagen, und den Schwankungen in der Lautstärke seiner Stimme entnahm sie, dass er im Weinkeller zwischen den Regalen entlangschlich und sich ab und zu überraschend bückte, »Ihr Gesicht kam mir bei der Besprechung in Königs Büro gleich irgendwie bekannt vor. Aber da wusste ich noch nicht, wo ich Sie hinstecken sollte.«

Nina drehte den Kopf und sah an dem schimmernden Glanz, der auf der Oberfläche der Klinke lag, dass die Tür zum Wäschedepot nicht mehr weit entfernt war. Ein beherzter Schritt würde reichen, um sie zu erreichen.

»Ich vergesse nie ein Gesicht. Wir hätten Sie damals gleich mitnehmen sollen, so wie Ihre Schwester. Dann wäre uns einiges an Ärger erspart geblieben. Nun werden wir uns an Ihren Sohn halten.«

Nina schloss kurz die Augen. Dieses Schwein! Dieses verdammte Schwein!

Ihr Blick fiel auf das Klemmbrett, das sie noch immer in der Hand hielt. Ihre Finger umklammerten das harte Holz. Ihr Brustkorb zog sich schmerzhaft zusammen.

Entschlossen öffnete sie die Tür vor sich. Der Geruch von frischem Leinen und Waschmittel schlug ihr entgegen. Sie betrat den Raum und eilte zum Fahrstuhl, mit dem die Wäsche auf die Etagen gebracht wurde.

Sie drückte die runde Ruftaste.

Dann stellte sie sich mit angehaltenem Atem seitlich hinter die Tür und wartete. Verräterisch hell leuchtete der Knopf in der Finsternis, und kurz darauf hörte sie Grothes Schritte, die sich näherten.

Nina packte die Seiten des Klemmbretts fester und hob die Arme. Deutlich konnte sie sein Schnaufen hinter der Tür hören. Sie spürte das kurze Zögern des Mannes vor der Gefahr, die eventuell unerkannt in der Dunkelheit auf ihn lauern könnte. Doch dann siegte seine Überzeugung, dass er als erfahrener Mann jeder Frau haushoch überlegen war, und er trat zügig ein.

In diesem Augenblick verkündete ein Piepton die Ankunft des Liftes und lenkte Grothe für den Bruchteil einer Sekunde ab.

Darauf hatte Nina gewartet. Sie schnellte hinter der Tür hervor und schlug ihm mit all ihrer aufgestauten Wut und Verzweiflung die gesamte Breite des Klemmbretts vors Gesicht. Sie hörte, wie unter dem Schlag das Nasenbein brach, wie Grothe aufheulte und rückwärtstaumelte, wobei er Schutz suchend die Arme hob.

Zuerst wollte Nina nachsetzen, dem Schwein am liebsten den Schädel einschlagen, doch sie musste hier weg. Mit aller Kraft schleuderte sie das Klemmbrett in seine Richtung.

Er versuchte auszuweichen, doch es traf ihn hart an der

Schulter, bevor es gegen die Wand krachte. Schnell sprang sie in den Lift und drückte die Taste mit der Aufschrift Sky-Bar. Vor Grothes Augen schlossen sich die Türen.

Die Kabine schwebte empor.

Kurz begegnete sie ihrem schweißnassen Gesicht im Spiegel, das Haar war aufgelöst. Sie wagte nicht, länger hineinzusehen.

Nach einer gefühlten Ewigkeit kam der Fahrstuhl zum Halten.

Vorsichtig lugte sie um die Ecke. Der quadratische Vorraum war leer, die Garderobe noch nicht besetzt. Kalter Zigarettenrauch lag in der Luft. Auf leisen Sohlen schlich sie zur Schwenktür, hinter der sie die Bar wusste, und verschaffte sich mit dem Schlüssel an ihrem Bund Zutritt.

Die Flügel klappten leise.

Hastig schaute sie sich um.

Sie war allein.

Die Tische sind bereits für das Mittagessen eingedeckt, dachte sie. Frisch poliert funkelten die Gläser im Tageslicht.

Sie sah auf die Uhr. Es musste gleich so weit sein.

Ohne zu zögern, ging sie zu einem der schweren Büfettwagen, löste die Bremsen an den Gummirädern und schob ihn direkt vor den Serviceeingang. Dort fixierte sie die Bremsen wieder.

Danach nahm sie den metallenen Aschenbecher, löste die Kugel mit der Metallklappe am oberen Ende und legte sie wie einen Helm zur Seite.

Anschließend schob sie den runden, massiven Eisenständer durch die weit ausladenden Metallgriffe der Pendeltür, sodass sie bei dem geringsten Versuch, sie zu öffnen, sofort blockierte.

Nina wischte sich die Hände an einem Geschirrtuch ab und stellte sich hinter eines der großen Panoramafenster.

Wieder schaute sie auf ihre Uhr.

Der Moment war gekommen, Abschied zu nehmen.

Kapitel 38

25. Oktober 1986, Rostock – Russische Kommandantur

Aus dem Keller führte man Wassili quer über den Platz hinunter zu einem Stück Wäldchen, das noch zum Kasernengelände gehörte und auf dem jetzt ein Pfahl stand. Neben dem Pfahl hatten sie einen Sarg abgestellt – die geschnittenen Bretter waren noch frisch –, und um den Sarg und den Pfahl stand im Halbkreis eine größere Gruppe Militär. Sie bestand zum Teil aus Offizieren, die gerade keinen Dienst hatten oder nur wegen des außergewöhnlichen Anlasses anwesend waren. Schließlich ergab sich nicht jeden Tag die Möglichkeit, dem Vollzug eines Kriegsgerichtsurteils beizuwohnen.

Links und rechts des Pfahls standen geschlossene Formationen sowjetischer Soldaten in ihren olivbraunen Felduniformen, mit Käppi und polierten Feldstiefeln. Jeder von ihnen hielt einen Karabiner über der Schulter.

Wassili wurde von zwei Soldaten begleitet, die ihn zum Pfahl brachten. Er hielt den Kopf gesenkt, bemüht, ohne zu stolpern, einen Schritt vor den anderen zu setzen. Er war nicht mehr imstande, zu denken und Eindrücke gedanklich zu verarbeiten. Er konnte nur noch sehen und hören, was unmittelbar in seiner Nähe geschah.

Er hatte nur einen einzigen Wunsch, möge das unvermeidlich Grausame, das jetzt vor ihm lag, recht schnell geschehen. Ein General, den er nicht kannte, trat vor und verlas mit befehlsgewohnter, kalter Stimme das Urteil. Die goldenen Schulterstücke funkelten matt.

Befehle wurden gebrüllt.

Wassili bemerkte, wie durch die Reihen der Mannschaften zu beiden Seiten des Pfahles ein Ruck ging. Wie acht Schützen mit gleichmäßigen und festen Schritten aus dem Glied traten, um vor dem Pfahl Aufstellung zu nehmen.

Wassili wollte nicht hinsehen, aber als er doch den Kopf hob und die Reihe junger Soldaten mit leerem Blick anstarrte, sah er in fast kindliche, bleiche und erschrockene Gesichter, die sich zu fragen schienen, warum ausgerechnet sie, gegen ihren Willen, für diese Aufgabe ausgewählt worden waren.

Durch diese Erkenntnis, dass sie seine Ermordung genauso fürchteten wie er selbst, fühlte er, wie die Erregung in ihm auf einmal nachließ.

Als man ihn gegen den Pfahl drückte, um ihn mit zitternden Fingern zu fixieren, lehnte er sich von selbst dagegen. Als ihm die Haltung unbequem wurde, änderte er sie, bis sie für ihn passte, richtete sich gerade auf und stellte die Füße fest nebeneinander.

Dann trat ein Soldat von hinten an ihn heran und stülpte ihm einen Jutesack über den Kopf.

Kapitel 39

Johann Wiese hatte mit dem Wartburg wie vereinbart drei Straßenbahnstationen entfernt auf Alexej gewartet.

Jetzt lag der Junge zusammengekauert auf der Rückbank, die Tasche unter seinem Kopf.

»Heute scheint die ganze Bezirksverwaltung Rostock auf den Beinen zu sein«, murmelte der Kantor halblaut und schaute dabei aufmerksam in den Rückspiegel. Er fuhr an der Spitze einer Autoschlange, dicht gefolgt von einem sandfarbenen Škoda mit einem ungeduldigen jungen Mann am Steuer, und unmittelbar dahinter ein weißer Lada der Staatssicherheit.

Jetzt näherten sie sich einer großen Kreuzung.

Der Kantor bemerkte, wie vor ihm die Ampel auf Grün sprang und sich die beiden bereits wartenden Fahrzeuge in Bewegung setzten.

»Es geht los, Junge. Möge der liebe Gott mit uns sein.«

Dann begann er, die Sekunden, die verstrichen, leise zu zählen. »Eins, zwei, drei, vier, fünf …«

Er war die Strecke gestern zur Vorbereitung mehrere Male abgefahren. Seitdem wusste er, dass die Grünphase circa fünfzehn Sekunden andauerte, bevor die Ampel auf Gelb und anschließend auf Rot schaltete. Fünfzehn Sekunden Grün, und dann vergingen ungefähr weitere zehn Sekunden, bis der Verkehr von der Seite in die Kreuzung einflutete.

Er konzentrierte sich.

Augenblicklich war der Weg zur Ampel frei. Er beschleunigte, wohl wissend, dass ihm der Škoda und der Lada dichtauf folgten.

»Sechs, sieben, acht, neun …«

Johann Wiese war nur noch wenige Meter von der Kreuzung entfernt.

Jetzt!

Unvermittelt trat er auf die Bremse. Nur kurz, es war eher ein Antippen und dauerte nicht länger als eine Sekunde. Aber es reichte aus, dass die Räder flüchtig blockierten und die Rücklampen signalrot aufflammten.

Der ungeduldige Fahrer im Škoda dahinter wurde von Wieses Aktion völlig überrascht. Er hatte angenommen, dass der Wartburg vor ihm stetig weiter beschleunigen würde, um sicher bei Grün über die Kreuzung zu gelangen, doch plötzlich sah er sich mit grellen Bremslichtern konfrontiert.

Er erschrak und legte eine Vollbremsung hin.

Ein dumpfer Aufprall verriet ihm, dass der Fahrer im weißen Lada hinter ihm genauso wenig mit einer Bremsung gerechnet hatte wie er selbst und ihn rammte. Krachend sprang die Kofferraumklappe auf.

»Zehn, elf, zwölf …«, zählte Wiese weiter, währenddessen er nun, Schweißperlen auf der Stirn, das Gaspedal bis zum Boden durchtrat.

Fassungslos starrte der Fahrer des Škodas durch die Frontscheibe.

Sich vergewissernd blickte Kantor Wiese in den Rückspiegel.

Der Škoda stand noch immer an der Einmündung zur Kreuzung, während dahinter die Türen des weißen Ladas aufflogen.

Mehr konnte er nicht erkennen, denn nun schloss sich hinter ihm der von der Seite hereinströmende Verkehr wie der Vorhang vor einer Theaterbühne.

Kapitel 40

Lauenburg folgte der Fernstraße 105 bis nach Bad Doberan.

Die Fassaden der Häuser wirkten schmutzig grau wie der Himmel, der tief über der Ebene hing, und in der Nähe erklärte ihm ein verwittertes Schild, dass es hier im Ort ein berühmtes Münster der Zisterzienser gab, das als herausragendes Beispiel nordischer Backsteingotik galt.

Er nahm es zur Kenntnis, so wie er alles registrierte, was ihm gerade am Straßenrand begegnete, da er angestrengt nach einem Hinweis für den Parkplatz suchte, der in der Autokarte eingezeichnet war.

Lauenburg wollte schon umdrehen, weil er der Meinung war, etwas übersehen zu haben. Da erschien endlich ein blaues quadratisches Schild mit einem weißen P und dem Verweis auf das Vorhandensein eines Intershops.

Lauenburg setzte den Blinker.

Die Fahrbahn bewegte sich jetzt in einer sanften Biegung von der Hauptstrecke weg, um dreißig Meter entfernt in eine Doppelspur überzugehen, die jetzt parallel zur Transitstrecke verlief, wobei die rechte Bahn als Parkfläche genutzt wurde.

Sorgfältig schaute er sich das Gelände an.

Die Rastgaststätte war von der Hauptstrecke aus nicht

einsehbar, da eine dichte Kiefernschonung sie vor neugierigen Blicken schützte.

Erleichtert stellte er fest, dass bis auf einen lindgrünen Opel Kadett mit Lübecker Kennzeichen die Haltespur leer war. Das mochte an der frühen Tageszeit liegen.

Er fuhr bis zum Ende durch und parkte unterhalb einer schmalen Steintreppe, die einen kleinen Hang hinaufführte, auf dessen Plateau drei massive Pavillons standen.

Auf dem Dach des linken begegnete ihm der Schriftzug *Intershop* wieder. Das Gebäude daneben schien eine Rastgaststätte zu sein, zumindest nahm er es wegen des Aufstellers an, der am oberen Ende der Treppe für hausgemachte Sülze und Bratkartoffeln warb.

Das dritte Häuschen, das etwas abseits lag, erinnerte an einen Geräteschuppen. Die Seitenwände bestanden aus geteerten Brettern, und Holzschindeln bedeckten das Dach.

Lauenburg blickte auf die Uhr.

Noch zehn Minuten.

Die Finger schlugen aufs Lenkrad.

Er spürte die Anspannung.

Wenn doch nur schon alles vorüber und sie auf dem Weg zur Grenze wären.

Noch einmal korrigierte er die Ausrichtung des Rückspiegels.

Dann wickelte er, um sich abzulenken, einen Kaugummi aus der Folie und steckte ihn sich in den Mund. Das Papier stopfte er achtlos in den Aschenbecher. Wieder schweifte sein Blick über die Pavillons, den sanft abfallenden Hang und den lindgrünen Opel Kadett.

Kapitel 41

»Was sehen Sie?«, bellte Grothe ungeduldig ins Funkgerät, während er in die Hotellobby zurückeilte.

»Da ist er! Der bordeauxrote Wartburg hat die Autobahn verlassen und fährt nun auf den Parkplatz«, berichtete der Beobachter vor Ort.

»Können Sie das polizeiliche Kennzeichen erkennen?«

Er nannte eine Buchstaben-Zahlen-Kombination und hörte, wie sie Grothe an einen Dritten weitergab, mit dem Befehl, den Fahrzeughalter zu ermitteln.

»Was geschieht jetzt?«

»Der Wartburg hält zwei Meter hinter der von uns observierten westlichen Limousine.«

»Weiter!«

»Soweit ich das erkennen kann, sitzen ein älterer und ein jüngerer Mann darin.«

»Aha?! Was passiert jetzt?«

»Die beiden Männer steigen aus.«

»Und der Fahrer des schwarzen Mercedes?«

»Hat die Fahrertür geöffnet und ist gerade im Begriff, ebenfalls auszusteigen.«

»Weiter, Apitz, lassen Sie sich doch nicht jedes Wort aus der Nase ziehen! Was geschieht jetzt?«

»Der Westdeutsche geht um den Wagen herum, und der ältere der beiden Insassen des Wartburgs spricht ihn an.«

»Was sagt er?«

»Kann ich von hier nicht erkennen, er steht mit dem Rücken zu mir, aber der Westdeutsche nickt. Jetzt öffnet er den Kofferraum.«

»Was?«

»Der Jüngere macht zwei Schritte vor und beugt sich in den Kofferraum …«

»Zugriff! Ich befehle sofortigen Zugriff! Bewegen Sie sich, Oberleutnant Apitz! Verhindern Sie um jeden Preis die Republikflucht. Notfalls mit dem Gebrauch der Waffe!«

Der Stasioffizier steckte das Funkgerät in die Manteltasche.

Dann riss er die Tür vom Holzschuppen auf und stürmte mit drei anderen Mitarbeitern des MfS aus dem Versteck, anschließend den Hang hinunter, und gemeinsam umstellten sie mit gezogenen Pistolen die beiden Fahrzeuge. »Hände hoch. Sie alle! Und das Ganze ein bisschen plötzlich, wenn ich bitten darf! Ich bin Oberleutnant Apitz, und ich verhafte Sie wegen Planung und Durchführung einer Republikflucht!«

Wilfried Helbing, der sich in den letzten Minuten zwischen Waschmittelpaketen, Kaugummistangen und Stapeln von Jeanshosen aufgehalten hatte, beschloss, dass der passende Zeitpunkt gekommen war, um einzugreifen. Er verließ mit eiligem Schritt seinen Beobachtungsposten hinter dem Schaufenster im Intershop.

Jetzt erschien er, die Arme weit ausgebreitet, am oberen Ende der Treppe.

»Was ist denn hier los?«, fragte er laut und ungeduldig.

Apitz schwenkte seine Waffe herum. »Stehen bleiben! Nehmen Sie sofort die Hände hoch, und weisen Sie sich aus!«

Helbing schaute abschätzend über den Rand seiner Brille, bevor er ein Heben der Hände andeutete.

Einer der umstehenden Männer trat dicht an ihn heran.

»Ich bin Oberst Wilfried Helbing, Bundesnachrichtendienst. Und der Mann dort neben dem Wagen ist Major Kai Lauenburg, Angehöriger des Auswärtigen Amtes der Bundesrepublik Deutschland. Wir befinden uns auf Einladung Ihrer Regierung hier. Gibt es ein Problem? Wer sind Sie überhaupt?«

»Ich bin Oberleutnant Apitz, Ministerium für Staatssicherheit der DDR.«

Helbing hob die Augenbrauen. »Ministerium für Staatssicherheit … Was verschafft uns die Ehre?«

»Dieser Mann hier«, Apitz deutete auf Lauenburg, »war gerade dabei, zwei DDR-Bürger in sein Auto zu verfrachten, um sie in die BRD zu schleusen.«

Helbing gab sich überrascht. »Bitte was? Major Lauenburg, klären Sie mich sofort über diesen Sachverhalt auf.«

»Das ist eine Unterstellung! Ich kenne diese beiden Männer nicht«, meldete sich Lauenburg nun zu Wort, und anerkennend nahm Helbing zur Kenntnis, dass, obwohl der Analyst sehr blass war, seine Stimme nicht zitterte. Er bemerkte aber auch, dass sich Lauenburg immer wieder unauffällig umschaute.

»Sie behaupten also, diese beiden Männer noch nie gesehen zu haben«, setzte der Stasioffizier nach. »Und warum verabreden Sie sich dann hier an der Rastgaststätte?«

»Wie ich gesagt habe, diese Männer sind mir vollkommen fremd. Es war ein Zufall«, entgegnete Lauenburg hilflos.

»Sie haben sicher den Aufkleber am Heck des Mercedes bemerkt«, fügte Helbing ruhig hinzu. »CD, Corps Diplomatique. Sie wissen natürlich, was das bedeutet …«

»Ich weiß, was das Diplomatische Korps ist«, antwortete Apitz barsch. »Und ich gehe davon aus, dass Sie sich der Konsequenzen bewusst sind, wenn diplomatische Vertreter der BRD ihren Status dazu missbrauchen, um Bürgern der DDR bei einer illegalen Republikflucht behilflich zu sein. Wir werden das an höherer Stelle klären! Kommen Sie jetzt mit!«

»Ich muss da entschieden protestieren«, drang laut Helbings Stimme über den Parkplatz. »Dazu haben Sie keine Befugnis! Major Lauenburg hat unmissverständlich dargelegt, dass er die beiden Herren dort drüben nicht kennt. Ich ebenso wenig. Wir werden in einer halben Stunde von einer hochrangigen Delegation Ihres Landes im Hotel Neptun erwartet, um ein länderübergreifendes Dokument zu unterzeichnen. Zwingen Sie mich nicht, den Staatssekretär im Ministerium für Auswärtige Angelegenheiten der DDR, Herbert Krolikowski, einzuschalten!«

»Das können Sie gern tun, denn wir haben Beweise«, sagte der Stasimann abfällig. »Wir haben dokumentiert, wie Major Kai Lauenburg den Kofferraum öffnete und einer der beiden hineinsteigen wollte.«

»Das ist nicht wahr«, warf jetzt der ältere der beiden Män-

ner mit zitternder Stimme ein. Beide standen mit blassen Gesichtern neben dem Wartburg. »Ich wollte nur ein Pflaster ...«
Er hob seine Hand, die unterhalb des Daumens einen kleinen Schnitt aufwies.

Das Schnarren des Funkgeräts unterbrach seine Rede.

»Was sagen Sie, falsches Kennzeichen?«, schrie Apitz in den Hörer. »Das kann doch nicht wahr sein!«

Er schnaubte widerwillig und ließ sich die beiden Personalausweise reichen. Rasch warf er einen Blick hinein.

»Sie sind ... Bertram und Torben Friedrich.«

Der Ältere nickte. »Ja, Vater und Sohn.«

»Und aus welchem Grund sind Sie hier?«

Friedrich blickte seinen Sohn Torben von der Seite an. »Ich wollte ihm zum Geburtstag eine neue Levis-Jeans kaufen.« Zum Beweis zog er seine Geldbörse heraus und präsentierte Apitz einen Packen Forumschecks.

»Unsere Jeans reichen dir wohl nicht«, blaffte der Stasimann den Jungen an.

Friedrich zog es vor, zu schweigen.

»Ich denke, nun hat sich alles aufgeklärt. Wir müssen jetzt dringend los«, erklärte Helbing in scharfem Ton und wollte sich abwenden, aber Apitz ließ sich davon nicht beeindrucken: »Was haben Sie überhaupt hier an dieser Rastgaststätte gemacht, wo Sie doch eigentlich im Neptun-Hotel sein müssten.«

Helbing straffte sich. »Ich weiß nicht, was Sie das überhaupt angeht, aber nur fürs Protokoll: Major Kai Lauenburg hat mich hier abgeholt, weil ich mir ab und an den Luxus leiste, einen besonderen Pfeifentabak zu rauchen, der im Neptun-Hotel leider nicht angeboten wird.«

Er holte eine kleine Plastiktüte mit dem Aufdruck *Intershop* aus der Manteltasche, in der eine ungeöffnete Packung Tabak steckte.

Apitz kniff die Augen zusammen. »Wie sind Sie überhaupt hierhergekommen?«

Helbing setzte sein charmantestes Lächeln auf. »Stellen Sie sich vor, in Ihrem Land gibt es Taxis.«

Eine Spur von Enttäuschung huschte über das Gesicht des Stasimannes. »Verlassen Sie sich darauf, ich werde den Zwischenfall den zuständigen Organen melden.«

Helbing legte die Stirn in Falten. »Es gab keinen Zwischenfall. Möglicherweise einen Irrtum, der sich unserer Meinung nach vollkommen aufgeklärt hat.«

Helbing forderte Lauenburg auf, in den Wagen zu steigen.

»Ich wünsche Ihnen noch einen schönen Tag«, sagte Helbing und schloss die Autotür hinter sich.

»Fahren Sie los! Zurück nach Rostock«, befahl er Lauenburg. »Aber gemächlich!«

Als der Mercedes vom Parkplatz rollte, sah Helbing im Seitenspiegel, wie der Stasioffizier mit sichtbarem Groll den beiden Männern die Ausweise aushändigte. Langsam lehnte er sich in den Sitz zurück.

Lauenburg schwieg und blickte angestrengt nach vorn.

Helbing, der ihn aufmerksam von der Seite musterte, bemerkte die Verbissenheit.

»Was?«, fragte er.

»Ich mache mir Sorgen. Sie ist nicht gekommen. Sie nicht, und ihr Sohn auch nicht.«

Helbing wusste sofort, wen er meinte. »Möglicherweise sollten Sie froh darüber sein. Sonst würden Sie jetzt alle drei in einem ostdeutschen Gefängnis sitzen. Nehmen Sie es mir nicht krumm, wenn ich Ihnen jetzt sage, dass Sie ein verdammter Idiot waren. Was sollte die ganze Aktion eben? Sie waren so dicht dran, mit Ihrem unüberlegten Lospreschen den Erfolg der gesamten Mission zu gefährden. Glauben Sie wirklich, dass Sie auf diese Weise Nina Hartmann helfen können?«

Lauenburg stieß heftig den Atem aus. »Ich wollte ihr Leben retten!«

Helbing schüttelte den Kopf.

Wut und Besorgnis, die sich in Lauenburg aufgestaut hatten, brachen sich jetzt Bahn. »Den Erfolg hat die Mission doch nur, weil sich Nina Hartmann und Wassili Michailow dafür geopfert haben. Ja, *Sie* machen es sich leicht. Nur nicht die Komfortzone verlassen. Aber im Gegensatz zu Ihnen unternehme ich wenigstens etwas. Ich wiederhole mich, aber es ist nur dem Einsatz dieser beiden Menschen zu verdanken, dass jetzt ein tragfähiges Vertragsangebot auf dem Tisch liegt. Also verbieten Sie mir nicht, dass ich mir Sorgen mache. Michailow kann ich nicht helfen. Das ist mir klar. Das kann wahrscheinlich niemand mehr. Aber für Nina Hartmann, da werde ich alles unternehmen, was in meiner Macht steht. Verlassen Sie sich darauf.«

Während Helbing noch überlegte, wie er Lauenburg erklären sollte, dass solche auf starken Gefühlen und moralischen Grundsätzen basierende Überlegungen beim Geheimdienst fehl am Platz waren, bremste dieser unerwartet den Wagen und kam mit rutschenden Rädern im Kies neben der Fahrbahn zum Stehen.

Ohne sich zu erklären, riss er bei laufendem Motor die Fahrertür auf und eilte auf eine gelbe Telefonzelle zu, die am Straßenrand stand. Fluchend stieß Helbing ebenfalls die Tür auf und sprang hinaus.

Seine Mantelschöße flogen, als er auf ihn zukam.

»Verdammt, Lauenburg, was haben Sie nun schon wieder vor?«

Kapitel 42

Johann Wiese verringerte das Tempo und blickte sich aufmerksam um. Seit ein paar Minuten folgten sie einer schmalen Zufahrtsstraße, die aus groben Betonplatten und Teerfugen bestand und von einem Maschendrahtzaun gesäumt wurde.

Durch das Beifahrerfenster konnte er bereits einige Gebäude erkennen.

»Wo sind wir?«, fragte Alexej von der Rückbank aus und richtete sich jetzt auf.

»Müssten gleich da sein. Hast du alles?«

»Mmh.«

Der Zaun endete an einem massiven blauen Tor, dessen metallene Flügel geschlossen waren. Unmittelbar daneben gab es einen schmalen Durchlass, hinter dem er ein flaches Pförtnerhäuschen erspähte. Ein runder Spiegel am Fenster war so ausgerichtet, dass man den Zugang beobachten konnte, ohne das Haus zu verlassen.

Kantor Wiese hielt an und drehte sich nach hinten. »Es geht los! Alles Gute für dich, Alexej, und Gottes Segen!«

»Ich habe Angst, Herr Kantor.«

»Du wärst ein Narr, wenn du keine hättest. Aber denke

daran: Furcht macht uns Menschen aufmerksam. Ich werde hier warten, bis du drin bist.«

»Danke! Danke, für alles!«

»Schon gut, Junge. Und jetzt geh, sie warten schon auf dich!«

Alexej stieg aus, schulterte die Reisetasche und schritt auf die Pforte zu.

Johann Wiese schaute in den Rückspiegel. Die Straße hinter ihnen war bis auf einen blauen W50-Kastenwagen leer, der gerade im Begriff war, Ware anzuliefern.

Er richtete seine Aufmerksamkeit wieder auf Alexej, der jetzt den Kontrollpunkt erreicht hatte. Unbewusst hielt er den Atem an, als er sah, wie der Junge die Papiere durch das Fenster reichte.

»Bleib ruhig«, flüsterte er, als könnte Alexej ihn hören.

Es vergingen einige quälende Sekunden.

Er bemerkte, wie Alexej zweimal bestätigend nickte, bevor er die Papiere wieder in den Händen hielt. Ein letztes Mal wandte er ihm das Gesicht zu, hob grüßend die Hand, bevor er sich umdrehte und ging.

Eine Zeit lang starrte Wiese noch auf die Stelle, wo der Junge aus seinem Blickfeld verschwunden war. Dann atmete er leise aus und schickte ein kurzes Gebet gen Himmel, während er den Motor startete.

Kapitel 43

Der Jutesack, den sie über seinen Kopf gezogen hatten, roch nach feuchter Erde und Fäulnis.

Hier findet mein Weg also sein Ende, dachte Wassili und spürte, wie seine Augen brannten, seine Knie weich wurden.

In den letzten Stunden hatte er sich gefragt, was ihn erwarten würde. Aber kein Mensch kann sich seinen eigenen Tod vorstellen. Die Vorstellung vom Tod führte ihn stets nur zu einem Zwischenzustand, in dem das eigene Selbst weder wirklich zu leben noch wirklich zu sterben vermochte.

Danach hatte er auf der harten Pritsche gelegen, den Atem angehalten und gespürt, wie sein kräftiges Herz schlug und immer weiter schlug. Er hatte ausgeatmet und die Luft wieder in seine Lungen eingesaugt, ein steter pulsierender Rhythmus des Lebens.

Ninotschka.

In seinem Traum war sie barfuß auf ihn zugekommen, immer näher an einem endlosen weißen Strand. Ein knöchellanges, helles Leinengewand umspielte ihren hochgewachsenen Körper, schmiegte sich unter den Händen des Windes an ihre weich hervortretende Brust, umfloss ihre Hüften und flatternd die Knie. Ihre Augen schauten ihn an. Sie wagte zu sagen: Ich liebe dich sehr, ich liebe dich immer, und ich gehe nie mehr fort. Sie umarmte ihn mit einer Sehnsucht, die ihn erwachen ließ.

Danach hatte er mit den Fingern beider Hände über seine Stirn, über sein Haar und seine Augen gestrichen und dabei an sie gedacht.

In einer anderen Zeit hätte er sein Land nicht verraten müssen, in einer anderen Zeit wäre er bei ihr geblieben. In einer anderen Zeit wäre er nicht so jung gestorben.

Seine Haltung straffte sich wieder.

Es war ein wunderbarer Trost für ihn, zu wissen, dass er im Verhör stark geblieben war.

Für sie, für Alexej.

Ein Gefühl der Erleichterung mischte sich mit einer unsäglichen Erschöpfung.

Was gäbe ich darum, sie nur noch ein Mal zu sehen.

Ein letztes Mal.

Er schloss die Augen.

Ninotschka, wo bist du?

So bleibt mir nur, weiter von dir zu träumen.

Die Schlösser der Karabiner knackten.

Zeilen eines Gedichtes von Giordano Bruno kamen ihm in den Sinn.

Flieg, kleine Möwe, immerfort,
Bis wo sich Meer und Himmel einen
Und Wind und Wellen den Akkord
Der Sehnsucht singen und beweinen.
Flieg, kleine Möwe, zu der hin,

die ich am meisten lieb auf Erden.
Leicht wie ein Vogel ist mein Sinn,
Wenn wir nur bald vereinigt werden.

Die Gewehrsalve hörte er nicht.

Kapitel 44

Nina schaute auf Warnemünde hinab.

Noch einmal war der Sommer zurückgekehrt. Sonnenflecken tanzten auf den Wellen, und weiße Wolkenbänke zogen über den Himmel.

Wie oft hatte sie auf ihren Rundgängen durchs Hotel kurz hinter einem der Panoramafenster innegehalten, um den atemberaubenden Ausblick zu genießen.

Jedes Detail war ihr vertraut. Die schnurgerade Promenade, dahinter die Sanddünen, durchzogen von Abgängen, die an den Strand führten, der wie eine goldfarbene Sichel vor dem Meer lag. Sie erkannte in der Ferne schemenhaft die Westmole, den »Teepott« und gleich daneben den sandfarbenen Leuchtturm, von wo aus Wassili ihr noch vor zwei Tagen das verabredete Zeichen gab.

Jetzt war Wasja nicht mehr am Leben. Sie konnte nicht sagen, woher sie das wusste, aber sie fühlte es tief in ihrem Inneren.

Ihre Augen schwammen, als ihr Blick den Warnowkanal stromaufwärts wanderte, bis er an der vertrauten Silhouette eines Schiffes haften blieb.

Die *MS Arkona*.

Sie stöhnte auf und strich sich mit den Händen über die feuchten Wangen.

Als sie zum ersten Mal die Bewerbung des Ungarn Balázs Szekeres aus dem Grand Hotel in Budapest in den Händen hielt, war ihr die Ähnlichkeit mit Alexej sofort aufgefallen. Sie waren beide ziemlich groß, schlank, hatten dunkles, lockiges Haar und eine annähernd gleiche Gesichtsform. Szekeres war drei Jahre älter, aber das fiel bei Jungen in diesem Alter nicht weiter ins Gewicht, zumal die Menschen auf Fotos sowieso immer etwas anders aussahen als in Wirklichkeit. Am Anfang hatte sie die Ähnlichkeit nur erstaunt, aber dann, als sie sich entschieden hatte, Wassili bei der Durchführung seines Unterfangens behilflich zu sein, entschloss sie sich, Alexej um jeden Preis in Sicherheit zu bringen.

Sie schickte ein Fax ans Grand Budapest und teilte dem Personalbüro mit, dass der Arbeitsplatz von Balázs Szekeres auf der MS *Arkona* bereits intern besetzt worden sei. In dem Schreiben versprach sie, die persönlichen Reisedokumente des Ungarn mit der Post zurückzuschicken. Aus Erfahrung wusste sie, dass dieser Vorgang mindestens zwei Wochen in Anspruch nehmen würde. Zeit, die sie dringend benötigte, um Alexej einen Vorsprung zu verschaffen, wenn er in Hamburg die MS *Arkona* verließ.

Langsam lief Nina die Fensterfront entlang, das Schiff im Auge behaltend. Jetzt erreichte es die Westmole, dreimal ertönte das Nebelhorn zum Abschied.

Sie blieb in der verglasten Ecke der Sky-Bar stehen und sah zu, wie sich der schlanke weiße Bug des Schiffes nach Westen drehte.

Sie legte die flache Hand auf die kühle Scheibe. Ihr war bekannt, dass kein weiterer Ungar mit an Bord der *MS Arkona* sein würde, sodass Alexej nicht Gefahr lief, zufällig von einem »Landsmann« enttarnt zu werden. Gleichzeitig wusste sie, dass er als Kabinensteward bei der Überführung des Schiffes nach Hamburg keine Gäste zu betreuen hatte. Die würden erst in der Hansestadt an Bord kommen. Und wenn alles nach Plan lief, würde Alexej dort das Schiff verlassen und um politisches Asyl ansuchen.

Sie vernahm in ihrem Rücken lautes Getrampel vor der Eingangstür der Bar. Ein Schlüssel drehte sich geräuschvoll im Schloss, dann wurde vergeblich an den Griffen gerüttelt.

»Frau Hartmann, hier spricht Oberst Grothe, Staatssicherheit, ich verlange, dass Sie sofort die Tür öffnen.«

»Du elendes Schwein, du musst mich schon holen«, flüsterte Nina voll Abscheu, obwohl sie vor Atemnot kaum sprechen konnte. Sie hatte das Gefühl, als schnürten ihr unsichtbare Eisenbänder die Lungen ein und zögen sich mit jedem Atemzug enger zusammen.

Wieder wurde wütend an den Griffen gezerrt, doch die Sperre hielt. Nina konnte hören, wie Grothe fluchte und seine Mitarbeiter anschrie, sich endlich was einfallen zu lassen.

Sie konzentrierte sich wieder auf die Konturen des Schiffes, das sich stetig weiter von der Küste entfernte, und fragte sich, wie es so weit kommen konnte?

War es das unerwartete Auftauchen von Wassili, das sie diese tiefgreifende Zäsur in ihrem Leben vornehmen ließ?

Nein!

Plötzlich erkannte sie, dass sie in all den Jahren nur funktioniert hatte, diktiert von der Willkür des Systems, dem sie nicht entrinnen konnte. Ihr eigenes Leben hatte nicht stattgefunden, sie hatte es angepasst an den Rhythmus des Hotels, alle Spontaneität, alle Leidenschaft in sich unterdrückt, ja, selbst das Leben von Alexej und das ihrer Freunde spielte sich die ganze Zeit nur am Rande ab.

Bei dem Gedanken befiel sie plötzlich eine derartige Beklemmung, dass ihre Beine nachgaben und sie sich auf den Rand eines Sessels setzte und vorneübersank, bis ihr Kopf beinahe die Knie berührte.

Sie war so müde, doch eine Stimme ermahnte sie: Du musst stark sein. Noch ist es nicht vorbei.

Im gleichen Moment, so jedenfalls kam es ihr vor, prallten Männerschultern gegen die Servicetür, die durch den schweren Büfettwagen versperrt war. Die blockierten Gummiräder rutschten Millimeter für Millimeter über den Steinboden.

Ihr Blick suchte ein letztes Mal die Aufbauten der *MS Arkona*, die sich in der Ferne, umspielt von gleißendem Sonnenlicht, langsam aufzulösen begannen.

Sie erhob sich, steckte mit ihren Fingern den Haarknoten fest und zog den Saum ihrer Jacke glatt.

Egal, welche Fehler sie in der Vergangenheit begangen hatte, welche Demütigungen sie noch einstecken musste, unwissend, was die nächsten Stunden, Tage und Wochen für sie bereithielten, dieses Bild würde ihr Zuversicht geben: der Anblick des Schiffes, wie es die Küste hinunterfuhr und ihren

Sohn Alexej an Bord hatte, unterwegs in eine vielverspre-
chende Zukunft.

Kapitel 45

»Ich telefoniere«, antwortete Lauenburg knapp auf Helbings Frage und öffnete die Tür des Telefonhäuschens.

»Warten Sie!«, sagte Helbing unerwartet scharf und hielt die Tür am Rahmen fest. »Wen rufen Sie an?«

»Die Rezeption im Neptun-Hotel. Ich muss mit Nina Hartmann sprechen …«

»Und was wollen Sie sagen?«

»Ich …?« Ratlos sah Lauenburg zu Helbing.

Helbing schüttelte aufgebracht den Kopf. »Sie können ja wohl schlecht erklären, dass Sie besorgt sind, weil Frau Hartmann vorhin nicht am vereinbarten Treffpunkt erschienen ist, um illegal mit ihrem Sohn die DDR zu verlassen.« Der Sarkasmus in seiner Stimme war unüberhörbar.

Lauenburgs Gesicht versteinerte.

Innerlich stöhnte Helbing auf. Immer dieselben Probleme, wenn man mit Laien arbeitete.

»Also gut!«, lenkte er ein. »Überlegen Sie sich eine Legende, wählen Sie die allgemeine Rufnummer des Hotels, und benutzen Sie dabei einen Allerweltsnamen«, begann er, zu improvisieren. »Wenn man Sie nach dem Anlass fragt, warum Sie ausgerechnet Frau Hartmann sprechen wollen, erzählen Sie, dass Sie eine Reservierung für den runden Geburtstag Ihrer Mutter vornehmen wollen. Verstellen Sie Ihre Stimme, und legen Sie sicherheitshalber ein Taschentuch auf die Sprechmuschel.«

Lauenburg stimmte mit einem Kopfnicken zu. Dann warf er für ein Ortsgespräch die Zwanzigpfennigmünze in den Schlitz und wählte die Nummer der Rezeption. Es klingelte dreimal, bevor jemand abhob.

Eine tiefe Männerstimme meldete sich.

»Empfang Neptun-Hotel, mein Name ist Herr Mehldorn. Was kann ich für Sie tun?«

»Ja, guten Tag! Genosse Lehmann hier. Ich würde gern mit Frau Nina Hartmann wegen meiner Reservierung anlässlich einer Familienfeier sprechen. Könnten Sie sie bitte ans Telefon holen?«

Eine kurze Pause entstand. Ein schwaches statisches Rauschen hing in der Leitung.

Dann meldete sich der Mann wieder. »Es tut mir leid. Eine Frau Nina Hartmann arbeitet nicht mehr bei uns. Aber ich kann Sie gern mit einer anderen Kollegin verbinden, welche die Reservierung aufnehmen kann.«

Der Hörer glitt aus Lauenburgs Hand.

Kapitel 46

Es war allein Wilfried Helbing zu verdanken, dass der Sonderbeauftragte von Stubnitz am Ende zum Telefonhörer griff und Bonn über die Personalie Nina Hartmann informierte.

Seitdem warteten sie im Beratungszimmer auf den Rückruf, und jeder von ihnen verbrachte die Zeit auf seine Weise. Helbing rauchte mit halb geschlossenen Augen Pfeife. Von Stubnitz genehmigte sich einen doppelten Cognac und plauderte mit Förster über sein Häuschen in der Provence und die Vorzüge französischer Lebenskultur, während Schlüter in einem Buch über Strategien moderner Kriegsführung blätterte.

Kai Lauenburg stand, die Hände tief in den Hosentaschen vergraben, auf dem Balkon und starrte hinaus aufs Meer.

Plötzlich schnarrte das Gerät.

Förster erhob sich von seinem Stuhl und meldete sich.

»Bonn ist am Apparat«, meldete er knapp und gab den Hörer weiter.

Von Stubnitz nahm den Anruf entgegen. Er stand kerzengerade da, die Lippen aufeinandergepresst, und drückte die Hörmuschel fest ans Ohr, um nicht ein Wort zu verpassen.

Der Anruf war kurz.

Von Stubnitz entgegnete nur: »Ich habe verstanden«, und legte auf.

Lauenburg, der ins Zimmer zurückgeeilt war, versuchte, im Gesicht des Diplomaten eine Regung zu erkennen, die etwas über den Inhalt des Gesprächs verriet.

Von Stubnitz räusperte sich. »Bezüglich unserer Anfrage hat Bonn wie folgt geantwortet: Wir können im Augenblick nichts Näheres sagen. Aber wir sind Frau Nina Hartmann sehr dankbar und versichern Ihnen, dass die Bundesregierung sich in dieser Sache sehr bemühen wird.«

Lauenburg fühlte sich, als hätte ihm jemand mit der Faust in die Magengrube geschlagen. »Ist das alles?«, fragte er gequält. Dann fühlte er, wie eine heiße Kugel aus seiner Brust in seinen Kopf stieg und dort explodierte. »Ihr habt es gewusst!« Tränen der Wut stiegen ihm in die Augen. »Verdammte Scheiße! Ihr Feiglinge! Ihr habt es alle gewusst, dass sie nichts unternehmen werden.«

Lauenburgs wütender Blick wanderte von einem zum anderen. Betretenheit machte sich breit.

Von Stubnitz trat einen Schritt vor, nahm mit einer gezirkelten Bewegung die Cognacflasche vom Tisch, schraubte den Deckel ab und füllte ein weiteres Glas. Dann nahm er das Glas, richtete sich auf und fixierte Lauenburg.

»Ich kann Ihren Unmut verstehen.« Seine Stimme klang in diesem Moment weder ärgerlich noch herablassend. Eher wohlwollend, wie ein Vater, der seinem Sohn etwas Wichtiges zu sagen hat. »Aber darf ich Ihnen eine persönliche Frage stellen, Major Lauenburg? Was haben Sie erwartet?«

Die Frage klang im Raum nach.

»Dass Panzer anrollen? Ein Kommando Fallschirmjäger auf dem Dach des Untersuchungsgefängnisses landet, um Nina Hartmann zu befreien? Wir wissen beide, dass allein der Gedanke daran jedweden Realitätssinn entbehren lässt ...«

Er reichte ihm das zweite Glas. »Es tut mir leid, und ich meine das aufrichtig. Auch in Anbetracht der Hilfe, die uns von Frau Hartmann uneigennützig gewährt wurde. Aber, Lauenburg, Sie müssen auch verstehen, dass unserer Regierung in dieser Sache die Hände gebunden sind.«

Kapitel 47

09. November 1986, Bonn

Der Kanzlerbungalow, ein eingeschossiges Haus im Stil der klassischen Moderne, mit Flachdach und bodentiefen Fenstern, lag von hohen Bäumen eingefriedet im Park des Palais Schaumburg.

Die Mercedeslimousine folgte einem befestigten Weg, bog dann scharf links ab und blieb unmittelbar vor dem Eingang stehen.

Lauenburg stieg aus.

Der Himmel über Bonn hatte sich aufgelockert. Ein einzelner Sonnenstrahl traf auf die breite Baumkrone einer Zeder. Der Rasen darunter schimmerte feucht.

Helbing trat neben ihn. »Und tun Sie mir einen Gefallen. Keine eigenmächtigen Äußerungen zur politischen Lage und zum aktuellen Stand des Abkommens.« Helbing sah Lauenburg prüfend an.

»Und wenn der Bundeskanzler mich fragt?«

Helbing sog hörbar die Luft ein. »Das wird er nicht tun.

Und wenn doch, dann antworten Sie ihm. Aber möglichst knapp, objektiv und präzise. Keine Extratouren!«

In dem Moment wurde die Tür geöffnet, und der Sekretär bat sie herein. Anschließend führte er sie in ein Zimmer mit hellem Dielenboden, die Wände rundherum waren mit raumhohen Bücherregalen und Schränken bedeckt. Durch die Gardine fiel ein Streifen Licht auf den Schreibtisch, hinter dem der Bundeskanzler saß und etwas auf einem Blatt notierte. Es dauerte einen Moment, dann sah er auf und fixierte die beiden Männer, die eingetreten waren.

Helmut Kohl erhob sich von seinem Stuhl und kam auf sie zu. Er war groß und wirkte massig in seinem grauen Anzug.

»Wilfried! Schön, Sie zu sehen!«, begrüßte er Helbing zuerst und reichte ihm die Hand.

»Herr Bundeskanzler!«

Helmut Kohl wandte sich an Lauenburg und musterte ihn durch seine Brille. »Und Sie sind der Analyst, von dem mir berichtet wurde.«

»Major Lauenburg, Herr Bundeskanzler. Doktor Kai Lauenburg.«

»Richtig. Ich habe Ihren Abschlussbericht gelesen. Gute Arbeit übrigens. Haben Sie dem noch etwas hinzuzufügen?«

Lauenburg spürte, wie Helbing neben ihm die Luft anhielt, aber er ignorierte es und begann zu sprechen.

»Ja, das habe ich. Da die Russen zugestimmt haben, ihre Kurzstreckenraketen aus der DDR abzuziehen, sollte auch die Bundeswehr ihre nukleare Teilhabe aufgeben und die Pershing-1A-Raketen ebenfalls abrüsten.«

»Denken Sie?«

»Ich entschuldige mich für Major Lauenburg, das ist so im Stab nicht abgesprochen worden …«, intervenierte Helbing heftig, und Lauenburg fühlte, wie ihm das Blut in die Wangen schoss und sein Mund trocken wurde.

Doch der Bundeskanzler hob die Hand. »Nicht so schnell, Wilfried, vielleicht ist da was dran.« Kohl musterte Lauenburg. »Ein Geschenk für die Russen. Sicher wäre es politisch geschickt, Michail Gorbatschow bei seinen Abrüstungsplänen, was die Nuklearwaffen in Europa betrifft, entgegenzukommen. Wir wissen nicht, ob wir seine Unterstützung nicht noch einmal benötigen.«

Lauenburg räusperte sich leise.

»Kann ich sonst noch etwas für Sie tun?«, fragte Helmut Kohl.

Lauenburg ignorierte abermals den mahnenden Blick von Wilfried Helbing. »Ich würde gern noch in einer Angelegenheit mit Ihnen sprechen, die mir persönlich sehr wichtig ist.«

Kapitel 48

Ein Jahr, zwei Monate und sechsundzwanzig Tage. Die letzten siebzehn davon in Abschiebehaft. Nina lauschte auf den Flur hinaus, wo sich harte Schritte der Zellentür näherten und wieder leiser wurden.

Vor zwei Tagen war sie einem Arzt vorgestellt worden, einem stillen grauhaarigen Mann, der routiniert die Untersuchung durchführte. Als sie im Begriff war, sich wieder anzukleiden, fragte er sie, ob sie sich in der Lage fühlte, eine längere Reise anzutreten.

Sie hatte genickt und ihn dabei fragend angesehen, aber der Arzt gab keine weitere Erklärung ab. Sie hatte plötzlich eine Erregung gespürt, ein Herzklopfen, in das sich sofort eiskalte Furcht mischte. Noch war sie hier eingesperrt, und möglicherweise war es nur eines der grausamen Spiele der Stasi. Sie erinnerte sich an eine Frau, Professorin an der Humboldt-Universität war sie. Sie hatte Daten über die Umweltverschmutzung in der DDR gesammelt und in Flugblättern veröffentlicht. Drei Jahre saß sie ein. Dann kam sie in die

»Abschiebe«. Sie vollführten mit ihr das ganze Prozedere, nur um sie am Ende mit dem Hinweis, dass ihre Haftentlassung verschoben werde, wieder in die gleiche Zelle zu stecken.

Aber das muss bei dir nicht so sein, hatte sie sich zu beruhigen versucht. Schließlich hatten sie bereits ein Passbild von ihr gemacht. Das war, bevor sie zu diesem Tisch geführt wurde. Ein fetter Offizier saß dort, der ihr ein Formular aushändigte. »Unterschreiben!«, sagte er barsch und tippte mit dem wulstigen Zeigefinger auf eine Zeile unter dem Text.

»Antrag auf Entlassung aus der Staatsbürgerschaft der DDR«, stand auf dem Formular, und sie hatte mit zitternden Fingern den Kugelschreiber genommen und ihren Namen unter das Dokument gesetzt.

Sie hatte nichts dabei gefühlt.

Ihr war auch nicht in den Sinn gekommen, näher darüber nachzudenken, dass sie nun eine Staatenlose war, denn im Laufschritt ging es ein Stockwerk tiefer, wo ihr unerwartet ihre Zivilsachen ausgehändigt wurden.

Unbemerkt krallten sich ihre Finger in die weiße Bluse. Alles roch nach Mottenkugeln. Aber das war ihr im Moment egal, denn wie weich fühlte sich der Stoff im Vergleich zu den derben blauen Drillichlumpen an, die sie hier tragen musste.

Rock und Weste, ihre Hoteluniform, und der Trenchcoat.

Danach wurden ein Paar Halbschuhe auf die Ablage gestellt, das glatte Leder der Schuhe spiegelte das Neonlicht. Hinzu kam ein Packen Briefe, allesamt von ihrer Mutter, ihre Armbanduhr und die Halskette mit Wassilis selbst gefertigtem goldenen Ring.

Einen Moment lang war ihr Blick daran haften geblieben. Wassili!

Nina schüttelte unmerklich den Kopf. Noch war die Zeit nicht gekommen, schmerzvolle Gedanken zuzulassen. Noch war sie nicht in Sicherheit. Erinnerungen, vor allem wenn sie so quälend waren, besaßen an einem Ort wie diesem die Kraft, einen Menschen zu vernichten.

Wieder lauschte Nina auf die energischen Schritte im Korridor.

Diesmal verhallten sie direkt vor ihrer Tür. Der Spion wurde aufgezogen, danach drehte sich scheppernd der Schlüssel im Schloss.

Die Zellentür flog auf.

»Raustreten!«, gellte eine weibliche Stimme.

Nina verließ die Zelle. Ihr Herz raste, schlug schmerzhaft von innen gegen die Rippen. Ihre Kopfhaut kribbelte vor Erregung.

Unweigerlich fragte sie sich, ob sie zum letzten Mal auf die mit grauer Ölfarbe gestrichene Wand starren musste?

»Hartmann, Nina?«, hallte die Frage gespenstisch durch das Halbdunkel.

Sie drehte den Kopf. Der Posten war im schwachen Gegenlicht nur schwer auszumachen.

»Ja«, antwortete sie laut und deutlich.

Eine ungeduldige Handbewegung folgte. »Gehen Sie die Treppe hinunter, und melden Sie sich im Hof.«

Was in der Umgangssprache »Hof« genannt wurde, war in Wirklichkeit ein von Mauern und Kettenhunden gesäumtes

Stück Erde, das mit buckligen Granitsteinen gepflastert war und über dem ein Wachturm mit einem Posten aufragte. Der Lauf seiner Maschinenpistole bedrohte das rechteckige Stück Himmel, den man nur hier während der Haft zu sehen bekam.

Mitten auf dem Hof stand ein Bus. Seine Karosserie schimmerte bronzemetallic, in den silbernen Felgen spiegelte sich der graue Januarhimmel. Eine Tür war geöffnet.

Daneben stand ein unscheinbarer Mann in einem schwarzen Wollmantel.

»Name?«, fragte er.

»Nina Hartmann.«

Er machte einen Haken auf seiner Liste. »Einsteigen!«

Nina spürte, wie ihr die Knie weich wurden. Es kostete sie unglaubliche Kraft, die beiden Stufen hinaufzusteigen.

Die erste Reihe rechts im Bus war von einem Mann von gedrungener Statur belegt, der schweigend das Prozedere verfolgte.

Sie ging den schmalen Gang zwischen den Stuhlreihen entlang, wobei ihre Hände immer wieder über den weichen Stoff der blau-gelb-grün gemusterten Sitze strichen.

Und wie gut das hier roch.

»Nehmen Sie bitte Platz«, bat der Mann von der Tür aus.

Vorsichtig rutschte Nina in eine leere Reihe und setzte sich. Wie angenehm die Stühle waren …

Nach ihr stiegen noch zwei weitere Frauen und etwas später fünf Männer ein. Alle saßen sie allein. Die Nähe eines Fremden wäre auch nicht zu ertragen gewesen.

Insgesamt waren sie zehn Personen.

Am Schluss kam noch einmal der Mann im Wollmantel zu ihnen in den Bus. Er nahm das Mikrofon und hielt eine kurze Ansprache. Dabei stellte sich heraus, dass er Vogel hieß und Anwalt in der DDR war. Er erinnerte alle Insassen daran, dass sie ein Schweigegelübde über ihre Zeit im Gefängnis unterschrieben hatten, und ermahnte sie, sich unbedingt daran zu halten.

Danach begrüßte sie der untersetzte Mann aus der ersten Reihe und stellte sich als Unterhändler der Bundesrepublik Deutschland vor. Er hieß Bergmüller.

Vogels blauer Mercedes begleitete sie bis zur Grenze.

Nina schrak in ihrem Sitz zusammen und zog den Trenchcoat enger um sich, als sie die Grenzsoldaten bemerkte, die am Bus entlangliefen. Sie verfolgte ihre von Kälte geschnitzten Gesichter unter den grünen Fellmützen. In einer Pfütze spiegelte sich undeutlich der Stacheldraht. Nina hielt die Luft an, als einer der Schäferhunde anschlug, sich sträubte und wie wild an der Leine zerrte.

Dann wurde die Bustür geöffnet, und sie spürte die jähe Kälte, die hereinströmte und nach ihrem Herzen griff.

Sie schloss die Augen, von Angst erfüllt. Sie werden dich nie in die Freiheit entlassen, dachte sie. Es ist dein Schicksal, immer nur von ihr zu träumen. So wie du von Anja, von Wassili und Alexej geträumt hast. Und manchmal auch von Kai Lauenburg.

Sie schlang die Arme um ihren Körper.

Der Bus fuhr an.

Unvermittelt riss sie jemand vom Sitz, packte sie an den

Handgelenken und presste sie an sich. Alle um sie herum begannen zu jubeln.

Sie öffnete die Augen und blickte in bleiche Gesichter, über die Tränen liefen. Nina richtete sich auf, und ihr Blick folgte den Fingern, die allesamt auf ein Schild zeigten, auf dem *Willkommen in der Bundesrepublik Deutschland* stand.

Nina schaute auf die tief verschneite Landschaft. Der Himmel schien hier höher, die Farben um ein Vielfaches eindeutiger. Kein verwaschenes Grau, kein von Kohlenstaub und Asche durchsiebter Schnee. Nur ein pralles Weiß, vor dem sie hinter der Scheibe die Augen zusammenkneifen musste.

Seitdem sie die Grenze hinter sich gelassen hatten, kreisten ihre Gedanken nur noch um Alexej. Seit mehr als einem Jahr hatte sie keine Nachricht von ihrem Sohn erhalten. War ihm die Flucht gelungen? Wo hielt er sich auf? Als der Unterhändler mit Brötchen und Kaffee durch den Bus kam, sprach sie ihn an. Er hörte ihr geduldig zu, konnte ihr aber keine Auskunft geben. Der Mann erklärte ihr, dass es im Aufnahmelager in Gießen eine Mitarbeiterin vom Deutschen Roten Kreuz gab, die für Familienzusammenführungen zuständig war. Nach der Registrierung hätte sie die Möglichkeit, sofort bei der Frau vorstellig zu werden.

Nina nickte.

Ihre Augen wanderten hinüber zu ein paar Häusern, die, von glitzerndem Schnee umgeben, in einer Senke lagen. Aus den Schornsteinen kräuselte sich Rauch, Kinder rodelten einen Hang hinunter.

Sie lehnte sich im Sitz zurück.

In Lichtenhagen gab es auch einen kleinen Hügel, den Alexej im Winter bäuchlings auf einem Holzschlitten hinuntergesaust war, nachdem er die Metallkufen mit den Resten der kleinen roten Kerzenstummel ausgiebig eingewachst hatte.

Mein Gott, dachte sie, Rostock, die Neubauwohnung, ihre Arbeit im Hotel Neptun. Wie weit das ihren Empfindungen nach bereits zurücklag. Es kam ihr fast so vor, als wären es Erinnerungen an ein früheres Leben. Nur dass sie nicht wirklich gestorben war.

Oder möglicherweise doch?

Würde sie nach dem Jahr im Gefängnis, der Drangsal und der nächtlichen Furcht in der Zelle jemals wieder die Frau werden, die sie einmal war?

Sie wusste es nicht.

Der Bus verließ jetzt die Autobahn, und kurz konnte sie auf dem Straßenschild einen Blick auf die Namen der Städte werfen, die in dieser Richtung lagen. Gießen war auch darunter.

Nina kam es wie eine Ewigkeit vor, bis sie die Einfahrt zum Aufnahmelager passierten und der Bus einen weiten Bogen fuhr, um schließlich vor dem Empfangsgebäude zum Stehen zu kommen.

Sie erhob sich von ihrem Sitz und erstarrte.

Da war Alexej.

Er trug Jeans und einen grünen Parka und stand draußen auf den Stufen neben dem Eingang, ungefähr sieben Meter von ihr entfernt, und ließ den Ausstieg des Busses nicht aus den Augen.

Sie spürte, wie ihr die Knie weich wurden, sich ihre Augen mit Tränen füllten und wie sie am liebsten an allen anderen vorbei als Erste aus dem Bus gesprungen wäre.

Schnell leerten sich die Sitzreihen vor ihr.

Sie war die Letzte.

Der Unterhändler nickte ihr aufmunternd zu.

Nina holte tief Luft, wischte sich die Tränen von den Wangen und strich mit einer schnellen Bewegung über den Trenchcoat, als könnte sie damit, zumindest für den Moment, die Narben auf ihrer Seele glätten.

Die Luft war kristallklar.

Alexej, kaum dass er sie erblickt hatte, stürzte auf sie zu.

Ein Mann folgte ihm. Kai Lauenburg.

Doch Nina sah nichts mehr, sie spürte nur noch die feste Umarmung ihres Sohnes, sein Haar an ihrer Wange und wie sich seine Schultern in tiefem Schluchzen auf und ab bewegten.

Jeden Tag hatte sie Alexejs Gesicht vor sich gesehen, das sie tief versteckt in ihrer zerschrammten Seele trug, zusammen mit dem Schmerz, der Wut, ihren Träumen und den Erinnerungen, die sie regelmäßig nach ihm durchsucht hatte.

Für Nina war es unmöglich, sich zu bewegen. Sie spürte nur die Hitze, die sich mitten in der Winterkälte in ihr Bahn brach, hörte das leise Knirschen des Schnees unter ihren Sohlen.

Ihre Lippen bebten, doch sie brachte keinen Ton heraus.

Ihr Herz klopfte, und sie hob ein wenig den Kopf, als Alexej die Umarmung lockerte.

Er weinte und lächelte zugleich. Mein Sohn hat sich verändert, dachte sie. Aus ihm ist ein richtiger Mann geworden.

Ihre Augen suchten seine.

»Wie geht es dir?«, fragte sie ihn.

»Gut, Mutti. Mir geht es gut.«

»Wie bist du hergekommen?«, fragte sie.

»Mit Kai, er hat mir eine Wohnung in Hamburg besorgt, er hat Himmel und Hölle in Bewegung gesetzt, um dich …«

Nina musterte den Mann, der neben ihren Sohn getreten war. Er trug eine dunkle Wollhose, einen dunkelblauen Pullover, darüber einen halblangen Mantel. In den wenigen Träumen, in denen er in der Vergangenheit vorkam, sah Kai Lauenburg anders aus, dachte sie und betrachtete ihn verstohlen.

Sie wusste nicht, was sich an ihm verändert hatte.

Er unterbrach den Redefluss mit ruhiger Stimme. »Alexej, ich denke, wir sollten deine Mutter erst einmal ankommen lassen.«

Da erkannte sie, was anders an ihm war. Er war gelöster, jungenhafter, nicht so angespannt wie in den Tagen im Hotel Neptun.

Sie hob das Kinn.

Es war ihr Blick, der fragte: Kennst du mich noch?

Lauenburg erwiderte den Blick.

»Willkommen in der Bundesrepublik«, sagte er ergriffen, und sie bemerkte die Aufrichtigkeit in seiner Stimme.

Nina spürte, wie er sanft ihre Hand nahm und sie behutsam drückte.

»Danke«, brachte sie heraus, und zum ersten Mal seit über einem Jahr lächelte sie wieder.

Es war wie die Wärme eines Feuers.

»Ich glaube, man erwartet uns«, sagte Kai leise und wies mit dem Kopf hinüber zum Empfangsgebäude.

»Ja«, antwortete sie. »Lasst uns gehen.«

Anmerkung

Im vorliegenden Roman spielt das berühmte Neptun-Hotel in Warnemünde als Haupthandlungsort eine tragende Rolle, was die Frage impliziert, ob die darin geschilderten politischen Abrüstungsverhandlungen zwischen der Bundesrepublik Deutschland und der Deutschen Demokratischen Republik, so wie im Roman beschrieben, jemals dort stattgefunden haben.

Die Antwort ist ein schlichtes Nein.

Wie es bei Romanen dieser Art vorkommt, ist die Grenze zwischen Fiktion und Wahrheit fließend. Der Leser wird Zeuge von Ereignissen, die in bestehende historische Kontexte und örtliche Gegebenheiten eingebettet sind und sich, betrachtet man Datum und Ort des Geschehens, auch so zugetragen haben könnten.

Zu den historischen Persönlichkeiten, die im Roman in Erscheinung treten, sei gesagt, dass zum einen meine erfundenen Charaktere Zeugen von Ereignissen werden, die sich tatsächlich so zugetragen haben. So stimmte Bundeskanzler Helmut Kohl nach anfänglichen Vorbehalten am 27. August 1987 zu, auch die bereits auf deutschem Boden stationierten Pershing-1A-Raketen in den INF-Vertrag zum weltweiten

Abbau all ihrer landgestützten atomaren Kurz- und Mittelstreckenraketen und der zugehörigen Trägersysteme aufzunehmen.

Zum anderen greifen reale Personen wie Erich Honecker oder Michail Gorbatschow in die fiktive Handlung ein. Hier habe ich mich vergewissert, dass diese Personen in der im Roman gewählten Zeitspanne die Gelegenheit gehabt hätten, ihrem damaligen politischen Handeln und ihren Überzeugungen entsprechend, wie von mir dargestellt, aufzutreten beziehungsweise so oder ähnlich auf die Situation zu reagieren.

Abschließend sei erwähnt, dass das Gedicht *Die Möwe* von Giordano Bruno stammt, einem italienischen Priester, Dichter und Philosophen, der am 17. Februar 1600 in Rom für seine Ansichten und Überzeugungen von der Inquisition auf dem Scheiterhaufen verbrannt wurde.

Danksagung

Mein Leben als Schriftsteller wäre nicht vorstellbar ohne die selbstlose Hilfe und Unterstützung meiner Frau Sylvia, ihre literarischen Kenntnisse, Ideen und Ermutigungen.

Besonderer Dank gilt Major Sascha Gunold, Dozent für Militärgeschichte an der Offizierschule des Heeres in Dresden. Durch seine wissenschaftliche Arbeit wurden mir zahlreiche Hintergrundinformationen zum INF-Vertrag, zur Stationierung sowjetischer Kurzstreckensysteme, zum Transport und zur Lagerung nuklearer Sprengköpfe auf dem Territorium der DDR sowie zum militärischen Ablauf der Raketenbereitschaft zwischen den Kräften der NVA und der Sowjetarmee zugänglich. Ich wünsche ihm viel Erfolg bei seiner Promotion und weiterhin viel Freude an der Lehrtätigkeit.

Enorm hilfreich war auch Nikolaus Kleiner. Als Hoteldirektor war es ihm möglich, mir einen umfassenden Einblick in den Arbeitsablauf und die Kompetenzen einer Rezeptionsleiterin zu gewähren. Außerdem möchte ich nicht verabsäumen, ihm für unsere intensiven Gespräche über den Inhalt des Manuskripts herzlich Dank zu sagen, vor allem für die Ideen, die daraus geboren und weitergesponnen wurden.

Ich möchte Bianca und Andreas Gnoss für die gemeinsamen Stunden mit »Helbing« und die zahlreichen Insidertipps zum Leben in der Hansestadt Hamburg danken. Weiter gilt mein Dank Ines Unger für die Informationen zu personellen Abläufen und den Getränkeangeboten in den Luxus- und Interhotels in der DDR, ebenso Jörg Hinz für die zahlreichen Informationen zum Traumschiff der DDR, der MS *Arkona*.

Herzlichen Dank auch an Monika und Bodo Thürmann, Sibylle Hoffmann, Beverly und Michael Schenz, Andreas Kondler und Reiner Ziegler sowie Sibylle und Jens Gunder für die aufmunternden Worte und die tatkräftige Unterstützung, wenn ich am Schreibtisch saß.

Besonderer Dank gilt meinem Agenten Dirk Meynecke sowie meiner Lektorin Claudia Winkler, die die Entstehung dieses Buches mit initiierte und in seinen verschiedenen Phasen fachkundig und feinfühlig begleitete, ebenso wie Nicola Kammer.

Dank gilt dabei auch der Agentur Dörner für die professionelle Vermittlung.

Ich danke allen Mitarbeitern des Ullstein Verlags für das in mich gesetzte Vertrauen, die Begeisterung, Unterstützung und die unkomplizierte, wunderbare Zusammenarbeit.

Ich liebe das Cover dieses Buches!

Herzlichen Dank den freundlichen Mitarbeiterinnen und Mitarbeitern des Hotels Neptun in Warnemünde, die mir gern ihr Haus zeigten und auf Fragen zu Umbauten und Veränderungen seit den Achtzigerjahren bereitwillig Auskunft gaben.

Hilfreich für die Darstellung der Überwachung von Hotelgästen durch das MfS und die Geheimdienstarbeit im Ausland waren zwei Bücher, die ich an dieser Stelle erwähnen möchte: *Hotel der Spione. Das ›Neptun‹ in Warnemünde* von Friedericke Pohlmann und *Spione im Zentrum der Macht. Wie die Stasi alle Regierungen seit Adenauer bespitzelt hat* von Heribert Schwan.

Ein herzliches Dankeschön richte ich an Schwester Ingrid Herkommer für ihre begleitenden Gebete seit vielen Jahren.

Mein aufrichtiger Dank gilt Pater Georg Maria Roers SJ, der uns mit seiner Freundschaft und Fürsorge in schweren Stunden zur Seite stand.

Und schließlich möchte ich meinen Eltern, meinem Bruder und meinem Schwiegervater danken.

In Erinnerung an Sabine Krause und Edgar Hoffmann.

Eine globale Verschwörung, falsche Loyalitäten und eine furchtlose Agentin

Die geheimnisvolle und brutal agierende Organisation Nemesis bedroht die Weltordnung. Mit gezielten Desinformationskampagnen versucht sie, die amerikanische Gesellschaft ins Chaos zu stürzen. Das amerikanische Verteidigungsministerium vermutet Russland dahinter und setzt seine fähigste Mitarbeiterin ein. Evan Ryder ist eine Einzelgängerin, eine der wenigen weiblichen Geheimagentinnen und hat unsägliches Leid im Dienst für ihr Land erfahren. Ihre Mission führt sie von Washington in den Kaukasus, nach Österreich und schließlich ins Herz von Nemesis in den bayrischen Alpen. Eine komplexe Verschwörung tritt zu Tage, für die alte Frontlinien nicht mehr gelten und die das Leben von Evan Ryder ebenso bedroht wie das Überleben der westlichen Demokratien.

Eric Van Lustbader
Das Nemesis-Manifest
Thriller

Aus dem Englischen von Barbara Ostrop
Taschenbuch
Auch als E-Book erhältlich
www.ullstein.de

ullstein